D1522393

L'ÂGE D'OR

Beyrouth, la nuit, Stock, 2014 ; Le Livre de Poche, 2015.
Nucleus, en plein cœur de Beyrouth City, Éditions de la
Revue phénicienne, 2009.

www.editions-jclattes.fr

Diane Mazloum

L'ÂGE D'OR

Roman

JC Lattès

Ce roman est une œuvre de fiction. Bien qu'il y soit fait référence à des personnages, des faits et des lieux réels, ceux-ci ne sont cités que pour donner au récit un ancrage réaliste. Tous les autres noms de personnes et tous les incidents qui y sont décrits sont le produit de l'imagination de l'auteur.

Maquette de couverture : Fabrice Petithuguenin.
Illustration bandeau : Lamia Ziadé, *Ma très grande mélancolie arabe*, P.O.L., 2017, © Lamia Ziadé / P.O.L.
Photographie auteur : © Patrice Normand.

ISBN : 978-2-7096-6319-9
© 2018, éditions Jean-Claude Lattès.
Première édition août 2018.

Pour Hope, pour Claude — mes parents.

Mardi 6 juin 1967

Ce matin, Georgina, bronzée, quatorze ans, va tout donner pour décrocher la réclame de ses rêves : un spot publicitaire pour un produit de lessive qui passera de 19 heures à minuit sur les deux chaînes de Télé Liban, la 7 en arabe, la 9 en français. Haletante, elle dévale la rue ensoleillée, les joues en feu et les cheveux au vent, son cartable serré dans les bras. Elle porte l'uniforme du collège de la Sainte-Famille française, robe plissée couleur écru au col blanc. Chemin faisant, elle attrape au vol Raymonda qui l'attendait à l'angle et toutes deux se faufilent chez Abdo, l'échoppe confiserie du quartier, d'où elles ressortent en jeans et tee-shirt pour aller se coller, un marchand de serviettes de plage et une boutique d'articles de plongée sous-marine plus loin, à la devanture vitrée du salon de coiffure de Micho, qui leur fait signe d'entrer.

Elles se précipitent vers les deux fauteuils restés vacants face au miroir et déversent sur leurs cuisses un flot de produits de maquillage où elles piochent, en un concert agité mais précis de claquements et cliquetis, mascaras, fards à paupières, eye-liners, poudre, blush, rouges à lèvres… Peu soucieuses du regard curieux de leurs voisines en bigoudis, dames d'un certain âge et habituées du salon qui ont sans doute déjà fait défiler leurs petits fichiers intérieurs en quête de noms pour les replacer dans la trame sociologique du quartier, Georgina et Raymonda se dévisagent avec attention : l'une effleure d'un coup de pinceau les pommettes de l'autre, l'autre lui estompe un pâté au coin de la bouche. D'une main, Micho leur bombe la chevelure en fredonnant « Non, non, non, non, non, non » de *La poupée qui fait non* de Polnareff, puis vaporise un nuage de laque pour fixer le volume. « Lààà ! Filez ! » Apitoyé, il se tourne vers ses clientes vissées sous leur casque chauffant : « À l'école, zéro virgule zéro chance de devenir des stars. *Haram…* »

Dans le taxi-service qui les emmène, l'autoradio égrène les dernières nouvelles : « Voilà vingt-quatre heures que les hostilités israélo-égyptiennes s'aggravent. Jérusalem et Le Caire s'accusent mutuellement d'avoir déclenché le conflit : combats acharnés entre blindés dans le Néguev, mouvements d'avions et de troupes vers le Sinaï, bombardements de villages à Gaza. La flotte aérienne des Égyptiens a été détruite avant même de décoller. En dehors de quelques appareils, il en va de même

pour les Mig 21 syriens. Tous les aérodromes du
Moyen-Orient sont interdits à la circulation. Seul
le Liban est épargné. En effet, depuis la montée des tensions, Israël n'a pas touché au Liban. »
Georgina demande à changer de station, un peu
de musique par exemple, rien n'est plus mauvais
pour la peau que le stress de bon matin, mais non,
non, le chauffeur maudit les tanks et les avions
de Moshe Dayan et « Que le bon Dieu lui envoie
une maladie ! ». Il agite son bras par la fenêtre et
engage vivement la conversation avec les autres
passagers de la voiture. Georgina ferme les yeux et
tourne son visage vers l'air et les rayons extérieurs,
à l'affût d'un avant-goût de grandes vacances, la
mer, l'écume, ses particules iodées déjà gorgées
d'effluves d'huile solaire ; un oiseau arrive à sa
hauteur en pépiant mais, indifférent aux trois premières vitesses, le chauffeur enclenche la quatrième
et fonce.

Les portes en verre de l'agence Reclama découvrent
un intérieur baigné d'une lumière ambrée. Moquette
havane au sol et tissu mural orange constellé de photos : une brune sublime en fourrure, cheveux remon-
tés en un chignon volumineux, boucles d'oreilles
serties de diamants, l'air d'avoir été attrapée sur le
vif à l'instant où elle glissait une cigarette entre ses
lèvres ; une belle blonde en train de se lover dans un
bain mousseux, en adoration devant le savon à bulles

qu'elle a dans les mains ; une rousse en chemise à carreaux jaune et marron, au regard langoureux, le goulot de la bouteille de soda délicatement posé sur sa lèvre supérieure. Camay, Lux, Aspro, Tide, Kent, Viceroy… Des marques occidentales, mais aussi locales, comme le lait en poudre Nido, la bière Laziza ou la compagnie aérienne libanaise, la Middle East Airlines, connue sous le sigle MEA. Sans compter la campagne pour le ministère du Tourisme, qui figure une jeune femme à chaque fois plongée dans un décor différent : en bikini californien sur les plages ensoleillées de Beyrouth, en fourrure au sommet des montagnes enneigées des Cèdres, en robe légère au milieu des ruines antiques de Baalbek.

— *Marhaba sabaya !*

À l'accueil, la secrétaire a interpellé les filles en les reluquant de haut en bas par-dessus les verres rose fumé de ses lunettes. Ses ongles mauves font rouler un crayon mine sur le bureau. Georgina s'empresse de se diriger vers la réception.

— Bonjour madame, on est venues pour le casting Reckitt's.

— Le casting est réservé aux jeunes femmes de plus de dix-huit ans.

— J'en ai dix-neuf et je suis fiancée.

Georgina a mobilisé toute son assurance pour répondre d'une voix convaincue avant de plonger la tête dans son sac à main. « Ah !… Zut alors ! C'est Freddy qui a gardé ma carte d'identité », annonce-t-elle d'un air contrit. Elle plante sans arrogance ses pupilles dans ceux de la secrétaire et ajoute : « Il en a besoin pour faire nos papiers. On se marie en juillet. »

La secrétaire se tourne vers Raymonda et tapote le bureau avec son crayon, comme pour l'encourager.

— Moi… moi aussi ! Avec Teddy ! *Habibté* comme je l'aime… renchérit-elle, des fossettes au coin des lèvres.

— *Nefrahmenkon sabaya*, que le bonheur soit avec vous. *Yalla*, remplissez ce formulaire et installez-vous dans la salle à droite. On vous appellera quand ce sera votre tour.

— Merci madame, *kellek zok*.

La salle d'attente est pleine de candidates toutes habillées et coiffées pareilles. Georgina a un mouvement de recul et sort de son sac un cube Reckitt's Crown Blue. L'emballage donne à voir le dessin d'une poupée à la chevelure blonde et bouclée, vêtue d'une robe plissée blanche.

— Tu penses qu'on aurait dû se teindre les cheveux ? chuchote-t-elle à l'oreille de Raymonda.

Celle-ci hausse les épaules en scrutant une mèche de sa tignasse rouquine.

Elles aussi se sont donné du mal, ont écouté les longues explications de leur mère sur la façon d'utiliser les cubes Reckitt's pour blanchir le linge, pour « l'azurage du linge » comme on dit. Après l'avoir fait bouillir dans la lessiveuse, on dilue dans une bassine un cube bleu, d'une couleur si vive qu'on l'appelle aussi « bleu d'outremer » parce qu'elle évoque la profondeur insondable du lapis-lazuli. Georgina en aurait appris la formule chimique par cœur si cela avait été gage de réussite, ce n'aurait pas été grand-chose au vu de la semaine qu'elle a passée : vingt-quatre heures à jeun puis régime alimentaire strict ; exercices d'assouplissement et de respiration ; étude des poses des mannequins, moues et sourires compris, dans les magazines français qu'elle a piqués dans les salons de coiffure du quartier ; séances de maquillage effet « naturel » ; shopping dans les boutiques de Hamra avec sa sœur et ses copines ; soin des cheveux la veille, doublé d'un brushing chez Micho qui importe ses produits d'Italie. Sa demi-sœur styliste qui, elle, s'y connaît en mode, lui a offert le coiffeur et choisi sa tenue : un jean clair avec un tee-shirt bleu ciel moulant pour mettre en valeur ses courbes déjà formées ainsi que les reflets dorés de sa peau, ses yeux et sa belle crinière ondulée.

Chaque fois que des pas résonnent dans le couloir, les candidates, en un mouvement collectif, se redressent sur leur chaise en tâtant leurs boucles blondes tout en se répétant à mi-voix le slogan : « Bleu Reckitt's rend ma robe blanche. » Beaucoup de « r » qui se suivent dans cette phrase : la tâche la plus ardue de la semaine aura sans doute été d'en assouplir au maximum le roulement.

Quand la secrétaire déboule pour annoncer précipitamment que la séance est reportée, qu'il faut rentrer chez soi, allez, tout de suite, les filles se lèvent et se bousculent en gémissant, puis se dispersent dans la rue.

Dehors, tous les passants se sont immobilisés sur les trottoirs, la tête levée et la main en visière. Une vieille dame répète le signe de croix. Aux balcons comme aux fenêtres, on scrute le ciel, une cigarette aux lèvres.

— Qu'est-ce qu'on fait ? s'enquiert Raymonda qui ne voit vraiment pas ce qui cloche dans le ciel.

— À ton avis ?

Georgina donne un coup de pied dans un caillou puis regarde en l'air. Elle aurait dû s'en douter. Son horoscope lui avait déconseillé de sortir aujourd'hui.

Abdo et les clients de son échoppe tressaillent au son de la clochette et quelques sacs de courses s'affaissent au sol. Découvrant Georgina et Raymonda plantées sur le pas de la porte, ils les somment de se taire d'un geste de l'index porté à la bouche. Sourcils en accent circonflexe, ils sont tous penchés sur un petit émetteur radio crachotant.

— Mais enfin, qu'est-ce qui se passe Abdo ?

Georgina insiste avec une mauvaise humeur évidente. Abdo finit par lâcher qu'un avion de chasse vient de passer dans le ciel. « Allez chercher vos affaires et taisez-vous. »

Des centaines de mégots sursautent dans un nuage de cendres quand les nouvelles annoncent que le Liban a descendu un avion ; un avion ennemi, un avion marqué de l'étoile de David ! L'assemblée bondit et applaudit avec frénésie, faisant vibrer les murs de la salle de réunion des bureaux de l'Organisation de libération de la Palestine, dite OLP, du Koweït. Des dépôts de poussière tombent du plafond et des voix s'élèvent aussitôt de part et d'autre :

— Cessez de vous exciter !
— Ne nous laissons pas gagner par l'anarchie !
— Écoutons et raisonnons.

Les hommes, au nombre de vingt, se rassoient, une cigarette fumante pendue aux lèvres ou coincée entre les doigts, rapprochant mécaniquement l'un des multiples cendriers pour en écraser une à moitié fumée, en griller une autre et ajouter une énième couche de tabac à la chape de transpiration froide qui plombe la pièce.

Ali Hassan fait sauter le quatrième bouton de sa chemise noire en respirant un bon coup avant de glisser une nouvelle cigarette dans sa bouche. Un retournement inespéré. Inespéré. Ses lèvres charnues s'entrouvrent pour laisser filer la fumée.

Il y a dix minutes encore, la situation était catastrophique. Malgré les informations contradictoires divulguées par la radio du Caire et Radio-Israël tout au long de la journée d'hier – l'une pour encourager les soldats égyptiens, l'autre, en langue arabe, pour les démoraliser –, les émissions égyptiennes de ce matin ont finalement convenu du désastre subi la veille par l'aviation des pays arabes : Israël avait mis hors combat quelque trois cent soixante-dix appareils, la plupart touchés à terre lors du bombardement des aérodromes. Ali Hassan n'en croyait pas ses oreilles. Pourtant, chaque nouvel échange d'informations qui fusait depuis les antennes de l'OLP du Koweït, de la Jordanie, de l'Irak et du Liban, était comme une déflagration confirmant ce qu'il savait déjà. C'était un désastre, une Nakba numéro deux. Puéril et irréaliste que d'avoir compté sur la direction politique des régimes arabes pour libérer la Palestine ! Eux, leurs fables et le flou dans lequel ils s'enlisent et se complaisent à patauger… Eh bien ! Il aura fallu le pays le moins arabe de tous, le plus petit et le plus pacifiste, pour attaquer un avion israélien. Rien n'est donc jamais perdu. L'audace libanaise a toutes les chances à présent de stimuler l'Égypte, qui en retour va entraîner la Syrie et la Jordanie à unir leurs forces pour démolir l'ennemi, et reprendre d'un coup la terre et les droits des Palestiniens.

La radio retentit, un nouveau bulletin tombe : « La Jordanie déclare officiellement la guerre à Israël et l'URSS rompt ses relations diplomatiques avec Londres et Washington. » Tout le monde exulte. Embrassades et accolades accompagnent les slogans débités en boucle par la station La Voix des Arabes : « Vive Nasser ! La mort et la destruction pour Israël ! La vie et la victoire pour nos soldats et le peuple arabe ! Le jour de la vengeance a sonné : en avant vers Tel Aviv ! Envahissons la Palestine et débarrassons-la de l'occupation sioniste ! »

— Assez !

— L'euphorie nous fera perdre notre partie !

— Nous devons raisonner.

Tout le monde se rassied, le souffle court. Ali Hassan a la tête qui tourne. Ses tempes battent tellement fort qu'il en a mal au cœur. Des gouttes de sueur lui glissent dans le dos, une onde brûlante lui remonte l'échine jusqu'au sommet du crâne. Aller vite aux toilettes avant de faire un malaise. Ouvrir le robinet. Il asperge son visage, les yeux fixés au miroir. Malgré ses vingt-cinq ans, la tension de ces dernières heures a durci ses traits et amoché ses favoris broussailleux. Rien de ce qui est en train de lui arriver ne lui ressemble. Sortir. Aller faire un tour. Chasser cette idée. Ses pupilles sont vertes et métalliques comme celles d'une panthère.

Il dévale quatre à quatre les marches quand, d'un coup, le blanc glacial des murs et la sonnerie ininterrompue des téléphones laissent place à une vaste rue écrasée de soleil et de poussière, au bruit fracassant des klaxons et des moteurs. Des conducteurs sont sortis de leur voiture. Ils dansent de joie sur l'asphalte, sautent en cadence, lèvent les bras au ciel bleu vif et scandent : « Vive Nasser ! Vive Nasser ! » Il hèle un taxi.

Au cinquième étage d'un vieil immeuble, la porte s'entrouvre sur une jolie bouche passée au gloss. Une jeune femme aux longs cheveux blonds paraît, vêtue d'un négligé, les pieds nus et bronzés.

— Ali ? Quelle surprise ! Entre. Je viens de faire du thé à la menthe.

— Merci Mona. Je me sens bizarre. J'ai besoin de retrouver mes esprits.

Il prend place sur le canapé auprès de son hôte qui lui sert une tasse, le regard inquisiteur.

— Qu'est-ce qui t'arrive ?

— Il s'est produit quelque chose de très étrange. J'ai senti une force, un élan malgré moi…

Tout en parlant, il glisse une main sous un pan du vêtement soyeux de la jeune femme.

— Nashrawan ! Nashrawan ?

Il arpente maintenant d'un pas résolu le couloir qui mène de l'entrée de son appartement à la cuisine où il trouve sa femme en abaya verte en train de couper les tiges d'un bouquet de roses. Une certaine lenteur dans ses gestes, sa manière de se déplacer ou l'harmonie paisible de son visage lui confèrent cet air de distinction propre aux filles de grandes familles.

— Ali, c'est toi qui m'as fait livrer ces fleurs ? Elles sont trop gaies pour un jour aussi crucial, tu n'aurais pas quelque chose à te faire pardonner ?

— Non, mais j'ai quelque chose d'important à te dire.

Il l'attire à lui et l'embrasse sur la tête.

— On quitte le Koweït. J'ai rendez-vous au centre de recrutement du Fatah à Amman demain à l'aube. On part pour la Jordanie à 20 heures pile ce soir. Dans cinq heures. Le petit dormira dans la voiture.

Nashrawan étouffe un cri.

— Tu n'as à t'occuper de rien, tout est réglé. Prépare juste trois valises avec l'essentiel de nos affaires et quelques habits. Le reste suivra.

— Mais Ali…

— Nashrawan, écoute-moi bien et sois fière. N'était-ce pas ton souhait ? Celui de nos familles et de ma mère ? Regarde-moi ! Je ne tiens plus en place, je vais rejoindre les forces du Fatah. Au diable la déprime du Koweït, le sérieux et l'ennui des bureaux de l'OLP où rien ne se passe ! Je change de vie. J'embrasse la cause.

Un peu plus tard, une serviette nouée autour de la taille, Ali Hassan vaque à ses affaires dans l'appartement. Il entre dans la chambre de son fils qui dort dans son berceau. Il le regarde un moment, lui caresse la tête puis sort en refermant doucement la porte. Il rejoint Nashrawan dans la pièce où elle fait les valises avec l'aide de la bonne. Il se penche sur la sienne, aussi noire qu'une nuit sans étoile : soie, satin, velours, cachemire, coton, cuir, jeans, tout est noir, et chaque noir a sa profondeur et son éclat. Il lui a fallu de nombreux voyages à l'étranger pour se constituer une gamme de noirs aussi exceptionnelle et garnir sa garde-robe taillée sur mesure, costumes confectionnés à Londres, chaussures fabriquées main en Italie.

Nashrawan a insisté pour plier les vêtements de son mari au plus vite, de crainte qu'il ne change d'avis, encore sous le coup de l'émotion provoquée par l'annonce de cet engagement que plus aucun de ses proches n'espérait.

— Ali, ton père serait fier de toi. Et ta mère, qui est loin d'en revenir, m'a priée au téléphone de vérifier si tu n'étais pas fiévreux. On a dû interrompre la communication tellement ta sœur était sous le choc…

— Que Dieu les garde et leur accorde une longue vie, lâche-t-il distraitement en regagnant le salon pour se servir un verre de Scotch.

Son père, le sheikh Hassan Salameh, a été le dernier leader palestinien à mourir en se battant contre les sionistes pour sa terre. Il a été tué par la Haganah en 1948, pendant la première guerre israélo-arabe. Lui, Ali Hassan, est en train de vivre la deuxième et va reprendre le combat de son père.

Il tourne en rond sur le grand tapis persan en buvant et fumant des Winston, absorbé dans un lacis de pensées duquel il s'extirpe toutes les quinze secondes pour lancer de loin une consigne à sa femme ou à la bonne. Il s'installe sur le canapé de velours et allume le téléviseur.

Un reporter, en direct du Liban, déroule les dernières nouvelles : « Peu équipé, le Liban ne possède que six avions de chasse, des Hawker Siddeley Hunter F6 offerts par les États-Unis en 1958 et stationnés à la base de Rayak. » La suite du reportage, qui montre des responsables en uniformes d'aviateurs en train d'épousseter les avions, précise que l'entretien d'un Hawker Hunter nécessite le capitaine en personne, celui à qui a été confiée la mission de désamorcer les missiles. « Il ne s'agit pas seulement de veiller jour après jour sur les appareils, reprend le journaliste. Il est aussi impératif de les actionner et chaque année, le 22 novembre, jour de l'Indépendance du Liban, les Hawker Hunter se manifestent dans le ciel de la capitale pour le bonheur des grands et des petits. » Aperçu des familles élégamment vêtues, appuyées à la balustrade de leurs terrasses en train d'applaudir frénétiquement. « Non seulement le Liban n'est pas capable de participer à des conflits armés, interrompt le reporter, mais il ne veut pas. Au vu des tensions croissantes entre Israël et les pays arabes, le gouvernement libanais a donc pris la décision de transférer ses Hawker Hunter de la base de Rayak à la base militaire de Chypre. Par ce geste, l'État compte d'une part mettre à l'abri ses six avions tant que la guerre sévit au Moyen-Orient, et de l'autre réaffirmer au monde sa neutralité. Le Liban, nation pacifiste et pays souverain depuis 1943, n'entrera pas en guerre. Or, ce mardi 6 juin vers 11 heures, heure locale, les radars ont signalé qu'un Mystère israélien a violé l'espace aérien libanais. L'appareil est tombé dans la région de Fej Balkis, près de Kfamechki dans la Bekaa ouest. Les nouvelles locales ont annoncé que l'avion avait été abattu par la chasse et la DCA libanaise au cours d'un combat aérien, mais le gouvernement a démenti aussitôt par un communiqué de presse officiel. Entre-temps, les autorités ont retrouvé les deux pilotes... »

— Que va-t-on en faire ?

Un garçon frappe à la porte et dépose sur la table de la salle de réunion du Centre national de télédétection à Rayak, de petites assiettes, des tasses de café, des serviettes en tissu brodé et une carafe d'eau parfumée à la fleur d'oranger à côté d'un plateau en argent offrant une variété de cigarettes. Sur le reste de la table sont entassés pêle-mêle cartes et rapports. Les médailles et les galons du commandant supérieur de l'armée et du général de brigade de l'armée de l'air scintillent à travers les volutes de fumée. Les rayons du jour font miroiter le sucrier et les cuillères en argent que le garçon termine de disposer avant de se retirer en s'inclinant.

La voix reprend, grave et basse :

— Messieurs, nous avons une minute pour décider. Que fait-on des pilotes ?

Les autres se répondent à tour de rôle sur un ton confidentiel.

— Mon général, si on ne les rend pas tout de suite, Israël le prendra comme un acte de guerre. Si on les relâche, ce sera vu comme une trahison à l'égard des Arabes : *Mais comment, vous abattez un avion ennemi, vous attrapez les pilotes, et vous les rendez ?...*

— C'est fastidieux...

— Très encombrant.

— On est mal quoi qu'on fasse.

— Les thèses qui circulent ?

— La majorité parle de réponse automatique : ordres ou missiles. Rien n'est plus naturel que des batteries antiaériennes qui entrent en action à la suite d'une incursion en territoire national.

— Beaucoup font mention d'une éventuelle défaillance technique de l'appareil. Peut-être une

panne d'essence. Il s'égare, vrille sur notre territoire, les pilotes sont éjectés.

— Certaines thèses évoquent les expérimenta-
tions de notre programme spatial. Une erreur de
trajectoire, un accident : on partage la part de responsabilité avec les Israéliens.

— Que disent les pilotes ?

— Un cauchemar.

— Ils sont tout aussi sonnés que nous.

— Bon. Qu'on les emmène tout de suite décla-
rer quelque chose à la télévision.

— Ils n'ont pas encore ouvert la bouche, ils
tremblent comme des feuilles.

— Donnez-leur des alcools, des cigares, des
pansements, que sais-je. Arrangez-les, coiffez-les, et
qu'on les filme en direct sur la chaîne nationale.

Le général fiche entre ses lèvres une cigarette et
l'allume en grinçant des dents.

— Vous pouvez disposer, que Dieu soit avec
vous. Lieutenant-colonel Tarazi, un instant s'il
vous plaît.

Il passe son bras sur l'épaule d'Antoun Tarazi,
un homme d'une quarantaine d'années, bien bâti,
l'allure d'un Mastroianni oriental, et l'incite à faire
quelques pas dans le couloir.

— Visconti est en train d'adapter *L'Étranger* de
Camus.

Il tire sur sa cigarette puis expire avant de poursuivre :

— Ce ciel bleu et compact, ce soleil jaune,
figé, abrutissant, chaque jour un peu plus, tous les
jours, quand un jour : un Mystère passe, brillant
de mille feux ; et vient alors cette pressante envie
de sauter dans un avion et d'appuyer sur tous les
boutons, vous me suivez ? On est tous des poten-
tiels Meursault. Il nous incombe à chacun de tem-
pérer les pulsions des uns et des autres. Veillez sur
vos gars, Tarazi. Interdiction absolue de plonger la
tête la première, compris ?

Antoun Tarazi acquiesce. Il ne se fait plus aucune
illusion, ce n'est pas au sein de l'armée d'un pays
à vocation pacifiste qu'on doit s'attendre à trouver de l'action. Dans cette région du monde où le
sang tourne en une fraction de seconde pour un
oui, un non ou un regard, cette distance qu'il parvient à conserver en toutes circonstances lui a valu
la confiance de ses supérieurs et une nouvelle pro-
motion. Il se rend dans le hangar humide qui abrite
sous un lacis de feuillage tropical le seul avion de
chasse resté incognito, un De Havilland Vampire.
Il prend place à l'intérieur et en hume le vieux
cuir, puis il se met à en astiquer pensivement les
manettes de tir.

Le bruit de l'arrosage automatique se fond au
grésillement des cigales. Fumant et bavardant,
deux jardiniers passent la tondeuse sur les pelouses
aux formes géométriques. Antoun traverse les
allées de gardénias et monte dans sa Fiat 600 rouge

flambant. Il démarre en trombe et disparaît dans les virages des montagnes, laissant derrière lui la vallée où le soleil ne tardera plus à sombrer parmi les collines.

À Beyrouth, la lumière dorée étire les ombres des palmiers sur les allées du centre-ville. Les terrasses des cafés sont vides, le bruit des véhicules a laissé place au flux continu des émissions de radio arabes sur les longueurs d'onde du Caire, de Damas, d'Aman et de Beyrouth. Les passants se pressent aux portes des magasins de matériel électronique pour en ressortir avec un transistor scotché à l'oreille. Les rues sont jonchées de tracts lâchés par des hélicoptères dans l'après-midi, indiquant les mesures à suivre en cas d'alerte : « 1. L'éclairage public dans les rues est interdit. 2. Les lumières extérieures sur les immeubles d'habitation et les institutions publiques et privées sont interdites. 3. À l'intérieur des maisons et des institutions, les lumières seront tamisées et les vitres des fenêtres seront peintes en bleu foncé. 4. Les lumières des voitures seront tamisées. » Sur les trottoirs sont étalées des pages du journal dont la une titre « C'est la guerre » et sur lesquelles trônent en vrac seaux, rouleaux de peinture et chiffons.

— Vas-y Roland, vise le tee-shirt de Shirine !

Le jeune garçon pointe l'embout de son tuyau d'arrosage vers le premier étage, sur un groupe de filles en train de badigeonner les vitres des portes-fenêtres du balcon. Elles poussent de petits cris à l'unisson en se tortillant sous les jets d'eau avant de se pencher à la balustrade pour insulter la bande de garçons .qui s'esclaffent. L'immeuble entier se soulève :

— Cessez vos bêtises, les enfants !

— Eh Roger ! Tu te crois aux Beaux-Arts avec ton pinceau tout fin et ta minuscule lucarne sur laquelle tu bûches depuis une heure ? Viens plutôt m'aider, les baies vitrées du salon sont interminables !

— Qui peut donner un coup de main aux Tannous ? Allez, au travail les enfants ! On ne va pas y passer la nuit.

À quatorze ans, Roland a déjà le corps sec et musclé, sans avoir perdu son visage de bambin, à l'exception des nuances brunes et sauvages qui strient sa masse de cheveux châtain clair ; ils lui tombent jusqu'aux yeux dont l'éclat doré est, lui aussi, furtivement parcouru de reflets indisciplinés. Il est d'une grande beauté, et il y a quelque chose de fascinant dans sa posture à la fois nonchalante et polie. Il détache avec peine ses yeux des tee-shirts collés à la peau des filles, déballe un cube de lessive Reckitt's et le plonge dans une bassine qu'il présente à son petit frère.

— Pour les fenêtres des toilettes, Micky.

Aussi blond et touffu que le Petit Prince, Micky est âgé d'environ cinq ans. Il saisit la bassine et disparaît dans l'entrée de l'immeuble. À chaque pas-de-porte, chaque balcon et fenêtre, ça gicle, ça clapote et ça frotte, en famille, en voisins, tous participent à la même conversation englobant le pâté de maisons, ponctuée d'exclamations, de fous rires et de commentaires. Micky et les plus petits dévalent les escaliers, les seaux d'eau se bousculent, les tubes d'arrosage zigzaguent d'une fenêtre à l'autre. Roland et les adolescents ont pour mission de s'assurer que chaque surface laissant filtrer de la lumière a bien été passée au bleu, et les plus âgés, enfouis dans leur fauteuil, ont formé une chaîne et surveillent l'opération en distribuant, çà et là, des chiffons, des cubes Reckitt's, des mignardises et du café.

Nettoyer les flaques bleutées sur la chaussée, les paliers, les terrasses, monter et descendre les escaliers des immeubles, entrer et sortir, compter et vérifier : chacun s'affaire, toutes les portes sont ouvertes, chaque morceau de rue a été transformé en une grande villa dans laquelle on circule librement, pieds nus, mains et visage tachés de bleu. Seules les vitrines des boutiques et des restaurants sont épargnées : tous ont déjà baissé leur rideau métallique.

Arrivé au quartier Clemenceau, Antoun n'a aucun mal à trouver une place pour se garer en bas de chez lui. Il claque la portière de sa Fiat et tombe sur Hakim Jr., le propriétaire de la pharmacie Hakim fondée dans les années 1910 par feu son grand-père Hakim ; située vingt mètres plus bas, elle est réputée pour être la pharmacie la plus fournie et la mieux fréquentée du quartier. On dit même que l'arrière-boutique dispose de l'infrastructure nécessaire pour opérer une appendicite et accoucher une femme dans le plus grand luxe.

La tête dégarnie malgré sa petite quarantaine, des plis au ventre cachés sous sa blouse, Hakim est assis à califourchon sur une chaise posée sur le trottoir, pinceau à la main, penché sur le phare avant droit de sa nouvelle Renault Dauphine Gordini, les yeux mi-clos derrière ses lunettes rondes cerclées de métal, une cigarette entre les dents.

— Bonsoir Hakim.

— *Marhaba* colonel, des nouvelles du haut lieu ?

— Encore rien d'officiel.

Le pharmacien émet un grognement en levant un œil. Antoun enchaîne aussitôt :

— Je vois que tout le monde s'est mis au bleu de lessive.

Hakim reprend sa besogne par petites touches de maître en aspirant une bouffée.

— En raison de l'état d'urgence, le couvre-feu est décrété à partir d'aujourd'hui et jusqu'à nouvel ordre, suivant le communiqué de l'autorité militaire. Il sera appliqué de 20 heures à 4 heures du matin. Seuls les boulangers, les médecins, les infirmiers, et donc moi, sont exemptés. Mais tu dois déjà savoir tout ça par cœur, colonel, à moins qu'en raison des circonstances le journal ne soit pas arrivé à Rayak…

Le souffle court, Hakim se redresse sur sa chaise. Il éponge les gouttelettes qui brillent sur son front, puis sort de sa poche un journal plié en deux.

— Troisième édition spéciale du *Jour*, épuisée deux heures après sa parution. Tout est dedans : le black-out imposé sur le Liban, les instructions en cas de raids et de bombardements, la décision du Conseil des ministres et la liste des treize pays de la Ligue arabe qui sont entrés en guerre. Sans mention aucune du cas d'évanouissement collectif de cet après-midi dans le quartier… Entre les chutes de tension à répétition, les vertiges et palpitations qui n'en finissent pas, la nuit risque d'être longue, et sans le moindre lot de consolation, puisque même le Casino du Liban a fermé ses portes. Je t'ai mis de côté six boîtes de Témesta pour Magda.

— Merci Hakim. Passe à la maison plus tard, tu ne trouveras pas de salles de jeux ni de cabaret, mais du Black Label et des américaines à volonté.

À peine Antoun a-t-il poussé la porte de l'appartement que Micky se précipite dans ses bras. Il porte un pyjama assorti à la couleur azur de ses yeux et lui annonce que sa mère a fumé. En cachette. Qu'elle s'est retrouvée bloquée dans les toilettes où elle s'était enfermée. Antoun l'enlace et lui répond que non, maman n'attrapera pas mal aux poumons.

Émergeant du couloir, l'album de Tintin *Objectif Lune* à la main, Roland raconte à son père comment il a libéré sa mère des toilettes en introduisant une épingle dans la serrure pour faire tomber la clé sur une feuille qu'il avait glissée sous la porte.

— Pas mal fiston, te voilà bientôt prêt pour la conquête de l'espace ! Où est maman ?

— À la cuisine. Papa, est-ce que je peux venir avec toi à la base demain ? L'école est fermée jusqu'à jeudi et il n'y a plus rien à la télévision.

— Oui mon chéri, on en parle à table. Viens ici, Micky.

Il leur passe une main dans les cheveux avant de rejoindre sa femme à la cuisine.

Magda est vêtue d'une longue jupe à taille haute et d'un chemisier couleur fraise aux manches relevées, en phase avec sa chevelure rousse coiffée à la chatte. Antoun dépose les boîtes de Témesta sous son nez, devant une montagne de carottes râpées. Il lui prend délicatement la main droite et renifle ses doigts encore imprégnés de nicotine.

— Les garçons m'ont tout raconté. Quoi ?! Et en plus tu t'es rongé les ongles jusqu'au sang ? Très chic, madame Antoun Tarazi, bravo !

— Ça ne va pas fort, Antoun. À un moment, à la radio, ils ont annoncé que les armées arabes avaient d'un coup repoussé les Israéliens, reconquis des villes, abattu des dizaines d'avions et détruit des centaines de chars.

— Tu as parlé avec tes parents, c'est ça ?

— Tout Achrafiyeh est inquiet. Les chrétiens disent qu'une éventuelle victoire des Arabes pourrait provoquer leur déferlement sur tout le Liban. Et s'ils prenaient le pouvoir et en faisaient un pays musulman ?

— Comment peux-tu écouter ces sottises d'aristos perchés au sommet de leur colline ? Tu sais bien qu'on n'est pas comme ça, nous, Libanais. Les musulmans eux-mêmes n'en voudraient pas de ton scénario. Et puis la question ne se pose pas, les Arabes sont en train de perdre sur tous les fronts.

— Alors dis-moi ce qui se passe réellement. Pourquoi se dissimuler derrière un filtre bleu si on n'est pas en danger ? Que dit l'armée ? Quels dispositifs a-t-elle prévus pour nous défendre ?

— On a beau vouloir se tenir à l'écart de tout conflit, on ne peut empêcher la région d'être en guerre, répond Antoun. On n'est pas directement menacés, mais pas non plus à l'abri d'un débordement émotif. Qu'est-ce que ça peut bien nous coûter que de prendre quelques précautions ? Maintenant cesse de râper tes carottes. Tiens, avale un comprimé, ça va te détendre.

Les garçons déboulent dans la salle à manger.

— Alors papa, insiste Roland, est-ce que je peux venir avec toi à la base demain ?

— Ah non, Antoun ! Tu veux me faire venir une maladie nerveuse ? Roland, mon chéri, tu vas rester sagement à la maison avec ton frère, on invitera ton cousin et je vous sortirai la collection de bandes dessinées de ton père.

— Seulement si tu manges toutes tes carottes, fiston, c'est bon pour la vue, et la vue, c'est indispensable pour devenir pilote de chasse.

— Arrête papa, tu sais que je ne veux pas être pilote…

— Et toi Micky ? Qu'est-ce que tu veux faire quand tu seras grand ?

— Spécialiste du Liban.

— Quelle idée ! Et pourquoi du Liban ?

— Parce que c'est tout petit. Sur 224 pays, c'est le 58ᵉ plus petit. Il est si tout petit que je pourrai tout apprendre par cœur et tout comprendre plus facilement et plus vite. Tout, tout, tout.

— Tu as raison mon génie, c'est le plus beau pays du monde, aussi beau et petit que toi, lui murmure Magda qui s'empresse de le serrer contre elle.

— Ça y est, depuis qu'il sait compter il ne voit plus que des chiffres ! lance Roland. Eh Micky, tu sais ce que tu devrais faire quand tu seras grand ? Construire des piscines. La piscine, c'est l'avenir de l'humanité.

— La piscine ?

— Mais oui, Micky, parce qu'ils aiment les piscines en Israël, ils en raffolent, ça les rend plus cool, plus paisibles.

— Peut-on savoir d'où te vient cet humour, jeune homme ? Tu entends ton fils, Magda ? Un avorton de quatorze ans, et ça se prend déjà pour la huitième merveille du monde...

Au bruit de la sonnette, Micky se précipite pour aller ouvrir. « C'est Ammo Émile ! »

— *Tafadal Ammo*, l'accueille Antoun en lui faisant signe d'entrer, la carotte est à l'honneur ce soir ! Il y en a pour tous les goûts, purée, tarte, salade, gâteau, jus et Dieu sait quoi, vous dînez ?

Émile Tannous, le doyen de l'immeuble, dont il habite le rez-de-chaussée avec sa femme Renée depuis la nuit des temps – d'où l'appellation affectueuse de *Ammo*, « oncle », comme on surnomme les personnes âgées même lorsqu'on n'a pas le moindre lien de parenté –, esquisse un geste de refus et va s'installer avec peine sur le canapé du séjour. C'est sa place habituelle quand il monte regarder le journal télévisé, dégageant des effluves de savon à barbe et de brillantine.

— Quelles nouvelles ? lui demande Antoun en lui servant deux doigts de whisky avec un glaçon.

— *Hablanéte*, des bêtises…

De sa voix éraillée, il leur raconte qu'il est arrivé trop tard à la banque ce matin : elle avait déjà été prise d'assaut, et deux millions de livres libanaises avaient été retirées. Deux millions ! Il a même tenté la livre sterling et le deutsche mark, mais les courtiers limitaient toute opération et refusaient de délivrer des devises rares. Le temps qu'il appelle ses fils, le cours du dollar et le prix de l'or avaient flambé. Toutes les banques avaient alors fermé leurs portes.

— Et tante Renée, comment va-t-elle ?

— Elle se sent faible, la pauvre. Elle a fait deux chutes de tension dans l'après-midi. Les deux fois, elle était assise et ne s'est pas blessée, mais ça l'a fatiguée. Hakim est venu tout de suite. *Hamdellah.*

Il hoche la tête en portant son verre tremblant à ses lèvres et déglutit. La nuit est là, Magda dispose des bougies sur la table à manger, Antoun tamise les lumières du salon et allume le téléviseur Grundig. Les deux chaînes, Canal 7 et Canal 9, ont été réunies, les programmes habituels remplacés par des émissions consacrées à l'actualité.

À 20 heures, le jingle des informations retentit et une jolie speakerine au visage sérieux prend la parole en langue arabe : « Mesdames et messieurs bonsoir. Aujourd'hui, mardi 6 juin 1967, vers

11 heures, heure locale, un avion israélien s'est écrasé de façon mystérieuse sur le territoire libanais. Les pilotes ont aussitôt été reconduits à la frontière israélienne par l'armée libanaise. Témoignage d'un soldat qui a pris part à l'expédition : "Ils ne parlaient pas un mot d'arabe et avaient l'air inquiet, on leur a offert des bonbons, on leur a mis un peu de musique dans la Jeep, une vieille cassette des Rolling Stones, puis on les a ramenés vite fait à la frontière. On leur a même bredouillé des excuses en anglais. *Dakhilkon bala essass…*" »

— C'est quoi « israélien » ?

— Tais-toi Micky, t'es encore trop petit, laisse-nous écouter.

— Dieu qu'ils sont jeunes les pilotes !

— Il paraît qu'ils viennent de Haïfa.

— J'eus jadis un chauffeur palestinien, Yazoun, un chic type, commente Ammo Émile. Il avait fui Haïfa et avait réussi à se faire une situation correcte ici. Sa femme et ses fils l'avaient rejoint, puis ses parents, beaux-parents et cousins, tout son quartier en somme. Des gens charmants, soupire-t-il.

— Encore un peu de carottes les enfants ?

— Vous savez, hier, quand les Mirages israéliens ont abattu les Mig 21 syriens ? reprend Ammo Émile. J'ai eu ce matin au téléphone mon cousin Edmond de Damas. Figurez-vous qu'au lieu de regagner immédiatement leur base, ils ont mis le cap sur Damas et se sont contentés de décrire de

grands cercles dans le ciel de la capitale, comme pour tracer quelques obscurs signaux, juste avant de s'en retourner. Ça les a tous bouleversés à Damas, ils n'ont pas fermé l'œil de la nuit malgré la dose élevée d'anxiolytiques.

— C'était très probablement l'effet recherché, répond Antoun.

— Cesse de rêvasser, Micky, et finis ton assiette.

— Qui veut faire une partie de trictrac avec moi ?

— Chic alors ! Et si on jouait tous ensemble aux cartes ?

La voix de la speakerine continue de filtrer par les vitres entrouvertes. Tous les immeubles vibrent du même écho et chaque rue, chaque quartier, nappé d'une lueur magnétique, frémit dans l'air chaud du soir. Beyrouth, bulle bleutée au cœur de l'univers.

Un peu plus loin et plus haut, à Achrafiyeh, sur la colline surplombant la capitale, la lumière de la nuit rend le hâle des jambes de Georgina presque argenté. Un cube Reckitt's dans la main, elle est en short, les pans de sa chemise noués sur son ventre, appuyée sur le balcon de sa chambre, se rongeant un ongle sale et taché de lessive. Elle se demande comment un avion a pu faire capoter ses plans. Pas plus ici qu'à une douzaine de

milliers de kilomètres, à Los Angeles, où David
Hockney applique les dernières touches de bleu à
sa toile représentant l'éclaboussure d'un plongeon
dans une piscine turquoise en Californie un jour
de grande chaleur, pas plus ici qu'ailleurs on ne se
doute que ce mardi 6 juin 1967, le Liban est entré
dans une nouvelle ère.

Samedi 28 décembre 1968

Il est environ 21 h 30 quand un raid héliporté israélien atterrit par surprise à l'aéroport international de Beyrouth et détruit méthodiquement la quasi-totalité de la flotte commerciale libanaise.

Au moment où le quatorzième avion de ligne, un Boeing 707, éclate et flambe sur le tarmac, la pupille de Roland se focalise sur un point : Georgina.

Tout a commencé ce matin vers 7 heures, quand Roland et son cousin Sharif se sont rendus place des Canons, au point de rendez-vous de l'excursion « Monts et Mer » organisée par monsieur Tyan, leur professeur de gymnastique. Monsieur Tyan, dont la devise est « Vivons nos clichés sans complexes », a pris l'initiative, avec le soutien du lycée franco-libanais, de proposer des journées dont le but est d'atteindre la station de ski des Cèdres, dans le nord du pays, puis de redescendre à Beyrouth plonger en pleine mer des Rochers du Sporting Club, le tout en neuf heures chrono.

Seuls trois ou quatre mois par an réunissent les conditions météorologiques favorables à l'exploit. En fonction des premières neiges et de la température du littoral, ces « journées miracles », qui se déroulent durant le week-end, débutent en novembre ou décembre et, la température de la mer étant peu agréable ensuite, reprennent en mars. Cet automne, Roland et Sharif s'étaient inscrits en choisissant le jour stratégique du samedi 28 décembre, idéal pour se requinquer entre les repas copieux de Noël et du réveillon.

Ils arrivent au moment où les moniteurs font monter les participants dans l'autobus, dont les flancs donnent à voir en lettres arrondies blanches et bleu ciel le logo Monts et Mer. C'est Sharif qui la repère le premier. « La plus belle, c'est elle ! » Roland voit son cousin plisser les yeux pour détailler la fille et, vite, se tourne pour la regarder à son tour, mais elle a déjà grimpé dans l'autobus. Il jette un œil à la ronde, retrouve certains camarades de classe comme Bruna et Shirine, aperçoit les têtes familières des classes supérieures du lycée, découvre ceux qui viennent d'autres écoles. Dans le bus, il cherche la fille du regard et la trouve, alanguie sur l'épaule d'une rouquine à côté de qui elle est assise.

Il contemple un instant sa chevelure lumineuse et ondulée, son visage caché par d'immenses lunettes de star. Puis, chassant ses pensées, il s'endort pour le restant du trajet.

Lorsqu'il se réveille, tous ont enfilé leur pull à col roulé et s'apprêtent à descendre du car. Ils se sont regroupés par trois ou quatre en fonction des affinités, la fille et sa copine bavardent avec des gars de Terminale. Comme elle est de dos et qu'il n'a pas envie de manœuvrer juste pour la voir, il entreprend de se dégourdir les jambes. L'air est si pur qu'il lui brûle les poumons, le paysage d'une blancheur éclatante, surmonté de hauts nuages planant à l'horizon. La neige craque comme du sucre sous leurs pas. Ils passent la matinée sur les pistes.

Quand l'heure du déjeuner arrive et qu'ils font halte pour pique-niquer face au plus haut sommet du Liban, à l'entrée de la forêt de cèdres, la fille et sa copine ont déjà pris place à la table des gars de Terminale. Les moniteurs font passer des corbeilles de rouleaux de pain tartinés de *labné* aux petits morceaux d'olives et de concombre, des paniers de fruits, et des bouteilles de Pepsi et d'eau minérale. Roland et Sharif s'installent à la table voisine avec leurs copains de classe qui se lancent aussitôt dans une discussion sur Apollo 8. Hier, le module est entré dans l'atmosphère terrestre et, en début de soirée, il a amerri.

— C'est fantastique ! L'événement le plus spectaculaire du siècle !

— Plus important que la fin de Hitler et la bombe atomique ?

— Les Américains ont encore battu les Russes…

— Mais les Russes arriveront sur la Lune !

— Je ne vois pas l'intérêt d'aller sur la Lune. Il n'y a ni air ni oxygène. Tant d'argent dépensé pour rien.

— Exactement : rien ! Les trois astronautes viennent de prouver que dans le cosmos il n'y a rien. Ni ciel, ni enfer, ni Dieu.

— Mais rien de tout cela ne serait arrivé si Dieu ne l'avait pas permis…

Roland doit se pencher de manière exagérée pour entrevoir la fille, souvent souriante mais toujours cachée derrière ses lunettes. À la table où elle est installée, le débat est d'une tout autre nature : un des gars raconte l'attaque par un commando palestinien du Boeing El Al à Athènes, qui a eu lieu deux jours avant. Il explique que les Palestiniens, après avoir évacué les passagers et l'équipage de l'avion, ont mitraillé l'appareil et se sont rendus à la police. Leur mission était simplement d'endommager l'avion de ligne israélien et d'être jugés pour cet acte afin de se servir du procès pour exposer à la face du monde les raisons de la lutte palestinienne. Mais un Israélien, un seul, n'a pas suivi les autres passagers au moment de l'évacuation. Il s'est dissimulé sous une rangée de sièges pour tenter de neutraliser les deux assaillants. Il a été tué par les balles qui sont passées à travers la carlingue et le cockpit.

— Première fois qu'un Israélien est abattu dans un aéroport étranger, lance un des élèves.

— Abattu par erreur, corrige son ami. Résultat : Israël tient le Liban pour responsable du drame.

— Nous ? Quel rapport ?

C'est Georgina qui a posé la question : pour la première fois, Roland entend clairement sa voix. Sourcils froncés, les deux garçons, d'un air professoral, se relaient dans les explications.

— Mais parce que c'est de Beyrouth que les deux Palestiniens sont partis par un vol régulier pour Athènes, tu comprends ? Ils considèrent que, d'une manière ou d'une autre, on est impliqués dans cette affaire.

— Les représailles ne vont pas tarder à nous tomber dessus et, comme d'habitude, nos autorités n'y pourront rien.

— Nous, on connaît des Palestiniens. Ils sont sympas, ils ont des armes. Ils pourraient nous défendre, eux. Pas vrai Farid ?

— C'est vrai. Ils nous ont montré comment monter et démonter une kalachnikov en moins d'une minute.

— Une minute ?

Georgina défie les deux gars du regard.

— Nous, c'est trente secondes. Pas vrai Raymonda ?

Georgina se souvient parfaitement de la journée qu'elle a passée en avril avec un groupe de
son école dans l'Arkoub, où ils ont été accueillis
par des combattants palestiniens. Elle avait participé à cette excursion dans le sud du Liban dans le
seul but de se rapprocher d'un garçon de la bande
qui lui plaisait bien, et cette rencontre en pleine
nature avec de jeunes Palestiniens s'était révé-
lée plus profitable qu'elle ne l'avait espéré. Grâce
à eux, elle s'était valorisée aux yeux du garçon
qui, par la suite, lui avait confié qu'il la trouvait
beaucoup plus courageuse et surprenante qu'elle
n'y paraissait. Fouillant sa mémoire, Georgina en
profite pour déballer d'un air qui se veut distrait
tout ce qu'elle a appris au sujet des Palestiniens, à
savoir qu'en vrai les pays arabes n'en veulent pas,
de ces pauvres réfugiés, qu'ils les trouvent trop
intelligents, travailleurs et modernes, du fait de
l'influence des Anglais, et que de toute façon les
pays arabes ne feront jamais rien pour amélio-
rer les conditions de vie dans les camps, de peur,
ajoute-t-elle, que ces camps soi-disant temporaires
ne deviennent des villes permanentes. Elle répète
le mot « Arkoub » comme une sorte de barbarisme
exotique, accepte une taffe de la cigarette qu'un
des gars lui propose, et, une fois certaine de son

effet, se met à jouer les désintéressées en fixant au loin un point imaginaire.

En vérité, ces histoires de Palestiniens et ces frictions entre Arabes et Israéliens ne la passionnent guère. Au mieux, il lui arrive d'avoir une pensée pour les réfugiés quand il pleut très fort à Beyrouth et qu'elle les imagine blottis sous leur cabane en tôle ondulée. Au pire, elle en est dérangée, quand les problèmes débordent au Liban et viennent entraver ses plans. Le casting Reckitt's n'a jamais été reprogrammé. Grâce à Dieu, elle s'est rattrapée en présentant la collection de la nouvelle boutique Mic Mac à Beyrouth en septembre. Elle a participé en tant que mannequin au défilé qui a eu lieu pendant l'inauguration de la boutique en présence de Brigitte Bardot elle-même. Georgina repose son sandwich en se disant qu'elle aurait dû manger moins vite et mieux mastiquer, puis elle croque dans une pomme et le bruit cristallin de ses dents mordant la chair parvient aux oreilles de Roland.

Au cœur de la réserve millénaire, la main de Georgina traîne dans la neige et frôle le tronc des cèdres. Elle lève la tête vers les rayons de soleil qui se faufilent à travers les feuillages imposants, et, quand elle ôte une seconde ses lunettes, Roland croit entrevoir un éclat vert ou doré dans ses yeux. Au moment de reprendre le bus, Sharif, qui a le béguin pour Bruna, incite Roland à s'asseoir avec Shirine, avec qui il a une touche depuis la classe de cinquième. Sur la rangée de devant, Georgina et Raymonda bavardent durant tout le trajet du retour.

Arrivés au Sporting Club, ils se ruent tous en maillot sur le bloc de neige que M. Tyan a fixé sur le toit de l'autobus comme un trophée puis, un morceau de glace à la main, courent se jeter à l'eau en poussant des cris de Sioux. C'est la fin de l'après-midi, la lumière décline. Roland arrive sur le ponton au moment où Georgina bondit dans la mer. Il nage comme un fou pour la rattraper mais elle n'est plus là. Ni sur les rochers, ni sur la terrasse où les autres, claquant des dents et ruisselant, s'affairent autour d'une assiette de fruits. Les habitués du club recrachent des bouffées de narguilé en buvant une bière et jouent au trictrac, tandis que les pilotes et le personnel de bord des compagnies aériennes en transit commandent leur premier apéritif, de l'arak glacé accompagné de tiges de carottes citronnées. Le ciel a pris les teintes rose violacé du soir. Roland balaye du regard chaque rangée de tables sans trouver la moindre trace de Georgina. Même sa copine a disparu.

Au retour, Roland, Sharif, Shirine et Bruna marchent le long de la Corniche dans la lumière chaude des lampadaires et les vapeurs fumantes des petits sandwichs roulés à la viande. Ils remontent la côte en traversant un ensemble de ruelles enchevêtrées chargées de passants, d'arbres et de plantes, de cafés-trottoir bondés. Les enseignes et les vitrines aux guirlandes bariolées se reflètent sur les trottoirs pavés qu'ils empruntent pour ramener Sharif. Roland raccompagne ensuite Shirine dans le quartier résidentiel situé un peu plus haut. Juste avant d'arriver en bas de chez elle, il l'entraîne derrière un muret dans une impasse à l'écart. Les joues de Shirine s'empourprent, le short de Roland se serre. Il pose délicatement ses lèvres sur les siennes. Leurs cheveux encore mouillés tombent sur leurs visages et donnent un goût salé au baiser. Roland gémit, il glisse une main sous le pull de la jeune fille et caresse la peau douce et chaude de ses seins. Il appuie le bas de son ventre contre elle mais elle se dégage, dit qu'elle doit y aller et qu'elle sera à la soirée de Karim dans son chalet à Faraya pour le réveillon. Le tissu de son short tendu à mort et le corps sans force, Roland rentre chez lui en se demandant si Sharif a osé aller aussi loin que lui avec Bruna.

Une fois douché, coiffé et parfumé, Roland pénètre dans la chambre de Micky. Passé la porte, on se retrouve plongé dans l'antre du spécialiste, un lieu entre la chapelle et le laboratoire. À six ans à peine, son petit frère collectionne tout ce qui concerne le Liban. Il y a là des piles de l'hebdomadaire *La Revue du Liban*, des 33 tours de l'hymne national, des cartes géographiques, des broches, des drapeaux, plusieurs affiches de partis politiques, des figurines phéniciennes, des cartes postales, des albums de stickers, de timbres et des classeurs de billets et de pièces de monnaie.

Micky sait déjà lire et bien écrire au point qu'il a sauté une classe, et se trouve assez grand pour suivre et comprendre les conversations des adultes. En voyant son frère, il sort du tiroir de sa table de chevet son cahier sur le Liban. Comptant une centaine de pages et intitulé *La République libanaise depuis 1943*, sa couverture est ornée du drapeau national avec un cèdre pour emblème.

Micky l'ouvre pour faire part à son frère de ses dernières trouvailles. Sur la première page, il a dessiné la carte du Liban et indiqué sa position géographique dans le monde. Sur la deuxième, il a rapporté pêle-mêle différentes informations : la superficie du pays ($10\,452$ km², la taille de la Gironde en France), ses villes principales (la capitale Beyrouth, Tripoli au nord, Saïda au sud, Zahlé dans le centre), sa population (deux millions d'habitants), ses monnaies officielles (la livre libanaise et le dollar américain), les langues parlées (l'arabe, le français et l'anglais), ses points de transit (le port de Beyrouth et l'aéroport international de Beyrouth, dit AIB). Micky montre ce qu'il a recopié aujourd'hui sur la troisième page : « *Une topographie variée et montagneuse faite d'une côte de 225 kilomètres, de collines, de chaînes montagneuses dont le plus haut sommet, le Qornet el Saouda, culmine à 3 088 mètres, d'une plaine et de massifs. Le climat varie de doux à chaud, humide, continental, et de frais à glacial, sec, semi-aride, steppique, désertique ; avec le sirocco, le khamsin, des précipitations, de violents orages, des tempêtes et de la neige.* » Tout ça dans un si petit pays, conclut-il non sans fierté.

Ça tombe bien, Roland lui raconte comment, plus tôt dans la journée, il a dégringolé la montagne pour aller se jeter à la mer, et lui suggère d'intituler la quatrième page de son cahier : *Clichés.* Micky consigne alors sous la dictée de son frère : « *monts et mer, cloches et minarets, Orient et Occident* », ce qui donne à Roland une autre idée : *Mythes*, et sur la cinquième page, Micky note : « *La Phénicie, la Suisse du Moyen-Orient, le Paris du Levant, le Saint-Tropez, le Monte-Carlo, etc.* »

— Micky, dans quel continent se trouve-t-on ?

— En Méditerranée ?

— Continent, Micky, pas mer.

Le petit garçon revient à la première page de son cahier pour en étudier la carte.

— On fait partie de l'Asie.

— Exact, au même titre que la Sibérie, la Mongolie, la Thaïlande et le Japon. On est situés à l'extrême bord d'un énorme continent avec des milliers et des milliers de kilomètres de peuples qui s'étendent derrière nous sans qu'on ait le moindre lien avec eux. Tu vois sur la carte ? Beyrouth pointe tellement vers le large qu'on dirait que tout le Liban est tendu vers l'Europe, le monde occidentalisé.

Roland lui parle alors de la *dolce vita*, du mode de vie extravagant des Libanais qui n'est pas coutume dans la région, des hôtels luxueux du front de mer, des restaurants et des boîtes de nuit huppés, du Casino du Liban, des théâtres, des salles de cinéma et de concerts, du festival de Baalbek, et ce jusqu'à l'arrivée d'Ammo Émile et de tante Renée qu'ils vont accueillir au salon.

Tante Renée complimente Roland sur sa cravate rose à pointillés verts qu'il a assortie à son costume gris foncé. Ce soir, leur annonce-t-il, il sort dîner avec ses parents et un couple d'amis à eux, Joe et Betty, dans le restaurant des Caves du Roy, la boîte de nuit de l'hôtel Excelsior. C'est la première fois qu'il se rend dans une vraie boîte de nuit. Ses parents, qui s'apprêtent dans leur chambre, estiment qu'il est à présent assez grand pour passer des soirées en compagnie d'adultes et s'initier au chic et au savoir-vivre. C'est aussi la première fois qu'il va veiller dans la rue de Phénicie à Zeitouné, réputée inégalable dans le monde de la nuit, pour l'ambiance peu orthodoxe de sa collection de bars, de bordels et de cabarets, précise-t-il doctement.

Aux Caves du Roy, chaque fois qu'Antoun s'arrête à une table pour serrer des mains, Magda en profite pour présenter leur fils aîné Roland. Les hommes sont en costumes cravates, les femmes en robes longues, parées de bijoux et arborant des coiffures sophistiquées. Le fond musical est assuré sur l'estrade par trois Anglaises. Plus tard, un groupe allemand prendra la relève.

Au début, Roland écoute poliment Magda et Betty deviser sur les gens, qui est là et qui ne l'est pas, stars, acteurs et politiques, puis, à la demande de sa mère qui voudrait le faire passer pour un expert en aérospatial, il leur conte les derniers exploits d'Apollo 8. Son père lui sert une coupe de champagne et lui suggère de commander la fameuse escalope du chef Roulet puis une crêpe flambée à l'orange.

À 21 h 30, alors qu'il porte son verre à la bouche, son regard croise celui de Georgina, assise plus loin au milieu d'adultes, exactement comme lui. En petite robe de soirée, les cheveux joliment relevés au-dessus de la nuque, elle est différente de la fille sportive dont il a seulement entraperçu le visage. À présent, Roland découvre sa peau claire, sa bouche rose et ses yeux verts. Ou couleur miel, difficile de trancher.

Elle lui décoche un sourire au moment où Antoun se lève brusquement de table. Quelque part à la périphérie floue de son champ de vision, un homme est venu souffler des mots à l'oreille de son père, « les Israéliens sont là, ils saccagent nos avions », et Antoun est parti en lançant des consignes à Joe. Peu à peu, une excitation qui n'a rien à voir avec l'ambiance festive se propage dans la salle, s'emparant des gestes et des voix. À peine Roland rend-il son sourire à la jeune fille que le temps, resté en suspens, reprend violemment son cours. Sa mère le somme de se lever en lui empoignant le coude et le traîne. Lui a enfin vu le visage de Georgina, surpris de n'être pas surpris de la trouver aussi belle qu'il l'avait imaginée. Avec ses grands yeux électrisants posés sur lui, elle semble planer elle aussi au-dessus de l'agitation qui a contaminé sa table.

Malgré les quelques informations que ses sens ont glanées de-ci de-là, Roland ne cherche pas à comprendre pourquoi la soirée a tourné court. Le monde a reflué de sa conscience. Les mots et les phrases échangés autour de lui ne l'atteignent pas et, une fois de retour à la maison, il s'enferme dans sa chambre. Allongé sur son lit, il se laisse bercer par le flot de musique qui passe en continu sur les ondes de Radio Liban. Une seule image et une seule pensée retiennent son attention : l'élastique fuchsia de son maillot une-pièce sur la courbe rebondie de ses fesses, et la certitude que ce soir, elle était déjà en train de le regarder avant même qu'il ne la voie.

Ce n'est que dans les vapeurs confuses du lendemain matin que les choses prennent tout leur sens. La douce musique de la radio qu'il a oublié d'éteindre a laissé place à des bulletins d'informations qui se succèdent sans répit. « Les équipes de nettoyage s'activent sur le tarmac de l'aéroport international de Beyrouth où gisent les débris calcinés des avions. Les appareils attaqués sont irrécupérables, les pertes évaluées à plus de quarante millions de dollars. Le tableau lumineux indiquant les horaires des départs et des arrivées n'a pas fonctionné de la matinée. Un appel a été lancé à l'unité et à la vigilance du peuple libanais. »

L'oreille tendue, Roland écoute ses parents parler à voix basse dans la cuisine tandis que l'arôme familier de cardamome se répand dans l'appartement. Il se lève et, par l'entrebâillement de la porte, aperçoit sa mère, face au réchaud, en train de préparer du café. Son père, assis à table l'air abattu, fume une cigarette. Tous deux sont encore en peignoir, pas coiffés ; leurs gestes sont lents et fantomatiques.

— S'en prendre à un aérodrome sans défense… Viser le cœur, le poumon, l'organe premier d'un pays à vocation touristique… Raser les flots et débarquer en pleine nuit pour effectuer une attaque surprise durant les fêtes de fin d'année… *Tfeh !* lâche Magda.

— Agression préméditée contre un objectif à cent pour cent civil. Le monde entier en convient. Même les Américains. De Gaulle a décidé de mettre l'embargo sur tous les armements destinés à Israël, complète Antoun.

— Il leur a fallu moins d'une heure pour détruire toute notre flotte. C'est le début de la fin, conclut Magda.

— La fin de quoi ? demande Antoun.

Il lève vivement la tête vers sa femme, qui a les yeux rivés sur la cafetière.

— De nous, du Liban. On n'a même pas pris racine que ça flanche déjà sous nos pieds. Ça glisse, c'est mou, on n'a prise sur rien.

— On a besoin de temps, voyons, nous ne sommes que des enfants, rien de tel qu'une bonne contrariété pour nous raffermir l'esprit ! Ayons confiance et restons soudés.

— Confiance ? s'étonne Magda. Arabes, Syriens, Israéliens, Palestiniens, *kello adrab men bahdo…* Les autorités ? L'armée ? Où était-elle hier quand on avait besoin d'elle ? Tu sais bien ce qu'on dit : quelque part dans les montagnes, les maronites sont en train de s'armer pour qu'on puisse se défendre tout seuls de ce qu'on nous fait.

— Magda, calme-toi nom de Dieu, si les enfants t'entendaient…

Antoun se lève, écrase sa cigarette dans l'évier et douche le mégot sous un jet d'eau.

— Ce qui gêne Israël, c'est que ça fait plus de vingt ans qu'on réussit à ne pas se laisser entraîner dans une action de provocation militaire malgré notre soutien moral à la cause palestinienne. Voilà ce qui les gêne là-bas : qu'on ne leur fournisse pas des prétextes à leurs entreprises de conquête. Alors ce n'est pas maintenant qu'on va commencer.

— Pas besoin. Les Palestiniens s'en chargent pour nous.

Cette fois, la tension dans la voix de Magda est telle que Roland se décide enfin à faire son apparition, suivi de son frère qui l'a rejoint et se tient blotti contre lui, son cahier serré dans les bras.

— Bonjour tout le monde ! J'ai faim… Que nous vaut cette agréable querelle de bon matin ?

— Israël accuse le Liban d'être responsable de l'acte de piraterie du FPLP à l'aéroport d'Athènes. Ils ont détruit tous nos avions en moins de trente minutes mon chéri, lui répond sa mère.

— C'est quoi le effpéelpé ?

— Un des mouvements de la résistance palestinienne, Micky, dit Roland en sortant deux bols d'un placard, du lait et un pot de *labné* du réfrigérateur.

— Une faction extrémiste, renchérit Magda. Les enfants, s'il vous plaît, laissez-moi finir de discuter avec votre père. Israël accuse Beyrouth d'être le centre névralgique du terrorisme arabe. Tu sais bien qu'on ne tiendra pas longtemps avec cette politique de représailles.

— Mais il n'y a pas d'Israël !

Tout contrit, Micky brandit la première page de son cahier où apparaît le Liban à sa place dans le monde avec son continent (l'Asie), sa région (le Proche-Orient), sa mer (la Méditerranée) et ses pays frontaliers (la Syrie, la Palestine occupée).

— Antoun, explique à ton fils. Et ne dis pas qu'il est trop petit. Il y a des Palestiniens et des Israéliens de son âge qui ont parfaitement compris la situation.

Antoun prend Micky sur ses genoux et lui raconte que, dans le temps, la Palestine occupée s'appelait Palestine tout court et qu'on y trouvait des Palestiniens, comme au Liban on trouve des Libanais. Un jour, un morceau de Palestine fut saisi et transformé en un État qui fut baptisé Israël, avec des Israéliens dedans. Ça s'est produit en 1948, le Liban avait alors à peine cinq ans d'indépendance. Depuis, les Libanais, en solidarité avec les Palestiniens qui habitaient cette portion de terre, évitent autant que possible le mot « Israël ».

— C'est pour cette raison qu'à l'école, dans tes futurs cours d'histoire et de géographie, dans les livres, sur les cartes, à la radio et à la télévision, tu n'entendras jamais dire « Israël » mais « Palestine », ou « Palestine occupée ».

— Et depuis la guerre de juin l'an passé – tu t'en souviens Micky, on avait passé toutes les vitres au bleu –, Israël a gobé ce qui restait de la Palestine, complète Roland en trempant du pain dans le pot de *labné*.

— Ils sont allés où les habitants ?

— Certains sont restés en Israël et dans les territoires occupés, la plupart sont allés en Jordanie. Beaucoup sont venus au Liban, dans le sud. On en trouve aussi en Syrie, en Égypte et dans tous les pays arabes.

— Ils ont été obligés de partir de chez eux ?

— Ils ont vendu leurs terres, lâche Magda en recueillant délicatement à la petite cuillère l'écume à la surface de la cafetière pour la jeter au fond des tasses.

— Ils ont été chassés, ils ont dû fuir, corrige Antoun.

— Ils auraient dû rester coûte que coûte là où ils étaient, rétorque sa femme en éteignant le réchaud.

— Pour nous, Libanais, ce sont des réfugiés.

— Des terroristes de la pire espèce, pour les Israéliens.

— Donc quoi ? s'immisce Roland en avalant une bouchée de pain. Hommes d'affaires, réfugiés ou terroristes ? Retiens les trois, Micky, qui sait ? Un jour tu perceras peut-être le mystère.

— Même pas dans cent ans, marmonne Antoun, qui semble soudain avoir pris un coup de vieux.

Il sort de la poche de son peignoir un clou à trois têtes et le glisse dans la petite paume de Micky.

— Pour ta collection, fiston. Les Israéliens en ont déversé sur les routes pour empêcher l'armée d'arriver à l'aéroport la nuit passée.

Surgissent dans la cuisine Ammo Émile et tante Renée, en robes de chambre et pantoufles. D'un air dépité, Ammo Émile jette le journal sur la petite table nappée. Tout le monde prend place autour sans rien dire et porte à sa bouche une tasse de café bien noir ou un bol de lait chaud. C'est Ammo Émile, la voix éraillée, qui brise le silence en s'adressant à Antoun :

— Tu n'es pas à l'aéroport ?

— Mes pneus ont crevé hier soir.

Gêné, Antoun boit une gorgée de café en serrant les dents. Micky tourne les pages de son cahier et lit à voix haute : « *L'aéroport international de Beyrouth, dit AIB, est l'aéroport numéro un du Moyen-Orient et le troisième point d'atterrissage le plus fréquenté au monde.* » La tablée soupire. Tante Renée se demande si la MEA, *haram*, va faire faillite et disparaître, mais on lui répond que non, toutes les compagnies aériennes à travers le monde ont déjà proposé de lui envoyer des appareils.

Roland se raccroche à l'odeur du café brûlant et des nourritures familières à l'étage, puis attaque le journal. Pendant trois quarts d'heure, les forces aéroportées de Tsahal avaient été les maîtres de l'aérodrome le plus important du Proche-Orient qui, à l'heure de l'attaque, était en pleine activité et complètement illuminé. Environ mille cinq cents personnes se trouvaient dans les bâtiments et plusieurs centaines d'entre elles sur les terrasses qui dominent les pistes. Un Boeing 707 de la MEA s'apprêtait à décoller pour Djeddah, on attendait le courrier régulier d'Air France, et une fête de fin d'année avec deux cents convives battait son plein près des hangars de la MEA, quand un vrombissement insolite de moteurs s'était fait entendre : des hélicoptères de modèle Super Frelon approchaient à ras le sol. Ils s'étaient posés à sept minutes d'intervalle. Les assaillants qui en avaient débarqué parlaient l'arabe et avaient invité toutes les personnes présentes à s'éloigner des avions de ligne libanais, sous lesquels avaient été placées des charges explosives. Arrosant de balles tout le secteur, un hélicoptère couvrait l'opération en lançant aussi des bombes à billes pour tenir à distance les équipes de secours. Mitraillette au poing, un commando avait obligé les passagers en partance pour Djeddah à débarquer du Boeing. Ce fut le premier appareil à être détruit à la dynamite. La tour de contrôle avait alors ordonné la fermeture de l'aéroport, les avions attendus avaient immédiatement été détournés vers Amman, Damas ou

Chypre et le black-out fut aussitôt imposé. Seul un DC-8 de la KLM avait atterri et été épargné. À 22 heures, le dernier Super Frelon avait décollé vers le large, en direction d'Israël.

Ce Super Frelon, Ali Hassan le voit s'envoler, tout comme il repère au loin, malgré l'obscurité, des hommes-grenouilles ennemis à l'œuvre sur les pistes qui longent la mer. Il admire, non sans une pointe d'envie, leur savoir-faire et leur agilité.

Il revient de Francfort où il a été chargé par le Fatah d'établir des contacts avec des organisations terroristes de gauche comme le Baader-Meinhof Gang. Sa mission accomplie, il a décidé de s'octroyer une pause festive dans la capitale libanaise, avant de rentrer à Amman rejoindre sa femme et son fils. Il en profitera pour retrouver Abou Daoud qui lui aussi est de passage au Liban pour visiter les bases militaires que les Palestiniens ont installées dans le sud du pays ainsi que les représentations de l'OLP établies à Beyrouth.

Abou Daoud est l'une des premières personnes qu'il a rencontrées à son arrivée à Amman en juin 1967. Ils ont fait ensemble leurs premiers pas au sein du Fatah et ont tous les deux été sélectionnés par les hautes autorités pour faire partie d'un groupe de huit hommes triés sur le volet, destinés à recevoir une formation militaire accélérée au Caire, dans le but de monter par la suite les premiers services secrets palestiniens.

Les deux se sont donné rendez-vous le soir même de l'arrivée d'Ali Hassan à Beyrouth pour dîner au lobby du Coral Beach Hôtel, dans lequel chacun a pris une chambre. Plus tard, quand Abou Daoud ira se coucher, lui se rendra aux Caves du Roy, veiller, boire et danser jusqu'à finir entre les cuisses d'une belle inconnue.

Tandis qu'il anticipait les jouissances de sa nuit, le regard distraitement tourné vers le hublot du DC-8 de la KLM en phase d'atterrissage, l'absence d'éclairage lui a sauté aux yeux. À cet instant, le commandant a annoncé que l'aéroport de Beyrouth souffrait d'une panne de courant généralisée mais qu'en aucun cas cela n'entraverait la sécurité des passagers et leur atterrissage imminent. Il était déjà trop tard pour faire demi-tour ou changer de cap quand il avait reçu l'alerte et, pour éviter tout mouvement de panique chez les passagers qui risquaient de remarquer l'anomalie en regardant par les hublots, il a improvisé cette annonce.

Ali Hassan n'était pas dupe. Mis à part quelques signaux lumineux censés délimiter grossièrement une piste d'atterrissage de fortune, l'aéroport était plongé dans l'obscurité la plus totale. Juste avant que l'appareil ne se pose, il a aperçu sur le côté de vives taches de lumière flamber à différents endroits.

Accueillis par les pompiers, les passagers sont
à présent transportés via des véhicules blindés
jusqu'au bâtiment principal de l'AIB. Durant la
brève minute qu'il passe sur le tarmac, Ali Hassan
distingue des explosions et des rafales assourdis-
santes, le bruit des pales d'hélicoptères se mêlant à
celui des mitraillettes.

Dans le bâtiment, une centaine de voyageurs
silencieux se tiennent face aux baies vitrées, retenant leurs larmes, hypnotisés par les colonnes de
feu qui montent au ciel. Le front perlé de sueur,
une partie des responsables des services de sécurité
de l'aérodrome tentent sans succès de les éloigner
des vitres, tandis que d'autres vont et viennent en
chuchotant dans leur talkie-walkie : « D'où diable
sont-ils sortis ? » « Comment ont-ils pu échapper
à nos radars ? » « Puisse Dieu leur faire parvenir
la pire des maladies »… Il n'en faut pas plus à Ali
Hassan pour comprendre exactement ce qui vient
de se passer.

Malgré les pressants appels au calme lancés par
la radio libanaise, des milliers de personnes se ruent
vers l'aéroport pour voir, provoquant des embou-
teillages monstres et entravant le mouvement de
la police et des pompiers. Aussitôt alertée, la radio
coupe court à ses bulletins d'informations et diffuse sur toutes les ondes des chansons aux mélo-
dies lentes destinées à apaiser les Libanais jusqu'à
l'aube.

Ce n'est que vers 4 heures du matin, une fois la chaussée du boulevard principal nettoyée des clous à trois têtes qui ont été déversés pour empêcher les secours d'arriver à l'aéroport, qu'Ali Hassan peut rejoindre son hôtel situé en bord de mer sur la Corniche. Il se fait couler un bain dans lequel il se glisse en buvant un Black on the rocks. Plus tard, par la baie vitrée, il regarde les premières lueurs pâles de l'aube donner peu à peu du relief au paysage. Quand l'étendue de mer plissée apparaît enfin, il tire les rideaux et se couche.

Lorsqu'il se réveille le lendemain à 11 heures, il se douche en écoutant les informations à la radio, puis descend s'installer à la terrasse du Coral Beach face aux vagues couvertes d'écailles argentées. Le soleil est bon et le temps doux. En attendant qu'Abou Daoud arrive, il commande un café plus noir que noir et parcourt les journaux qui tôt ce matin ont été glissés sous sa porte.

Les deux mois de formation intensive qu'Abou Daoud et lui ont passés dans le camp au Caire ont tissé entre les deux hommes, qui jusqu'alors n'entretenaient que des rapports purement professionnels, un lien de complicité. L'entraînement mené par des officiers égyptiens s'était déroulé l'été dernier, un été sec et brûlant au cours duquel ils ont grillé sous un soleil de plomb pendant les marches et les exercices de survie dans le désert et la rocaille.

Ils ont appris à manipuler différents types d'armements et d'explosifs, à tirer sur une cible, à lancer
des grenades, à utiliser un poignard et fabriquer
des bombes ; ils ont été initiés aux techniques de
renseignement et de contre-espionnage, ils ont été
formés à pister l'ennemi et à utiliser des micros et
du matériel de surveillance, cours de sabotage tout-
terrain et usage massif de messages codés à l'appui.
Ce n'est que tard le soir qu'ils pouvaient jouir d'un
moment de répit, en retrouvant la fraîcheur et les
parfums du jardin, chèvrefeuilles et bougainvil-
liers qui entouraient la villa dans laquelle ils étaient
logés, non loin des Pyramides, mais de laquelle il
leur était interdit de sortir.

Les soirs où ils tombaient de faim et de sommeil, las et déprimés d'être coupés du monde, à la
fois si proches et si loin du Caire et de son anima-
tion, ils entonnaient un chant. Un chant composé
par un des leurs dans les premiers jours qui avaient
suivi leur arrivée quand, lors d'un exercice d'orien-
tation dans le désert, excédé par les morsures du
soleil, victime de mirages et abruti par la chaleur,
il avait abandonné le groupe et s'était laissé aller
à une longue rêverie à l'ombre d'un rocher. Les
paroles racontaient en langue arabe et sous forme
de versets comment leurs aînés, pris de court lors
de la catastrophe de 1948, avaient déserté leurs
maisons pour aller se réfugier dans les pays arabes
voisins ; comment la panique avait laissé place

à un traumatisme suite à la création d'Israël sur leur terre ; comment, perdant de vue leur cause, ils avaient cessé d'exister *per se* pour se noyer dans la masse du mouvement nationaliste arabe sous la conduite du raïs Gamal Abdel Nasser ; mais aussi comment, suite à la débâcle de Nasser et des armées arabes pendant la guerre de 1967, une identité politique palestinienne avait émergé : Yasser Arafat était apparu, son Fatah avait acquis de l'importance et le nombre de ses partisans s'était multiplié ; la chanson racontait enfin comment le 21 mars 1968 la bataille de Karameh avait été gagnée, sacrant le réveil palestinien et son leader Arafat, relevant l'honneur des Arabes. Arrivés à ce point, les mots qui s'échappaient de la bouche de ceux qui n'avaient pas encore sombré dans le sommeil n'étaient plus que de faibles gémissements nostalgiques.

Les autres soirs, ils préparaient les interrogations orales du lendemain en se plongeant dans la lecture d'ouvrages techniques sur l'art de la guerre, la pratique de la guérilla et la guerre de l'ombre. Mais lassés de cette atmosphère studieuse, en général sous l'impulsion d'Ali Hassan qui claquait fort son livre et l'envoyait balader au bout de la pièce, ils reprenaient le fil de leur éternelle conversation en grillant cigarette sur cigarette, débattant des différentes options pour libérer leur terre de l'occupation sioniste. Ils convenaient tous ne pas être en

état de rivaliser avec Israël, ni à l'intérieur, dans
les territoires occupés, où, épiés de près par les
Israéliens, ils se jugeaient trop peu nombreux et pas
assez forts pour combattre seuls, ni à l'extérieur,
dans les pays arabes voisins, où ils étaient non seulement trop éparpillés, mais également surveillés
par leurs hôtes, ce qui réduisait considérablement
leur marge de manœuvre. Ali Hassan et ses camarades ne voyaient finalement qu'une seule possi-
bilité : inciter les États arabes les plus puissants
comme la Jordanie, la Syrie et l'Égypte, à se battre
pour eux. Il leur fallait agir en Israël afin de susciter
en retour des attaques israéliennes contre ces États,
qui alors prendraient les rênes du combat. Non pas
miser sur une efficacité militaire immédiate ou des
batailles rangées classiques dont ils n'avaient pas les
moyens, mais faire naître une guerre populaire de
libération : mobiliser le peuple. Former des cellules
secrètes dans chaque rue, chaque village, chaque
faubourg des territoires occupés. Ils en arrivaient
tous à la conclusion que seule l'organisation de
la lutte armée saurait obliger les régimes arabes à
affronter Israël. Elle constituerait le catalyseur de
l'unité entre Palestiniens, mais aussi entre tous les
Arabes. Imbibés d'espoir, ils sombraient alors dans
un sommeil de plomb.

Abou Daoud a quitté sa chambre pour rejoindre
Ali Hassan dès que la réception lui a communiqué

le message laissé à son intention. Il se doutait bien que son ami avait eu des tracas hier soir mais ce n'est que ce matin, après avoir épluché chaque quotidien local, qu'il a appris que l'avion d'Ali Hassan avait été le seul à atterrir. Lorsqu'ils se retrouvent, celui-ci lui fait le récit détaillé de son arrivée à l'aéroport, Abou Daoud commande un thé à la menthe sans émettre le moindre commentaire, puis Ali Hassan allume une cigarette en faisant claquer son briquet et en tire une longue bouffée. Son compagnon soupire avant de prendre enfin la parole :

— Israël multiplie les actions de représailles sur le territoire libanais. C'est systématique, c'est toujours le Liban qui est visé après une attaque palestinienne, quel que soit son lieu d'origine. Qui aurait prévu qu'Israël s'en prendrait au seul État arabe qui n'a pas les moyens de se défendre et encore moins de se battre ?

— Réfléchissons, répond Ali Hassan en tapotant la pile de journaux posés sur la table. Ce qui compte, ce sont les résultats concrets. Le résultat de cette affaire ? C'est que les médias occidentaux ont réagi du tac au tac et que le monde sait maintenant de quoi est véritablement capable le régime sioniste. Comment ? Grâce au caractère disproportionné de sa réplique sur le Liban. Et pourquoi diable Israël a répliqué de façon si démesurée à l'attentat d'El Al à Athènes ? Parce que c'est la première fois qu'elle a été atteinte en dehors de chez elle, et ça, ça l'a rendue folle de rage.

Ali Hassan lance un bref coup d'œil alentour et constate que la terrasse du Coral Beach s'est remplie en un rien de temps. Les serveurs vont et viennent avec des plateaux de boissons et des coupelles de pistaches, les gens se saluent et devisent des événements de la nuit, ils s'étirent, ôtent leurs lunettes de soleil, soupirent puis les remettent, des familles entières se sont installées à table, certaines ont déjà commencé à déjeuner. Rien ne viendra donc jamais ébranler la langueur des Beyrouthins, songe-t-il. Il se penche discrètement vers Abou Daoud et poursuit à voix basse :

— Dis-moi, combien de fois l'avons-nous déjà touchée de l'intérieur ? Combien de tirs de roquettes à Jérusalem, combien de stations de pompage avons-nous fait sauter, combien de réservoirs d'eau et de raffineries nous faudra-t-il encore ? Des dizaines et des centaines, pour même pas un gramme de visibilité ! Parce qu'on l'attaque chez elle, qu'elle répond en bombardant invariablement nos camps au sud du Liban, que c'est du travail de routine, tout ça se reproduisant à l'infini, dans un cercle vicieux d'un ennui mortel pour l'humanité qui n'y trouve pas le moindre effet dramatique. Alors qu'il a suffi au FPLP d'un acte de piraterie aérienne pour que l'opinion publique internationale se soulève.

Ali Hassan écrase sa cigarette sans quitter des yeux Abou Daoud, qui pose sa tasse et se racle la gorge avant de demander :

— N'a-t-on pas attiré l'attention avec la bataille de Karameh ?

— Si, celle des Arabes. Mais ce n'est plus suffisant, répond Ali Hassan du tac au tac.

— Qu'est-ce que tu proposes ?

— Je ne suis pas contre des méthodes plus efficaces. Des opérations plus techniques, plus sophistiquées, plus radicales, plus spectaculaires, qui focaliseraient l'attention du monde entier. Voilà. Que la communauté internationale prenne véritablement conscience du problème palestinien et se décide une bonne fois pour toutes à le régler et à nous rendre justice.

Ali Hassan croise les bras et se met à taper du pied nerveusement. Abou Daoud lève vers lui un visage totalement inexpressif.

— Les arguments sont convaincants, mais je ne suis pas d'accord avec ce type d'action, finit-il par dire. Prends la situation à l'envers. Plus l'attention obtenue est grande, plus les représailles sur le Liban sont lourdes. C'est délicat, il ne faudrait pas que les Libanais se braquent. L'enjeu est de taille, l'ennemi en est conscient et en joue. Et puis c'est avant tout là où nous sommes en conflit avec les forces sionistes qu'il faut les affronter, c'est-à-dire chez nous, en Palestine. On ne doit pas dédaigner

la guerre armée populaire. L'attaque à la grenade
à Haïfa, le dynamitage d'un pont ou d'un tunnel,
le sabotage d'un oléoduc américain, l'explosion
d'une mine dans la vallée du Jourdain : chaque
petite destruction de ce type, grâce à l'impact produit sur les esprits, mobilise le peuple et amène dix
compatriotes à penser qu'ils peuvent aussi le faire.
L'action révolutionnaire pour la libération doit
venir d'en bas, du peuple même. *Reculer si l'ennemi avance, le frapper s'il se fatigue, le harceler s'il
s'installe, le pourchasser s'il se retire.* On les aura à
l'usure.

À ces mots, Ali Hassan se rejette en arrière en
soupirant bruyamment.

— Ça, c'est sûr, bon Dieu ! Rien qu'à entendre
tes maximes chinoises et à te regarder boire du thé
goutte après goutte, je me sens déjà las et vieux.
Tu sais quoi ? L'essentiel dans cette histoire, c'est
qu'elle ne mette pas en péril l'ambiance nocturne
de la ville. Viens qu'on commande un poisson
grillé et de l'arak, tout ça m'a creusé l'appétit.

Il pose ses lunettes de soleil sur la table et tend
son visage au ciel en se balançant sur sa chaise.

Laissant derrière lui la trace des attaques subies
par la flotte libanaise, un Boeing 707 s'élance à la
tombée du jour. Suivi d'un, deux puis trois autres
avions. Une cinquantaine d'adolescents fusent de

leurs chaises, le poing en l'air : « Hourra ! » « *Go Lebanon, go !* » « *You rock MEA !* »

Ils sont installés sur des sièges pliants face à l'horizon, la mer et les roches de la Grotte aux Pigeons ; ils boivent, ils flirtent, ils dansent, emmitouflés dans de fines couvertures de laine ou parés de châles en cachemire. Comme chaque weekend, ils se sont retrouvés au creux de cette falaise peuplée de bars et de boîtes-cafés pour une après-midi dansante très B.C.B.G. au soleil couchant. Les pistes de danse en plein air sont tassées les unes contre les autres : pop, rock, jerk et blues se fondent dans les airs en un seul chant étourdissant. En bas, la côte étire sa courbe harmonieuse jusqu'au cap ; au loin, vers le nord, des lueurs roses scintillent sur les cimes enneigées du Sannine et la lune commence à apparaître.

— À la lune !

Georgina tend vers Roland son verre de punch orangé. Malgré la fraîcheur de son sourire, une certaine détermination anime ses traits. Son profil de femme a pris le dessus sur celui de fille, mais les deux visages continuent – et continueront sans doute pour quelque temps – de s'affronter en elle. Roland ne peut se décider sur la couleur de ses yeux : vert aux reflets dorés, comme si on y avait distillé des gouttes de miel, ou noisette aux éclats verts ? Rester concentré sur cette énigme lui permet d'avancer vers elle sans vaciller ni la lâcher

du regard, malgré son cœur qui bat la chamade.
Il force un peu le ton, pas grand-chose mais juste
assez pour produire un effet, et lui dit :

— À sa face cachée, enfin contemplée par un
homme.

Dimanche 20 juillet 1969

À 20:17:40 UTC, Apollo 11 se pose sur la Lune. Il est 22 h 18 au Liban et Micky est roulé en boule sur la balancelle du balcon de leur maison d'été à Aley. Jamais exclu des soirées d'adultes, le jeune garçon en profite pour suivre les conversations et se laisser cajoler jusqu'au moment où il s'effondre sur les genoux de son père ou de sa mère.

Ce soir, l'enjeu était de taille. À l'aide d'un drap pendu sur la barre de la balancelle, il s'est construit une tente et s'y est réfugié avec son cahier, sa lampe de poche et ses jumelles en plastique, yeux rivés vers le ciel, guettant l'univers étoilé. Il a fini par s'écrouler dans son cosmodrome, bercé par les bavardages des adultes et le tintement des verres. À côté de lui, son cahier est resté ouvert sur la page qu'il a écrite : « *Le Liban a lancé des fusées dans l'espace. Cedar 4 a atteint la hauteur de 150 kilomètres en 1963. En 1967, Cedar 10, avec plus de 600 kilomètres, pouvait atteindre Israël. Le Liban est devenu*

fort, tout le monde a eu peur. C'était la fin du pro-
gramme spatial libanais. »

Antoun se penche sur le corps menu de Micky
pour le réveiller, Magda lui fait les gros yeux.

— Il est tard Antoun…

— Allez, une exception ! Il s'en rappellera toute
sa vie. Profitons-en tant qu'on peut encore leur
donner de beaux souvenirs.

Magda capitule, Antoun secoue Micky avec
douceur.

— Chéri, la fusée vient d'atterrir sur la Lune.
Je ne sais pas si tu verras grand-chose, mais ça vaut
peut-être le coup d'essayer.

Micky saute sur ses pieds comme un ressort, ses
cheveux bouclés en pétard, et part avec son père au
bout de la terrasse, là où il fait le plus sombre et où
le ciel scintille.

Magda rejoint à table son frère Nino et sa belle-
sœur Alexa, les parents de Sharif, ainsi que Joe et
Betty. Les hommes ont allumé des cigares. « Des
nouvelles des enfants ? » « On a bien fait de retirer les tapis… » « Pourvu qu'ils ne saccagent pas
le reste… Qui veut des glaçons ? » Nino se sert un
verre de Black Label en commentant les nouvelles
frictions entre l'armée libanaise et les fédayins dans
le sud du Liban.

— Nous sommes en passe de leur céder une
part de notre souveraineté et personne ne dit rien !
s'exclame-t-il.

— On lève le petit doigt et on se fait arracher le bras, que veux-tu... répond Joe en suçotant le bout de son cigare. Prions pour que les autorités trouvent un accord pour mettre un terme à cette crise qui les oppose à l'OLP.

Les deux hommes soupirent en étudiant leur verre de whisky, l'un agite doucement les glaçons, l'autre se saisit d'une coupelle d'eau où flottent des pistaches crues. Les femmes ont repris leurs bavardages dans les vapeurs des narguilés, épluchant des amandes fraîches et buvant de l'arak à petites gorgées. Des rumeurs montent des maisons voisines et la demi-lune éclaire chaque chose, les tuiles des toits, les arbres, les poteaux, les lignes électriques, les allées serpentant de villa en villa, et au loin les collines verdoyantes couvertes de vignes. La nuit est douce, mais plus fraîche qu'à Beyrouth.

Chaque été, comme presque tous les Beyrouthins fuyant les grandes chaleurs, les familles de Roland et de son cousin Sharif estivent pendant plus de deux mois dans leur résidence secondaire à Aley, un petit village situé sur les hauteurs de la capitale, à seulement quarante minutes en voiture de Beyrouth.

Les deux maisons avec un jardin commun se trouvent dans le quartier chic de la bourgade. Au réveil, les enfants courent jusqu'aux maisons voisines rejoindre leurs copains de villégiature ; on cueille des fruits, on enchaîne pique-niques, barbecues et repas de retrouvailles entre amis et cousins venus des quatre coins du monde, pour qui les vacances sont l'occasion de grandes réunions familiales. Sur ce flanc de montagne, tout le monde se connaît, on y est bien, à l'aise entre soi. À la tombée du jour, un brouillard plonge parfois le village dans une pénombre crépusculaire, donnant plus de profondeur encore au vert des feuillages, créant une atmosphère singulière autour des vieilles maisons en pierre et des élégants petits immeubles à la française. Les plus jeunes, pour se faire peur, partent alors en expédition visiter les jardins et vergers des uns et des autres, qu'ils ont déjà sondés de fond en comble mais que la brume nimbe d'un nouveau mystère.

Estiver nécessite cependant une certaine logistique, car si le brouillard ne fait que quelques apparitions pendant l'été, il est présent tout au long de l'hiver, cernant chaque demeure de larges taches de moisi. Ces infiltrations d'eau abîment la peinture des murs qu'il faut alors repeindre au printemps. L'an passé, histoire de varier un peu du blanc, la grande sœur de Sharif, inscrite à l'Académie libanaise des Beaux-Arts, a suggéré de peindre la salle à manger en rouge, oui, en rouge. Et au pire, quoi ? Une saison et on repeindrait tout en blanc. Et le salon en violet s'il vous plaît... Ses parents ont accepté et, à son arrivée en juillet, elle a organisé une grande fête. Le punch était servi à la louche par une petite armée de domestiques en veste blanche,

et, sur les murs rouge et violet éclairés par les pro-
jecteurs, d'étranges reflets ondulaient ; la maison
avait pris des allures psychédéliques en phase avec
la musique rock qui planait. Depuis, tous les voisins ont décidé de repeindre leurs murs en jaune et
violet, vert et violet ou bleu et violet, violet étant la
couleur du moment.

Cette année, c'est Sharif qui a obtenu l'autorisation de faire une fête, et c'est avec Roland qu'il
a préparé une soirée à thème autour de la mission Apollo 11, dont ils suivent d'aussi près que
possible l'actualité. Lorsqu'ils ont lancé l'invitation, cinq jours plus tôt, la nouvelle a sillonné les
collines alentour, et, ce soir, beaucoup de leurs
amis les ont rejoints des villages voisins, Saoufar,
Chtaura et Bhamdoun. Certains sont même montés de Beyrouth.

Dans la maison des parents de Sharif, la soirée
« One way ticket to the Moon » bat son plein.
Ils sont accoutrés en Martiens, cosmonautes et
hommes du futur, la chevelure colorée, le visage
badigeonné de pâte argentée. Les accessoires pullulent : scaphandres, sabres lumineux… Affublé
d'un sac à dos spatial à poches liquides remplies
d'alcool, Sharif est allongé dans le jardin avec
deux filles vêtues de mini-jupes futuristes à qui il
explique qu'il a baptisé son cocktail « Go Buzz » en
l'honneur de l'astronaute. Il leur tend à chacune

un tube relié aux poches d'alcool, qu'elles portent à leur bouche en poussant des cris de joie.

Sharif et Roland ont revêtu l'uniforme de l'équipage de Starfleet dans la série *Star Trek*, tee-shirt bleu comme McCoy pour Sharif, jaune comme Kirk pour Roland. Ce dernier, à la batterie, joue avec son groupe de rock « In the year 2525 » de Zager & Evans. D'autres se livrent à des observations sur la lune ou le temps qu'il fait en buvant des bières glacées. Assis sous des volutes de cigarettes, certains sont engagés dans des conversations houleuses :

— Arrête ton char. Pourquoi les juifs auraient occupé la Palestine ? Laisse tomber, va. Les histoires trop longues, ça me fatigue…

— Que les États-Unis leur fassent cadeau d'un de leurs vastes et nombreux États et qu'on en finisse !

Ils entrent et sortent de la maison où se trouvent des plateaux de *chich tawouk* et de brochettes de *mechwé* croustillant, se chamaillent pour regarder dans l'énorme télescope, prennent un bain de lune en maillots de soirée.

Déguisées en Barbarella, avec capes, cuissardes et longs gants effilés, Georgina et Raymonda sont allongées sur des transats à côté de la piscine. Elles sirotent leur punch, fument le narguilé et lancent de temps à autre un « Bravo ! » à l'intention du groupe de rock.

— Si tu veux mon avis, il est du genre à sentir bon quand il transpire, lâche Raymonda en recrachant un nuage de fumée à la pomme.

— Qui, Roland ?

— Regarde comme il bouge, son pied sur la pédale, les muscles nerveux de ses bras... C'est un intense.

— Tu sais bien qu'il a une touche avec Shirine, rétorque Georgina. J'aime pas les complications.

— Tu lui plais. Ça se voit à la façon qu'il a de ne pas te regarder. Il les mate toutes sauf toi.

— Possible. Dory n'est pas mal non plus, et il a une belle moto.

Georgina se saisit du flacon de crème lunaire et en applique sur son décolleté. La mode est au teint de lune : parfumeries, pharmacies et supermarchés vantent une nouvelle gamme de produits lunaires qui font fureur depuis quelques mois. Elle en étale langoureusement sur son cou et ses épaules en se massant de façon circulaire, tout en songeant aux nombreuses soirées où elle a fait le mur pour aller jouer la groupie aux concerts de Roland. Dory, le guitariste du groupe, l'attendait au pied de l'immeuble à moto et elle montait derrière lui pour aller veiller avec la bande. Elle se remémore aussi la première fois que Roland l'a invitée chez lui, ses regards en coin lorsque, dans sa chambre, il lui tendait une pochette de disque pour la lui montrer ou remettait une bande dessinée en place sur l'étagère. À travers ses cheveux en bataille, ses manières affectueuses et polies, perce une certaine brutalité qui l'effraie en même temps qu'elle l'intrigue. Instinctivement, elle sait que sa douceur intimidée n'est que le reflet d'une forme d'assurance érotique, et cela la trouble. Mais il lui faut rester concentrée, elle a été sélectionnée pour participer au concours de Miss Télévision organisé par Télé Liban. Du lourd. C'est un journaliste français qui l'a repérée au défilé de la collection Mic Mac en septembre dernier et l'a encouragée à se rendre au casting. Fin août, c'est sur Télé Liban qu'elle apparaîtra, face à un jury composé de membres très importants dont Sabah, son idole, la diva de la chanson arabe.

« Tu as voté pour Miss Moon ? Et toi, tu as voté ? Tiens, voilà un Bic et du papier. Pourquoi tu ne veux pas voter ? N'oubliez pas de voter pour Miss Moon ! » Shirine, en robe courte rouge et noire façon lieutenant Uhura du vaisseau Starfleet, va d'un groupe à l'autre pour recueillir les votes dans un bocal en verre, et Roland est chargé de déplier les bouts de papier. Une fois le décompte fait, il tape sur le charleston de plus en plus fort pour capter l'attention de tous et faire monter le suspense, puis se saisit du micro pour annoncer le nom de la gagnante. Shirine bondit de joie. Roland lui passe une écharpe blanche avec imprimé en lettres capitales scintillantes : « Miss Moon ». À la seconde où il pose ses lèvres sur sa joue, il croise le regard de Georgina et lui adresse un sourire qu'elle trouve un peu diabolique. Alors que Shirine est en train de remercier l'assemblée et d'expliquer qu'elle a confectionné elle-même sa tenue, Sharif lui ôte le micro des mains et invite tout le monde à former un cercle dans le jardin pour une partie d'action ou vérité.

Assis sur la pelouse, voilà plus de quarante minutes qu'ils font tourner la bouteille de Perrier quand vient le tour de Raymonda. Le goulot s'arrête net en direction de Roland, qui choisit « action ». Raymonda fait mine de réfléchir en se pinçant la lèvre inférieure puis, le regard espiègle, déclare : « Roland doit embrasser la fille qui lui fait le plus envie. » Roland n'hésite pas. Il rampe vers Georgina et, à genoux, son corps tendu à l'extrême, pose ses lèvres sur sa bouche, longue-ment. C'est Georgina qui finit par interrompre le baiser en agitant l'épaisse dentelle de ses cils. « Oh wow ! » s'exclame-t-elle, la main sur le cœur, à l'at-tention du cercle surexcité, tandis que Roland se lève en effleurant sa bouche du bout des doigts.

« Et maintenant, passons aux choses sérieuses ! » Sharif brandit la pochette de *Je t'aime moi non plus*, des cris d'hystérie soulèvent l'assemblée. La Sûreté Générale a jugé la chanson trop explicite, voire obscène, pour les ondes des radios libanaises, et le disque a été interdit à la vente. Ce qui n'a pas dissuadé ses fans de déjouer les douanes en cachant des 33 tours dans les doubles fonds de leurs valises. Encore quelques mois et plus d'un foyer sur trois serait en possession du disque, chiffre largement supérieur à la moyenne parisienne.

À l'étage, Roland a retrouvé Shirine dans la chambre des invités, debout face à la fenêtre. Le halo bleuté de la piscine se reflète sur son visage. Ses larmes dessinent un sillon vertical sur ses joues. Il s'assied au bord du lit.

— Je l'ai fait pour te protéger. Pour brouiller les pistes. Pour que les autres ne s'imaginent pas que j'ai couché avec toi, enfin, qu'on couche ensemble. Tu comprends ?

Il lui tend la main, elle lui lance un regard courroucé mais cède plus vite qu'il ne l'aurait pensé et se rapproche de lui. Ses yeux sont rouges et leur contour barbouillé de noir. Roland écarte les cheveux collés à ses joues.

— Pareil pour Miss Moon, dit-il en caressant distraitement le tissu rouge de sa robe Star Trek. Tu voulais que je te fasse gagner, eh bien je l'ai fait. Pas seulement parce que ta robe est jolie, mais parce que tu me l'as demandé.

Les bruits en provenance de la piscine lui parviennent soudain plus nettement : l'écho des plongeons et des rires se mêle aux voix de Gainsbourg et de Birkin en boucle.

— Dehors, personne ne sait ce qu'on fait, reprend-il.

Il remonte la robe sur les hanches de Shirine et s'allonge sur elle.

Sans un bruit, Roland sort de la chambre en caleçon et tee-shirt. Il n'y a plus personne dehors. Pas de voiture, plus de Solex, tout le monde est rentré. Il aurait voulu assister au départ en fanfare du dernier convoi de Martiens et de cosmonautes, voir les mains s'agiter dans le raffut des claquements de portières et des ronflements de moteurs, le bye-bye de Georgina à moto derrière un gus, sa cape au vent, mais le voilà seul dans le calme de la montagne. Il déambule pieds nus dans le jardin parmi les restes de la fête, gobelets en plastique, pailles fluorescentes, mégots de cigarettes, et ramasse en passant une paire de jumelles et un bâton de rouge à lèvres.

Il ouvre le cylindre doré et respire l'odeur du stick. Il est presque sûr que c'est celui de Georgina : c'est le même parfum fruité, un peu vanillé, que ses lèvres. Sa peau frissonne, son cœur s'emballe, il serre le petit tube dans sa main. Il s'assied au bord de la piscine, les pieds dans l'eau. Sous les spots lumineux, elle est d'une clarté phosphorescente. Son regard se noie dans les ondulations où se reflète la lune. Il porte les jumelles à ses yeux et fait un vœu. On est déjà lundi, il est presque 5 heures du matin. Il ne sait pas qu'on vient de marcher sur la Lune.

De loin, un 4 × 4 bleu pétrole progresse sur la crête d'une montagne désertique en Jordanie, près de la ville de Zarka, crachant à l'arrière un nuage de poussière qui s'élève dans le ciel.

Les portières claquent. Trois hommes en tenue de camouflage léopard débarquent du 4 × 4 pour venir se poster de part et d'autre du véhicule, main posée sur leur revolver à la ceinture. Ali Hassan avance vers l'entrée d'un camp de réfugiés, un talkie-walkie à la bouche. Quand il entend la voiture redémarrer, il jette un œil par-dessus son épaule pour vérifier que ses hommes garent bien la Land Rover à l'écart comme il le leur a demandé.

Dès leur retour du Caire en janvier, Ali Hassan et Abou Daoud ont été affectés dans les locaux du djebel Hussein au Jihaz al-Razd, le service de sécurité du Fatah, où ils ont reçu pour mission de monter les premiers vrais services secrets palestiniens. Mais ils ne sont pas d'accord sur la manière de diriger le département. Ali Hassan insiste pour que leurs hommes soient en tenue léopard et lunettes noires, au grand dam d'Abou Daoud, toujours en civil, pour qui le propre de ceux qui travaillent dans l'ombre est justement de rester discrets au point de se fondre dans le paysage et disparaître.

Pour Abou Daoud, les lubies d'Ali Hassan ne sont qu'une dépense inutile. Plutôt que de se perdre en vaines chamailleries, il est parti en mission à Pékin, laissant à son ami la tâche d'identifier les espions israéliens infiltrés dans les rangs de l'OLP. À lui d'étudier le dossier de chaque combattant du Fatah et de surveiller la formation des fédayins dans les camps de guérilla. Ali Hassan en a aussitôt profité pour commander cinq gros 4 × 4 bleu pétrole avec sirènes.

Il est 7 heures du matin et le soleil tape déjà fort. Il ajuste ses lunettes noires, glisse une cigarette entre ses lèvres et pénètre le camp d'habitations. Un camp de petite taille, où a récemment été installé le nécessaire pour initier de façon rudimentaire les jeunes réfugiés désœuvrés au combat armé, avant de les envoyer dans des camps d'entraînement.

Deux routes principales ceinturent le camp, dont l'intérieur est irrigué par d'étroites ruelles. Les murs des bicoques sont en terre et en pierre, les toitures faites de tôles de zinc ou de bâches. Collées les unes aux autres, elles sont parfois séparées par de minces parcelles de terre faisant office de potagers. Des bâtiments en dur d'un ou deux étages apparaissent plus loin. Chaque mur est placardé de portraits de Yasser Arafat. Ceux de Nasser ont été déchirés ou barbouillés de noir depuis l'espoir déçu d'une victoire arabe contre Israël sous la conduite du raïs. Des slogans exaltés courent le long des façades : « Ton heure est venue, Israël ! », « Tu peux écorcher nos cadavres, mais la Palestine n'est pas morte et le jour du retour arrive », « Vive la révolte arabe contre l'impérialisme mondial ! », « Révolution jusqu'à la victoire ! ».

Derrière l'aspect chaotique de ces lacis de ruelles, Ali Hassan remarque vite que différents espaces ont été délimités. Les habitants se sont réunis en fonction de leur communauté : des familles d'une même région de Palestine se sont installées dans sept rues pour former la ville de « Haïfa », et, dans les cinq rues suivantes, on se dit à « Jezzine ». Sur une portion du camp, ils ont ressuscité leur univers disparu. Par fidélité à leurs origines, sans doute aussi par crainte d'oublier la géographie de leur terre. C'est presque une constante : les camps s'organisent à l'image de la Palestine d'antan, et seul un Palestinien peut se rendre compte des subtilités qui différencient un « quartier » d'un autre – l'accent des habitants, les nuances du teint de leur peau, certaines expressions ou coutumes culinaires.

Les femmes sont déjà en train de préparer le repas de midi ou de frotter du linge dans des bassines, les hommes sans doute partis labourer les champs, les enfants jouent au ballon, les vieux fument en buvant du thé ou du café. Peu importe leur génération, tous ont le même air, le même regard nostalgique. Même les plus petits, qui n'ont rien connu d'autre que ce camp, donnent l'impression de vivre dans le souvenir d'avant la catastrophe de 1948.

Ali Hassan se dit qu'il n'a jamais ressenti, lui, la peur de manquer d'eau ou de vivres. Il ne s'est jamais réveillé en grelottant, n'a jamais pataugé pieds nus dans la boue, ni moisi sous la chaleur suffocante. Il n'a connu que le marbre nervuré de Sienne, les matelas douillets et les climatiseurs japonais. Le sentiment d'exil lui est tout aussi étranger. Cette mélancolie générationnelle qu'ont en commun les siens, dispersés aux quatre vents – cette « mélancolie palestinienne », comme on dit en Occident – ne vient jamais brouiller les traits de son visage, voiler la couleur de ses yeux ou faire flancher le ton de sa voix. Cette mélancolie, il ne la porte pas en lui. Ce qu'il porte, ce sont les séquelles d'un conflit qu'il n'a pas directement vécu, puisqu'il était trop jeune et trop loin.

Il avait six ans quand son père est mort, à la suite de quoi sa famille a quitté la Palestine pour s'installer au Liban. S'il a grandi loin du conflit, pas un jour n'a passé sans qu'on lui rappelle qu'il était le fils du sheikh Hassan Salameh. Son enfance a été politisée, mais dans ces années-là, les Palestiniens avaient perdu de vue leur cause et le monde avait perdu de vue les Palestiniens. Comme il n'y avait plus de raison de se battre, il n'a d'abord cherché

qu'à être lui-même : fréquenter les meilleurs éta-
blissements scolaires et universitaires de Beyrouth
et d'Allemagne, découvrir les plaisirs du voyage,
s'offrir une garde-robe sur-mesure en Europe,
écumer les boîtes de nuit de la Côte d'Azur, coucher avec des mannequins ou des actrices, s'enivrer des meilleurs crus, ne se soucier que du choix
de la forme des jantes de sa nouvelle Porsche ou
des mensurations de la blonde qu'il ramènerait à
l'hôtel.

Comme beaucoup de Palestiniens, il n'a longtemps aspiré qu'à mener une vie tranquille. Mais
alors qu'il avait les moyens d'en profiter, sa mère,
elle, souhaitait qu'il devienne un autre Hassan
Salameh et, depuis sa plus tendre enfance, sa
famille a mis un point d'honneur à faire peser ce
destin sur ses épaules. Résultat : au lieu de se battre
pour la cause palestinienne, il s'est démené contre
lui-même. Il a épousé la femme choisie par sa
mère, mais n'a pu se résoudre à renoncer à toutes
les autres ; a accepté un poste à l'OLP au Koweït,
mais frisé la démence à force de rester cloîtré des
journées entières à trier de la paperasse. Il a résisté
à l'influence de son père, rigoureux et austère, tant
dans ses méthodes de travail que dans son mode de
vie ; il se refusait à marcher dans son ombre. Il lui
a fallu attendre ses vingt-cinq ans et la guerre de
1967 pour se décider à embrasser le combat de son
père, mais à sa façon.

Cette guerre a réveillé son sentiment d'appartenance, sans romantisme ni fioritures. C'est juste un sentiment brut, qui lui permet de donner du sens, peut-être même de l'importance à sa vie. Enfin, au fond, il n'en sait rien, et n'est pas du genre à se perdre en réflexions. Ce qui est sûr, c'est qu'il n'est pas le seul sur qui cette guerre a produit son effet. Parmi les réfugiés, la défaite arabe de 1967 a éveillé, aussi bien chez les jeunes, qui n'ont jamais connu leur terre, que chez les plus âgés, en en ranimant le souvenir, la conscience d'appartenir à une nation qui a les mêmes droits que n'importe quelle autre. À présent, il faut entretenir la volonté de résistance qui a germé dans les camps et en faire une force unifiée. Cueillir à vif ce réveil populaire et passer à l'action contre vents et marées. Les temps ont changé depuis son enfance, où leur conscience patriotique était au point mort. Aujourd'hui, tous les Palestiniens veulent agir pour récupérer leur terre. Et parmi la floraison sauvage de guérillas aux idéologies diverses, sans programme ni coordination, le Fatah a pris le dessus.

Financièrement autonome, c'est le seul mouvement de libération nationale à avoir dépassé l'état de « cellule secrète » pour devenir l'organisation la plus importante et la plus solide de l'OLP. Toute l'activité du Fatah est orientée vers le « retour ». Avec pour tâche de défendre la légitimité palestinienne et d'empêcher qu'elle ne tombe sous la coupe des partis politiques arabes. Au sein de cette organisation, Ali Hassan a enfin trouvé ce qu'il cherchait : de l'action, des opérations et du contre-espionnage. D'ailleurs, depuis juin 1967, les demandes d'adhésion affluent, au point qu'il est devenu difficile de toutes les contenir. Et sa mission est de contrôler l'identité de chaque nouvel adhérent en vérifiant qu'il ne s'agit pas d'un indicateur israélien. Rien ne doit filtrer de la structure de l'organisation, de ses origines et de ses chefs. Jusqu'à ce jour, le Fatah n'a pas de visage.

Ali Hassan se dirige vers les nouvelles constructions en dur sans parvenir à semer un garçon d'une dizaine d'années, qui trotte derrière lui en l'apostrophant.

— Moi c'est Moussa ! Toi t'es qui ? FPLP ? Al-Assifa ? Fatah ?

Ali Hassan ne cille pas mais le petit semble l'avoir percé à jour et se met à crier à la cantonade « Fat'h ! Fat'h ! », rameutant tous ses copains, qui l'observent en chuchotant.

Il traverse le camp sous le regard distrait des habitants qui savent exactement de quoi il retourne et laissent faire sans poser de questions. À l'inverse, la bande de gosses le harcèle au rythme des passes d'un vieux ballon de foot.

— Il paraît qu'au Mossad ils suivent un cours spécial de conduite à grande vitesse pour apprendre toutes les techniques d'évasion !

Le petit Moussa a l'air d'être le chef du groupe. Les bras écartés, il fait l'avion autour d'Ali Hassan. Trop concentré pour s'en soucier, celui-ci se dirige d'un pas ferme vers un long bâtiment. Il en rase la façade en inspectant l'intérieur à travers les vitres poussiéreuses. Il reconnaît la salle où les réfugiés se familiarisent avec tous les types d'armes blanches, revolvers, mitrailleuses et grenades, et s'entraînent à manier un lot de chargeurs, poser une bombe ou se servir d'un couteau. Il aperçoit la rangée de baignoires où l'on mélange du coton pur à de l'acide citrique pour fabriquer des explosifs, les plans de travail avec de la poudre à canon, des ampoules et de la cire destinés à la fabrication des détonateurs.

— Il paraît qu'au Mossad il y a aussi des cours pour apprendre à appuyer sur le bouton du détonateur à la seconde précise où on en reçoit l'ordre !

Moussa bondit pour s'efforcer de voir par les vitres trop hautes pour lui. Ali Hassan retire ses lunettes de soleil d'un air pensif. Ses yeux brillent comme deux microréflecteurs. Il atteint l'espace où sont entreposés différents types de surfaces réfléchissantes, fenêtres de voitures, pans de glaces et miroirs, pour s'exercer en marchant à user de ses globes oculaires comme d'un scan, à rester en alerte sans jamais s'attarder sur un même objet plus de quelques secondes, le tout sans ralentir ni accélérer le pas.

La guérilla prend forme et se structure, songe-t-il. Certes, en six mois, les fédayins ne recevront pas un quart de la formation que lui a reçue en deux mois au Caire, mais c'est déjà beaucoup plus qu'on ne pouvait l'espérer d'un petit camp rudimentaire.

— Il paraît que les agents du Mossad sont devenus complètement inexpressifs à force de tout balayer du regard sans bouger d'un cil, c'est vrai ? Hein ? demande à nouveau le petit garçon en tirant un peu plus, à chaque nouvelle grimace, sur le pantalon du jeune homme.

— Calme-toi, petit, ou je te casse la tête.

Ali Hassan attrape le garçonnet par les épaules et l'immobilise un genou à terre. Il le fixe droit dans les yeux.

— Tu sais quelle est la règle numéro un du Mossad ? Obéir aux ordres à cent pour cent. Pas à quatre-vingt-dix-neuf pour cent ni cent un pour cent, mais à cent pour cent précisément. *Fais exactement ce qu'on t'a demandé de faire et fais-le exactement quand on te le demande. Pas une seconde plus tard ni une seconde plus tôt.* Alors maintenant, dis à tes copains de filer, emmène-moi chez l'instructeur du camp, et boucle-la.

« Prenez une télécommande du genre de celles qui se trouvent dans les boîtes de voitures téléguidées pour enfants. Attention, n'achetez pas plus d'une boîte par boutique de jouets. Chaque kit contient un émetteur et un récepteur… » À la vue d'Ali Hassan, l'instructeur en tenue de fédayin s'interrompt et descend de l'estrade pour aller à sa rencontre. Ils se serrent la main, échangent de brefs propos, se glissent quelques mots à l'oreille, puis l'instructeur sort de sa poche une feuille pliée et la remet à Ali Hassan qui la range à l'intérieur de sa veste en cuir. Il est ensuite invité à monter sur l'estrade face à une soixantaine de filles et garçons qui ont entre treize et dix-huit ans : ces futurs combattants se tiennent debout en silence, serrés les uns contre les autres, graves et attentifs. Ali Hassan se saisit du micro.

« Jeunes frères et sœurs du peuple philistin, on ne veut pas de compensation, on veut notre terre. On veut revenir dans notre foyer légitime pour y fonder notre propre État. Mais Israël menace notre existence et poursuit ses objectifs annexionnistes avec l'aide de ses affidés usurpateurs. Nous sommes des dizaines et des centaines de milliers empêchés de rejoindre nos maisons, nos jardins, nos fleurs… »

Il brandit son bras vers la droite, derrière lui, en criant : « Là ! Juste derrière ! À seulement deux pas d'ici ! »

Il inspire longuement avant de relever sa tête.

« Il y a deux heures, nous dit-on, un Américain, laquais des forces impérialistes et colonialistes, a pour la première fois marché sur la Lune. »

Il se saisit à nouveau du micro et s'exclame avec force : « Camarades ! Révolutionnaires ! Unissez-vous ! Intensifions la lutte contre l'ennemi expansionniste ici-bas pour libérer le territoire palestinien de l'occupation sioniste et du régime israélien. Si ce matin les Américains ont pu se promener sur la Lune, puissent-ils s'y plaire et ne jamais revenir. Soyons dès ce soir les premiers à fouler notre terre ! »

Samedi 12 septembre 1970

« *Roland et Sharif possèdent une belle voiture rouge qui date du sultan Sleiman Ier ou du jour où les Arabes ont inventé le tapis volant. Elle s'appelle Françoise comme la chanteuse, mais ils ont aussi écrit dessus "Mini-Spoutnik".*

L'année dernière, un après-midi, on est partis de Beyrouth pour aller retrouver mes parents au restaurant à Aley. Il nous a fallu cinq heures pour y arriver. À Fern Al-Chebak, une roue avant s'est détachée et, comme on n'avait pas de roue de secours, Sharif est descendu à Beyrouth en chercher une : il est revenu avec une roue bon marché à une livre et demie. À Hazmieh, un autre pneu a crevé et Sharif a dû redescendre à Beyrouth pour le faire réparer. À Fiadié, Françoise a chauffé et j'ai été obligé d'aller chercher de l'eau. Pareil à Jamhour. C'était une longue journée et quand on est arrivés au restaurant, nos parents nous ont dit que les accords du Caire avaient été signés.

Ce sont des accords pour régulariser la pré-sence des Palestiniens au Liban et embellir le rap-port entre les autorités libanaises et l'OLP. Papa dit qu'ils sont secrets. Personne ne sait exactement à quel genre de compromis Arafat et le gouverne-ment ont abouti. Maman dit que c'est le début de la fin. Roland dit que pour maman, c'est toujours le début de la fin de quelque chose. Georgina s'en moque parce qu'elle veut gagner Miss Liban. Alors Roland a fait une surprise à Georgina. Il a enroulé Françoise d'un nœud gigantesque et, avec Sharif, a fait monter la voiture jusqu'au milieu du salon pour lui montrer. »

Cahier de Micky

La Morris Minor décapotable modèle 1952 est une vieille voiture que les pères de Roland et Sharif ont dégotée dans un dépôt et offerte à leurs fils. Très sensible à la chaleur, c'est un engin à problèmes, qui tombe souvent en panne et dont le tableau de bord est complètement détraqué. Comme il faut souvent remplacer des pièces, les garçons ont fini par se trouver un garage dans le quartier, où retaper leur Mini-Spoutnik. Ils en ont profité pour la peindre en rouge éclatant et fabri-quer un système de poulies visant à dissimuler la plaque d'immatriculation quand ils garent la voi-ture à un emplacement interdit.

Roland en est le conducteur officiel. Grâce à son père, il a obtenu un permis de conduire avec une date de naissance traficotée. C'est Sharif qui a eu l'idée de tapisser l'intérieur de la voiture de photos de Françoise Hardy sous toutes les coutures. Des journalistes de *L'Orient* ont repéré ce véhicule insolite, dont la boîte à gants fume et le capot s'envole à chaque virage : ils en ont fait un papier. Depuis la parution de l'article, la Morris Minor, désormais baptisée « Françoise », est devenue célèbre et éveille la curiosité des habitants du quartier. Profitant de cette nouvelle popularité, Roland et Sharif récoltent les pourboires des personnes qui désirent faire un tour ou être pris en photo avec la vedette. Cet argent, ils ont décidé de le mettre à profit pour achever de parfaire leur voiture.

Le garage donne directement sur la rue, dont on entend tous les bruits – marchand de *kaak*, klaxons et pétarades de moto, gémissements des enfants traînés par leurs mères. Le rideau métallique à moitié baissé, on peut voir les jambes des passants et, tôt le matin, leurs ombres se projeter sur le sol du garage.

— Attends, attends. Répète un peu. Comment ça, tu n'as jamais ressenti un orgasme d'une telle puissance ? demande Sharif à Roland.

— Je ne sais pas, c'était…

— Comment ?

Couchés sur le dos au beau milieu d'outils, boulons et morceaux de métal, les deux garçons sortent leurs têtes striées de suie du dessous de la voiture. Roland se lève. Il semble chercher quelque chose, peut-être une forme d'inspiration verbale, ou bien la clé spécifique dont il aurait besoin pour terminer sa tâche.

— C'était si…

— Si différent d'avec Shirine ?

— Oui.

— Pourtant t'étais bien accro. Quoi donc, alors ? Raconte !

— Pas facile d'expliquer avec des mots…

— Mais essaye, enfin !

— Attends.

Roland fouille dans une caisse de 45 tours et en sort la pochette du nouvel album des Pink Floyd, *Atom Heart Mother.* Comme Françoise possède une antenne mais pas de radio, les garçons ont installé un tourne-disque à l'arrière de la Morris Minor, dont ils règlent le volume à coups de mouchoirs en papier fourrés dans le pavillon. Roland place le vinyle sur la platine.

— Écoute ça.

— Je le connais par cœur, Roland, c'est moi qui te l'ai filé !

— Impossible. Il n'est pas encore sorti… Écoute bien le passage qui va de 5 mn 30 à 10 mn 10.

Roland lui tend un casque que Sharif branche au pick-up avant d'activer d'un air désabusé le chronomètre de sa Casio à la seconde où la chanson débute. Le coude appuyé au mur, il surveille le cadran de sa montre tout en tapotant du pied d'un air impatient. Arrivé à la sixième minute, il augmente d'un cran le volume. Il l'augmente encore, et encore, jusqu'à atteindre la puissance maximale. Il appuie les paumes de ses mains sur le casque qu'il ne lâche plus. Il se tient droit, il a le souffle coupé, il ferme les yeux. Passé dix minutes, Sharif arrache le casque et, d'un revers de main, s'essuie le front en soupirant.

— C'était…

— Exactement comme ça.

Sharif ouvre le petit réfrigérateur où sont stockées leurs victuailles, pots de *labné* et tablettes de chocolat, et saisit une bouteille de Pepsi qu'il applique comme un automate sur son front et ses joues rosies. D'une voix inexpressive, difficilement intelligible, et sans vraiment s'adresser à Roland, il marmonne qu'il n'en reste plus qu'une.

— Tiens, prends-la, dit-il. Je vais en chercher d'autres.

— O.K., mais vite. Georgina et Micky nous attendent au Phœnicia.

Le soleil tape, il est presque midi et la chaleur achève de frire les pensées de Sharif. Il se réfugie

dans la pénombre de la *dekkéné* en face du garage
et se dirige machinalement vers un pack de bouteilles en verre de Pepsi.

C'est Camille, le fils du gérant, qui est à la
caisse : un blondinet bien bâti d'une vingtaine
d'années, la raie sur le côté et la chemise repassée
avec soin. Cigarette aux lèvres et yeux plissés, il
toise Sharif et désigne du menton son tee-shirt.

— *Chou, hayétak mabsout bi halak liom.*

Sharif, distrait, tire de ses deux mains sur son
tee-shirt pour voir : il porte un tee-shirt jaune à
l'effigie de Leïla Khaled, une jeune militante palestinienne du FPLP. Son visage est imprimé en noir ;
au-dessus, on lit : « *In love with* ».

L'été passé, Leïla Khaled avait été la star de
la guérilla aérienne. Le 29 août 1969, elle avait
pris le contrôle du vol 840 de la TWA qui allait
de Los Angeles à Tel Aviv. À vingt-cinq ans, elle
était devenue la première femme pirate à détourner un avion. Aujourd'hui, la reine des guérilleros
se trouvait entre les mains de la police britannique
pour avoir tenté de détourner, dimanche passé, le
vol 219 d'El Al reliant Amsterdam à New York.
Sa mission faisait partie d'une opération coordon-
née du FPLP qui se jouait en ce moment même à
Dawson's Field, dans le désert jordanien. Depuis
une semaine, trois avions de ligne et plus de trois
cents passagers y étaient immobilisés.

L'opération avait débuté le 6 septembre, quand des avions avaient simultanément été détournés : un Boeing d'El Al qui venait de décoller d'Amsterdam – mais ce détournement avait été déjoué dans les airs –, un Boeing 707 de la TWA au départ de Francfort, un DC 8 de la Swissair qui reliait Zurich à New York, rejoints par un avion de la British Overseas. Dans la lumière déclinante du jour, les appareils s'étaient posés l'un après l'autre sur une piste improvisée, tracée par des phares de Jeep. Autour, du sable gris s'étendait à perte de vue et des dizaines de fédayins armés les attendaient. Les trois cent dix passagers avaient alors appris qu'ils se trouvaient sur « l'aérodrome de la révolution ». Les otages n'avaient été libérés qu'hier, à l'exception des membres d'équipage et des ressortissants israéliens, contraints de rester assis à bord, sans bouger, dans la fournaise des appareils.

Dans la boutique, le téléviseur portatif Grundig est allumé, laissant entendre le témoignage d'un Français : « Les avions brillent au soleil, couchés dans le désert, les fédayins armés les entourent, des chars jordaniens entourent les fédayins, des chars irakiens patrouillent au loin et, parmi tout ça, des caravanes de chameaux passent paisiblement. » L'image en noir et blanc ne cesse de grésiller. Camille éteint le téléviseur d'un coup sec et plante un regard glauque dans les yeux de Sharif.

— Tous nos écrans sont pris d'interférences, tu sais pourquoi ? À cause d'un porte-avions de la sixième flotte américaine au large de Beyrouth. Les États-Unis menacent d'intervenir.

Pas plus ébranlé que ça, Sharif hoche la tête. Camille poursuit :

— Plusieurs compagnies aériennes ont suspendu leurs vols à destination de Beyrouth et boycottent notre aéroport, tu sais pourquoi ? Parce qu'une campagne de propagande contre le Liban profite du fait que l'un des avions détournés ait été ravitaillé en carburant à Beyrouth pour dénaturer le rôle de notre pays dans cette affaire. Soi-disant, des explosifs auraient été embarqués à ce moment-là. Si, si. Tu ne sais rien, mais tu portes des tee-shirts de révolutionnaire ! Les accords du Caire, ça te dit quelque chose ? On a atteint le point de non-retour avec les Palestiniens. Ils s'implantent ici, comme ils l'ont fait en Jordanie. Et à cause des petits cons dans ton genre, on va droit dans le mur.

— Mais enfin, qu'est-ce qui te prend, Camille ? Pourquoi tu fais chier aujourd'hui ? Si un type se fait tabasser chez lui, prend la fuite et te demande refuge, qu'est-ce que tu fais, hein ?

— Et si une fois chez toi il saccage tout, mange ton *labné*, ne tire pas la chasse et couche avec ta sœur, tu fais quoi ? Allez va, va danser le yéyé avec tes miss et ton tee-shirt à la con.

Sharif sort de l'épicerie en maudissant Camille, les Palestiniens, les bouteilles de Pepsi tièdes et la politique dont il n'a que faire. Entre-temps, Roland a remis la voiture en marche. Ils enfilent leurs Ray-Ban et sautent à l'intérieur. Comme convenu, Georgina et Micky les attendent à l'entrée de l'hôtel Phœnicia. Quand il les aperçoit, Sharif commence à s'agiter sur son siège.

— Une mouche t'a piqué ou quoi ?

— Tu ne m'avais pas dit que Raymonda serait là aussi, pourquoi tu ne me dis rien ? Tu crois que… Je veux dire… elle aussi, comme Georgina ?

Avant de sortir de la voiture, il se donne un coup de peigne et ajuste son short. Il indique à Georgina le siège avant et se glisse à l'arrière à côté de Micky et Raymonda, qui scrute les photos de Françoise Hardy. Découvrant le tee-shirt de Sharif, elle s'exclame :

— *Smalla !* Ça fait quoi d'avoir le cœur doublement pris ?

Gêné, Sharif passe une main sur son tee-shirt en le maudissant en douce, puis enchaîne d'une voix qui se veut profonde :

— C'est doublement agréable. Mais j'ai des ambitions, je vise le triplement. Au fait, vous savez que le barman du Saint-Georges fait pousser son propre poivre pour ses Bloody Mary ? C'est passionnant !

— Passionnant ! répète Raymonda, qui doit
retenir son chapeau de paille quand Roland accé-
lère dans un virage.

— Il y a aussi du beau monde et de l'ambiance
à la piscine du Phœnicia ! On pourrait y aller de
temps en temps pour changer, non ? propose
Georgina en caressant les cheveux de Roland.

— Oui mais au Saint-Georges il y a des allumettes, pas vrai Micky ? s'exclame Roland en donnant un coup de klaxon, aussi puissant que celui
d'un autobus.

— Et la mer !

— Et des Bloody Mary exceptionnels !

Arrivée au Saint-Georges, la bande s'installe à la
terrasse du restaurant sous un parasol. Les garçons
retirent leur tee-shirt, les filles dénouent leur paréo
et disposent leur serviette de bain sur des chaises
longues. Alanguis dans l'eau turquoise, leurs
peaux ambrées se détachant sur le bleu de la mer
et du ciel, les gens paressent au soleil en sirotant
des limonades. Bikinis affriolants et torses mus-
clés défilent avec nonchalance, tandis que, sur une
esplanade, un orchestre reprend les chansons cultes
d'Adamo, de Dalida et de Peppino di Capri.

Sharif commande cinq limonades glacées puis
plonge dans la piscine, suivi par Raymonda.
Roland sort de son sac un lot de petites boîtes
d'allumettes libanaises de la marque Canon. Il les

donne à Micky et l'autorise à faire sa tournée habituelle.

Voilà deux ans que Roland et Sharif se sont pris de passion pour les boîtes d'allumettes étrangères et en font collection. Depuis cet été, ils ont appris à Micky à distinguer les étrangers des Libanais (« Ils ont la peau plus claire ou beaucoup plus foncée, mais en général blanche et sujette aux coups de soleil, ils ne parlent pas l'arabe ou alors mal, et peuvent aussi parler le français et l'anglais comme nous ; si tu ne comprends pas la langue, alors c'est bon »), et l'envoient demander aux messieurs à l'air étranger s'ils veulent bien échanger leurs boîtes d'allumettes contre des allumettes locales.

L'ampleur de leur collection – plus d'une centaine de boîtes – leur a permis de mesurer la présence des étrangers sillonnant la capitale, et d'apprendre d'où ils venaient : Cuba, Vietnam, Japon, Russie, France, Italie, Allemagne, Angleterre, États-Unis… Les blocs soviétique et occidental y étaient représentés dans leur quasi-totalité. L'an passé, ils en ont conclu que l'hôtel Saint-Georges était l'un des plus grands centres d'espionnage, fréquenté par tous les agents du monde, faux diplomates, vrais espions, agents doubles, voire triples – Kim Philby y aurait même été repéré plusieurs fois. Ces derniers mois, leur collection a repris de plus belle, pour le plus grand plaisir de Micky. Il se voit ainsi confier une mission de la plus haute importance, et, plus tard, pourra hériter de la collection. Sous la dictée de Roland, il a écrit dans son cahier : « *Beyrouth, un centre d'espionnage. Le lieu d'où surveiller les pays arabes, épier les tractations politiques, les accords sur le pétrole, guetter le conflit israélo-arabe et les manœuvres des super puissances.* »

— Et si tu peux, n'oublie pas d'ausculter l'état de leurs chaussures ! Plus les talons sont usés, plus c'est suspect. Les agents secrets marchent beaucoup.

Micky acquiesce et part en trottinant.

— Attends Micky ! Reviens !

Georgina s'empare d'un tube de protection solaire et enduit le visage, le cou, les épaules et le torse de Micky. Son corps est encore menu par rapport au volume impressionnant de ses cheveux blonds, mais, sous sa peau, on sent déjà poindre des muscles délicatement dessinés. Le garçon file, les mains chargées des boîtes d'allumettes Canon.

— On dirait toi, format réduit et yeux bleu azur.

Georgina coiffe sa longue chevelure en arrière à l'aide d'un bandeau fuchsia. Avec le visage ainsi dégagé, exposé au soleil, ses yeux en amande prennent une autre dimension. Aujourd'hui, on dirait qu'ils sont moins verts que miel, comme si, dotés d'une vie propre, ils cherchaient à s'assortir à la couleur des yeux de Roland. Elle lui raconte sa matinée au Phœnicia avec Micky, le coucou des plongeurs à travers la piscine aquarium du bar, les jambes des femmes qui barbotaient plus haut. Micky a voulu jouer avec le nouvel escalator du lobby, malgré sa crainte de voir ses sandales avalées par la machine en arrivant en haut ; il a aussi eu très peur de se faire attraper par les battants de la porte tournante à l'entrée de l'hôtel.

— Il a le béguin pour toi, lui dit Roland en lui prenant la main.

Elle pose la tête sur son épaule, lui murmure qu'il sent bon, puis soudain se redresse, l'air un peu sonné.

— Miss Liban ! Dans une semaine... Et dire que ça fait trois mois qu'à chaque pleine lune et chaque coucher de soleil je répète le même vœu : faites que je sois élue... J'ai consulté quatre astrologues et trois voyantes, mes poches et mes sacs sont remplis de petites billes d'yeux bleus. Si j'ai gagné Miss Télévision, je suis sûre que c'est grâce à mon rouge à lèvres fétiche que tu as retrouvé. Tu penses que je vais réussir cette fois aussi ?

Son regard est sincère, elle est suspendue à la réponse de Roland. De même qu'un journaliste français l'avait repérée pendant le défilé Mic Mac et l'avait encouragée à se présenter au casting de Miss Télévision, c'est grâce à un membre du jury de Miss Télévision, le fondateur de Miss Liban, qu'elle a été sélectionnée pour participer au concours. Georgina attend un signe de Roland,

mais celui-ci se contente de se racler la gorge. Il
est perdu dans ses pensées, et songe à la Georgina
légère, celle qui parfois lui tend un tube d'eau
savonneuse et lui demande de faire des bulles. Elle
aime bien faire ça quand ils sont en voiture, au feu
rouge, en attendant de passer au vert. Ces interminables tours en voiture dépourvus de but, la vitre
ou le capot à moitié ouverts pour laisser les bruits
de la ville entrer et les bulles s'envoler…

— Roland, j'ai une chance ou pas ?

Georgina se presse contre lui et soupire, mais
cette fois, son soupir est plus triste que d'habitude.
Alors, pour lui changer les idées, il commence à
lui fredonner à l'oreille le premier couplet de la
chanson « Happy Together » des Turtles. Sharif le
rejoint et se met à battre la mesure sur la table avec
une petite cuillère en argent tandis que Raymonda
fait les chœurs. D'un coup, Roland se lève et, face
à Georgina, le regard pénétrant, il pose une main
sur sa poitrine et dégaine un micro imaginaire :

> *If I should call you up, invest a dime*
> *And you say you belong to me and ease my mind*
> *Imagine how the world could be, so very fine*
> *So happy together…*

Il s'élance sur l'esplanade où se trouve l'orchestre, s'empare du microphone et entonne le
refrain à plein volume, en levant un bras au ciel :

I can't see me lovin' nobody but you
For all my life !

Il pointe son doigt vers Georgina :

When you're with me, baby the skies'll be blue
For all my life !

L'orchestre a enclenché batterie et guitares, et les clients du Saint-Georges ont tous les yeux rivés sur l'esplanade où Roland reprend plus bas, le corps penché en avant :

Me and you and you and me
No matter how they toss the dice, it has to be…

Et tout le monde entonne le refrain en claquant des doigts et en tapant des mains. Deux garçons soulèvent la chaise sur laquelle Georgina trône comme une reine de beauté. Elle semble avoir entraîné l'univers entier dans son sourire : des hommes ont sorti des saxophones de nulle part, formant une file entre les tables et les transats, et les femmes, toutes en paréo, dansent et chantent à l'unisson :

Ba-ba-ba-ba ba-ba-ba-ba ba-ba-ba ba-ba-ba-ba
Ba-ba-ba-ba ba-ba-ba-ba ba-ba-ba ba-ba-ba-ba !…

— Mais ?! Qu'est-ce qui se passe, nom de Dieu ?
Installé au frais dans un fauteuil Club du bar de l'hôtel Saint-Georges, Ali Hassan tourne la tête vers la porte-fenêtre tandis que son ami Mustafa

pose brusquement son verre sur la table pour aller se pencher à la balustrade de la terrasse qui surplombe la piscine.

— Ils dansent, ils s'amusent comme des fous !

Ali Hassan le rejoint.

— À cette heure-ci, déjà ? s'exclame-t-il. Bon Dieu, ils sont dingues ces Libanais !

Fasciné, il soulève son verre et fait tourner les glaçons.

— Dingue à quel point ils sont inconscients…

Mustafa jette un coup d'œil à sa montre. Il est temps de partir pour l'aéroport. Il rentre régler leurs consommations tandis qu'Ali Hassan se sert un dernier verre de Black Label et le boit sec.

Il a retrouvé Mustafa au bar du Saint-Georges pour débriefer son rendez-vous avec Bob Ames, un Américain, agent de la CIA. C'est Mustafa, son ami de longue date, un Libanais très bien introduit dans le monde de la diplomatie officieuse, qui a joué l'intermédiaire entre lui et l'Américain. Arabophone, Bob Ames est un spécialiste des relations au Moyen-Orient, sympathisant de la cause palestinienne. Il a passé du temps en Arabie Saoudite où il a rencontré des Palestiniens, appris à les connaître, et il croit fermement qu'il existe une solution au conflit israélo-arabe. Nommé en poste à Beyrouth, Bob Ames a été mis en relation avec Mustafa, qui est devenu pour lui une source de confiance. Peu à peu, Mustafa s'est mis à lui parler de son ami Ali Hassan. C'est ainsi qu'Ali Hassan, suivant la volonté secrète d'Arafat, a noué un premier contact avec les Américains.

Maintenant qu'il a obtenu que le Fatah soit officiellement reconnu par les régimes arabes, Arafat nourrit de folles ambitions concernant les Américains. Pour établir un lien avec eux, il a choisi Ali Hassan, dont l'ascendance paternelle et le charisme l'ont conquis. Le but : inciter l'Administration américaine à légitimer la cause palestinienne. Or, pour les États-Unis, l'OLP demeure une organisation terroriste avec laquelle il est interdit d'avoir des rapports politiques. Mais Arafat et Ali Hassan savent comment appâter la CIA : pour être au fait des affaires israélo-arabes sans passer par le Mossad, elle ne demande qu'à recruter des agents du Fatah. Du côté des Palestiniens, un rapprochement entre la CIA et l'OLP est la seule option viable pour espérer arriver un jour à Washington. Prudents, les deux partis ont gardé ce lien clandestin ; s'il venait à être découvert, ils le désavoueraient.

Désormais, tout se joue entre Ali Hassan et l'agent américain Bob Ames. Leur rendez-vous a eu lieu dans le secret le plus total, dans un appartement sécurisé à Ras Beyrouth, et n'a pas duré plus de quinze minutes. Assez pour qu'Ali Hassan réitère sa demande : que les Américains le prennent au sérieux. Pour ça, lui a répondu Bob Ames, il lui faudra persuader le mouvement palestinien de changer de stratégie. « La conduite de vos commandos dessert plus votre cause qu'elle ne la favorise. Les fédayins s'en prennent à des avions civils, à des femmes, des enfants, des vieillards ! Chaque action aventuriste et irresponsable de vos éléments les plus extrêmes porte atteinte à la légitimité du peuple palestinien, défendue par l'OLP, et cause du tort à son image. Faites en sorte que le mouvement agisse comme un parti politique et pas comme une organisation de guérillas armées. Ce sera la première étape vers la construction d'un dialogue diplomatique entre Palestiniens et Américains. »

Avant de se séparer, Ali Hassan et Bob Ames ont échangé deux mots sur la situation en Jordanie, entre les forces armées royales et la résistance palestinienne. Le roi venait de condamner avec virulence l'opération du FPLP à Dawson's Field, attisant encore la crise.

Ali Hassan fait le récit de cette rencontre à Mustafa sur le chemin de l'aéroport. À leur arrivée, Mustafa lui confie :

— Il n'a pas tort. Le roi vous a toujours défendus et laissé une grande liberté d'action sur son territoire. Mais avec ça, plus les deux dernières tentatives d'assassinat contre lui, ajouté au ras-le-bol du royaume hachémite contre les abus de la résistance, ça ne m'étonnerait pas que, d'ici peu, il décrète la loi martiale. On me dit que dans la capitale, toutes les forces armées sont mobilisées en vue d'affronter les troubles intérieurs. Sois prudent, lui dit Mustafa en l'embrassant.

En fin d'après-midi, Ali Hassan atterrit à Amman, où règne une atmosphère apocalyptique. À peine posé à terre, il apprend qu'au moment où son avion atteignait sa vitesse de croisière, le FPLP a fait sauter à la dynamite les trois avions retenus à Dawson's Field. Grâce à Dieu, ils avaient été vidés du restant des otages. À la tombée du jour, des barrages ont été dressés en ville par l'armée jordanienne, les mitrailleuses et les mortiers sont prêts à tirer.

On lui rapporte que les francs-tireurs palestiniens, accrochés aux flancs des montagnes qui entourent la capitale, tirent des fenêtres et des toits, avant de disparaître dans l'ombre, déjà prêts à défendre un autre immeuble. On lui explique qu'avec un seul bazooka, un fédayin armé peut arrêter deux ou trois chars de l'armée pendant plusieurs heures. Ali Hassan tombe des nues. Ils ne vont tout de même pas se battre en Jordanie contre la légion du roi Hussein ?

Dimanche 25 juillet 1971

Le retentissement des cloches dominicales l'arrache d'un sommeil lourd, sans parvenir à dissiper la brume qui a envahi son crâne et rend ses pensées confuses. Des gazouillis d'oiseaux se mêlent au vrombissement d'un ventilateur. Ali Hassan ne reconnaît rien. Il n'est pas chez lui ; et se réveiller dans un autre appartement que le sien ne lui était encore jamais arrivé.

Sa montre indique 11 heures. Il a rendez-vous à 12 h 30. Il se redresse avec précaution, quand une forme remue dans la pénombre chatoyante du lit. Une femme bronzée, d'une beauté insolente.

— *Ciao caro, vai ?* demande-t-elle d'une voix alanguie.

— *Si, vado.*

Il se lève et enfile son pantalon, tandis qu'elle s'étire de tout son long, les yeux encore fermés.

— *Ti chiamo ?*

— *No, ti chiamo io. Ciao.*

Il dévale un escalier en colimaçon, traverse un loft décoré de fougères et d'affiches de films de Fellini, Visconti et Antonioni, et sort de l'appartement, situé au dernier étage d'un palais antique, au cœur du centre historique de Rome, Via di Ripetta.

Le soleil tape, mais l'atmosphère est moins abrutissante que dans les capitales arabes. L'air est limpide, sans poussière ni grain de sable. La clarté l'éblouit. C'est qu'il ne va pas aussi bien qu'il le croit. Il traverse Piazza del Popolo, remonte Via del Babuino, Rome est vide. Le murmure des fontaines en pierre, le parfum des plantes grimpantes et des pins du Pincio le revigorent.

Il regagne le deux-pièces qu'il loue dans un immeuble ocre Piazza di Spagna. Une enveloppe est posée sur le paillasson. Ali Hassan l'enjambe avec précaution, ouvre la porte et se dirige vers la cuisine, d'où il revient avec une balance extra-plate de fabrication allemande. Il tire le paillasson à l'intérieur de l'appartement et referme la porte.

La mode est aux lettres macabres : des enveloppes colorées, souvent roses, arborant bien plus de timbres que nécessaire. La plupart contiennent quarante grammes de cyanure sous la forme d'une poudre aussi fine que du sel. Au contact de l'air, elle se transforme en gaz létal. D'autres contiennent un morceau d'explosif de quatre-vingt-cinq grammes ; le détonateur est activé en ouvrant l'enveloppe, qui explose tout bêtement au visage du destinataire. De nombreuses cibles ont trouvé la mort ainsi, et on ne compte plus les secrétaires qui se précipitent pour découvrir leur patron effondré au pied du bureau. Quant à ceux qui parviennent à éviter la déflagration de justesse, ils n'échappent pas au maudit éclat de verre ou de fer propulsé d'une étagère par la violence du choc, et qui vient invariablement se loger dans le cœur, l'œil ou la gorge.

Ali Hassan inspecte la languette de l'enveloppe à l'aide d'un puissant laser puis la pose sur la balance. Depuis qu'il a lui-même reçu une lettre piégée à Beyrouth, il a développé ce réflexe. La dernière fois, il a évité le drame de peu, en la passant aux rayons X, mais l'idée qu'on a cherché à l'éliminer reste présente. C'était en janvier, au début de cette année 1971, juste après le fiasco de la CIA.

Tout avait justement commencé à Rome. En cette fin d'année 1970, il se réjouissait de la vitesse à laquelle sa coopération avec les Américains avançait. Le 16 décembre 1970, il avait rendez-vous avec un agent de la CIA encore plus haut placé que Bob Ames. Hélas à peine s'étaient-ils retrouvés que celui-ci avait sorti un chèque d'un million de dollars à son intention. Il ne l'avait pas supporté, et l'entrevue avait tourné au vinaigre. Ali Hassan ne pouvait accepter de l'argent en échange de services rendus. C'était risquer de passer pour un agent américain aux yeux de la résistance, alors que son seul souhait était de faire avancer le dialogue entre Américains et Palestiniens. De son côté, la CIA n'était pas à l'aise avec le lien inhabituel qu'elle entretenait avec Ali Hassan et aurait préféré clarifier la situation : le rémunérer pour en faire un agent en bonne et due forme.

Bob Ames était le seul à avoir compris la complexité de cette relation clandestine, difficile à contrôler, trop subtile pour ces balourds de la CIA. Ils ne savaient pas quoi faire d'Ali Hassan, qui n'était ni vraiment un agent, ni vraiment un allié. Ames, lui, était capable de faire la différence entre un agent et une source « sensible » comme Ali Hassan. Mais par ce geste déplacé, la CIA avait brisé l'accord tacite qui le liait jusque-là à Bob Ames.

En dehors du cercle étroit de la direction du Fatah, personne ne savait qu'Ali Hassan était en contact avec la CIA. Si l'affaire venait à s'ébruiter, il risquait d'être perçu non seulement comme un traître de la pire espèce par les factions extrémistes de la guérilla – qui ne lui auraient jamais pardonné de pactiser avec le diable impérialiste –, mais aussi comme une menace par les Israéliens. Savoir que leur grand allié américain flirtait avec l'OLP et développait d'autres voies de renseignements que les leurs sur le conflit palestinien leur aurait été insupportable : pour eux, c'était le premier pas avant de voir débarquer Arafat à la Maison Blanche.

Le simple fait de dialoguer avec les Américains mettait sa vie en péril, pouvaient-ils ne pas s'en douter ? Alors pourquoi avaient-ils voulu faire de lui un agent et signer son arrêt de mort ? Cette tentative de recrutement avait brisé sa confiance et menaçait sa position au sein du Fatah. Il l'avait mise sur le compte d'un manque d'intelligence et de vision, et avait coupé net toute communication avec la CIA. Trois semaines plus tard, une lettre piégée lui était adressée.

Quelque chose avait dû fuiter. Mais qui avait cherché à se débarrasser de lui ? Le Mossad ? Des Palestiniens ? Il en a longuement discuté avec Arafat. Depuis son entrée au Fatah, le jeune homme cultive un lien particulier avec Arafat, grand admirateur de son père, héros national. Ali Hassan est le petit frère qu'il n'a pas, un petit frère au charisme hors du commun. Arafat l'a pris sous son aile, ce qui n'a pas été sans éveiller la jalousie de certains dirigeants du Fatah. Profitant du fiasco américain, ces derniers ont tenté de l'évincer de l'organisation, où il prenait de plus en plus de place. Après les tentatives de recrutement par la CIA, puis d'assassinat et d'exclusion du Fatah, Arafat lui a suggéré de partir trois mois en Europe.

L'enveloppe est classique : comportant deux timbres, elle pèse moins de vingt grammes. Il l'ouvre et en retire une photo couleur de ses deux fils, avec, au verso, un mot de sa femme. Le regard de son fils aîné est teinté de cette satanée mélancolie ; quant au cadet, il sourit avec cet air naïf et surpris propre à certains nouveau-nés. Ali Hassan a un pincement au cœur, la tristesse l'étreint mais il se ressaisit. Plus vite il finira, plus vite il sera de retour.

En se déshabillant avant de se doucher, il découvre une fausse moustache accrochée au revers de sa chemise. C'est celle que son ami Mohamed Boudia portait hier soir. Comment a-t-elle pu arriver là et rester accrochée tout ce temps ? Mohamed Boudia, qui habite Paris, a fait un saut pour le retrouver à Rome. Algérien, fervent militant de la cause palestinienne et grand dramaturge révolutionnaire, il est passé maître dans l'art du déguisement et de la perruque. Son goût prononcé pour le jeu et le sexe les a rapprochés. En raison du nombre infini de liaisons qu'on lui prête, à travers plusieurs capitales européennes, il a été surnommé Barbe bleue.

Comme lui, Boudia multiplie les conquêtes amoureuses et aime faire la fête. Quel que soit l'endroit où il se trouve, il connaît des filles. La veille, il a ramené dans le restaurant où ils célébraient leurs retrouvailles trois jeunes Italiennes – dont celle chez qui Ali Hassan a terminé la nuit. Grâce au tempérament joyeux et optimiste de son ami, Ali Hassan a retrouvé son insouciance : le temps d'une soirée, il n'a pensé à rien d'autre qu'à son pouvoir de séduction.

Nashrawan, sa femme, ne lui a jamais caché qu'elle ne lui en veut pas de son comportement adultère. Et lui, en contrepartie, n'a rien trouvé de mieux que de lui faire un second enfant. Autour de lui, beaucoup d'hommes restent fidèles à leur femme non par vertu mais par amour-propre. Les hommes à la mentalité orientale refusent qu'une étrangère éprouve de la pitié pour leur femme. Parce que leur femme, c'est eux qui l'ont choisie, alors plus encore qu'une insulte envers elle, ce serait une insulte envers eux-mêmes. Lui, hélas, n'est pas de ce genre, peut-être justement parce qu'il n'a pas choisi sa femme, ou tout simplement parce qu'il n'est pas comme ça.

Nashrawan regrette surtout qu'il ne sache pas s'y prendre pour la tromper de façon à lui épargner humiliation et souffrance. C'est-à-dire sans qu'elle l'apprenne et sans qu'elle puisse s'en douter. Rien ne devrait le trahir, et ce même si elle est soudain prise d'une envie de fouiller frénétiquement ses affaires, de le faire suivre, de surveiller tous ses comportements et d'ausculter chacune de ses expressions. Elle ne veut pas tomber sur le moindre indice susceptible de lui mettre la puce à l'oreille. Elle lui a donc enseigné quelques règles à suivre pour la tromper avec respect, en toute élégance et discrétion. Règle numéro 1 : jamais dans la ville qu'ils habitent, mais uniquement lors de ses déplacements à l'étranger ; idéalement, le plus loin possible. Règle numéro 2 : pas avec des femmes de leur entourage. Règle numéro 3 : une, deux, trois fois maximum avec la même femme. En effet, pour éviter que son comportement ne soit affecté au point qu'elle puisse se douter de quelque chose, il faut qu'il ne cultive aucun lien autre que sexuel. Et pour cela, il ne doit jamais prolonger les choses. En somme, s'il s'y prend bien, il peut faire tout ce qu'il veut, elle ne s'y opposera pas.

Pourtant, son mot et la photo des enfants lui font l'effet d'une lettre de rupture, de celles qu'on glisse insidieusement un soir sous la porte de son amant, pour ruiner sa nuit. Il se sent rappelé à l'ordre et à ses devoirs de père et de militant. Mais est-il prêt à sacrifier sa vie pour une femme ? Est-il prêt à mourir pour une cause ?

Ali Hassan se masse longuement le visage sous l'eau. Une fois vêtu et rasé, il emprunte les ruelles pavées du centre et, Via Veneto, se rend dans un bar nommé Il Principe Rosso. À part deux touristes et quelques locaux qui attendent le 15 août pour fermer boutique et partir en vacances, il n'y a pas grand monde sur la terrasse. Le gérant est basané, peut-être d'origine arabe mais il pourrait tout aussi bien être un homme du Sud. Il parle un romain parfait. Ali Hassan s'installe à une table ombragée et lui commande un expresso.

Le fiasco américain, la lettre piégée et la tentative d'exclusion du Fatah n'ont pas été les pires catastrophes ces derniers temps. Comme si la Nakba de 1948 et la défaite de 1967 ne suffisaient pas, il a fallu qu'il y ait la « calamité nationale » de septembre 1970. En Jordanie, le roi Hussein s'est déchaîné contre les Palestiniens. Il a lancé ses troupes à leur trousse et les a chassés de son royaume d'un revers de la main.

Le roi a réagi avec la violence d'une femme longtemps bafouée qui, du jour au lendemain, ramenée à la raison par sa famille et remontée par son clan, reprend tout et traîne dans la rue l'homme qu'elle a nourri et gâté, et dont elle a jusque-là justifié et pardonné tous les écarts.

Ali Hassan en est encore secoué. Des milliers de Palestiniens ont trouvé la mort. Certains fédayins ont préféré traverser la frontière israélienne plutôt que de se faire massacrer par les soldats jordaniens. Une hécatombe. En quelques mois, le royaume hachémite a été purgé des organisations palestiniennes qui s'étaient enfuies au Liban.

Dans les camps, les réfugiés sont découragés. Les négociations au Moyen-Orient sont au point mort et leur situation n'évolue pas. Même le Comité international olympique a refusé de répondre à

leur demande d'envoyer une délégation palestinienne aux Jeux de Munich, prévus l'été suivant.
Seules les attaques arrivent encore à leur remonter
le moral. Ali Hassan, comme tout ce qui reste de
fédayins dans les rangs de la résistance, est proche
du désespoir.

Interrompant ses sombres pensées, Boudia le
rejoint à la terrasse du café, la mine souriante et
le pas léger, vêtu d'un costume de lin estival.
Évoquant à peine la soirée de la veille, les deux
hommes entrent dans le vif du sujet.

— Les nôtres sont démoralisés, lui confie Ali
Hassan. Le moment est venu d'obtenir l'attention
du monde, d'imaginer des coups plus périlleux. De
plus en plus dramatiques. On veut beaucoup de
spectateurs et peu de morts.

— Comment vous comptez vous y prendre ?
demande Boudia.

— En créant un groupe d'action sans leader
ni structure, qui opérera dans l'obscurité la plus
totale, à l'ombre de nos services secrets : aucun lien
avec l'OLP, le Fatah renie son existence, il n'existe
nulle part.

— Mais comment ? s'étonne à nouveau Boudia

— Aucune adresse ni bureau, pas de représentant ni de porte-parole. Seule une boîte postale à
Paris, une compagnie fictive à Zurich, des appartements à Londres, une base à Rome, répond Ali
Hassan.

— Pourquoi Rome ?

— Parce qu'ici, la police et les services de sécurité à l'aéroport de Fiumicino laissent à désirer.

Ali Hassan lui explique comment il leur faudra développer des contacts locaux dans les villes et les utiliser pour louer des appartements, ouvrir des comptes en banque, effectuer des recrutements parmi l'intelligentsia palestinienne : un professeur d'histoire à Paris, un homme d'affaires à Londres, un scientifique à Genève, un musicien à Madrid. Il évoque pêle-mêle des fichiers opérationnels, le programme d'une réunion de la Ligue arabe prévue au Caire en novembre, des photos de l'ambassade de Jordanie à Berne, une carte indiquant le trajet suivi par l'ambassadeur pour se rendre à son bureau, les horaires des avions et des trains d'une douzaine de villes européennes, les faux passeports et les billets de différentes devises.

— Qui seront les agents exécutifs ? interroge Boudia.

— Des dissidents et des « jeunes loups » recrutés au sein des meilleures unités du Fatah ou du FPLP. On les veut éduqués, brillants, les nerfs solides, parlant plusieurs langues, capables de se déplacer dans n'importe quelle capitale européenne sans éveiller de soupçon et spécialisés dans le renseignement. Le recrutement est soumis à une sélection des plus strictes et se fait au compte-gouttes. D'ailleurs, le parrainage est obligatoire. C'est pour

ça que je t'ai demandé de réfléchir à quelqu'un.
Alors, qui tu m'as trouvé ?

— Il a étudié comme toi au centre de sabotage
du KGB. Bonne condition physique, bon C.V.,
volontaire au FPLP. Il sera là dans cinq minutes.

Quelques instants plus tard, un jeune homme
à l'allure décontractée, cheveux courts et bruns,
favoris fournis, salue les deux hommes et s'installe
en face d'Ali Hassan. Ali Hassan le fixe, il ne cille
pas, Boudia laisse faire. Soudain, Ali Hassan lève le
bras en direction du serveur : « Garçon ! *Tre cacio e
pepe e un pino nero !* »

— Les meilleures pâtes au monde, une spécialité romaine, ajoute-t-il. Maintenant, écoute-moi
bien. Tu ne disposeras que de très peu de temps
pour tout apprendre de ta destination : la liste des
hôtels propres et pas chers, le fonctionnement des
cabines téléphoniques, les magasins utiles, la voie
la plus rapide pour se rendre à l'aéroport, la façon
de s'habiller, de saluer, de traverser la rue, de héler
un taxi, de commander un repas ou de laisser un
pourboire.

« Messieurs, *ecco qui i tonnarelli cacio e pepe,
buon appetito signori !* » Le serveur dispose trois
assiettes fumantes contenant chacune une petite
pelote de spaghettis épais et crémeux, parsemés de
grains de poivre noir. Ali Hassan sert trois verres
de vin et poursuit :

— Où que tu sois, les ambassades des pays arabes – en particulier celles de Libye et d'Algérie – feront tout ce qui sera en leur pouvoir pour appuyer l'opération, qu'il s'agisse de fournir des papiers d'identité, d'acheminer des devises, d'effectuer des transits d'armes et d'explosifs ou d'en faciliter le transport. Elles te serviront de points de contact pour la réception d'instructions et l'échange de rapports, de refuge en cas de besoin, de lieu d'entraînement si nécessaire et de point de départ pour retourner dans un pays arabe. Tu n'auras qu'à passer la porte et te servir. Tu confirmes, Mohamed ?

— Partout dans le monde, les agents israéliens sont protégés par leur compagnie aérienne El Al. Nous, ce sont les ambassades des pays arabes qui nous secondent, ils nous doivent bien ça, explique Boudia en posant son verre de vin.

— Il te faudra user d'imagination. Garde à l'esprit que, pour la police, les terroristes transpirent beaucoup, fument énormément et vont souvent aux toilettes. Veille à ne tomber dans aucun de ces stéréotypes. Attention : tu seras fouillé de fond en comble. Même tes stylos seront examinés pour vérifier qu'ils ne recèlent pas de mécanisme explosif. Il leur est déjà arrivé de trouver des mines à retardement dissimulées dans des jouets en bois ou des savons.

Ali Hassan enfourne une bouchée de pâtes, jette sa serviette sur la table et commande trois cafés. Après avoir allumé une cigarette, il reprend à voix basse :

— Le danger est un puissant aphrodisiaque. Mais sur une longue période, il devient corrosif. Il fatigue le cerveau et fausse la personnalité. Pour dompter les angoisses, tu devras faire usage de tranquillisants, de somnifères et d'alcool à doses mesurées.

Les paroles d'Ali Hassan ne sont plus qu'un filet à peine audible.

— Ce n'est qu'au dernier moment que tu sauras en quoi consiste l'objectif précis de la mission. Alors seulement tu rencontreras tes camarades. Discrétion, obéissance, courage et abnégation sont les mots d'ordre, tu m'entends ? Ce qui vaut pour toi, vaut pour les autres. Le jour où on aura besoin de toi, on saura te trouver. Alors, elles t'ont plu ces pâtes ?

Le jeune homme acquiesce, avale son café et se lève de table. Il leur tend une main ferme à tous les deux et les remercie. Ali Hassan, l'air pensif, le regarde disparaître au coin de la rue.

— Il n'est pas de chez nous, reprend-il.

— Venezuela, confirme Boudia.

— Au fait, tu as perdu ça hier soir.

Ali Hassan fouille dans sa poche et en sort la fausse moustache.

— Garde-la, lui dit Boudia en en caressant du bout du doigt les poils synthétiques. Elle est noire comme tu aimes. Parfois, tout se joue à une moustache près…

Amusé, Ali Hassan la range dans sa poche. Les deux hommes terminent leur café et se donnent l'accolade avant de se quitter.

Ali Hassan entre dans le bar pour régler. À l'intérieur, les quelques clients sont regroupés au-dessus du journal. Ils se chamaillent bruyamment au sujet de la photo en une : « *Ammazza che bona ! Ahó ! Bellissima ! Guarda un po'… — Ma da dov'è uscita 'sta bellezza ? Libano, cos'è ? Vicino alla Libya ? — Ma no, dai, è un paesino piccolo, piccolo di fronte al mare.* » Il se rapproche pour voir ce qui a capté l'attention de tous. Au même moment, le gérant s'exclame qu'ils sont tous des ignorants, que les Libanaises sont parmi les plus belles femmes de la Méditerranée, et le Liban un des plus beaux pays au monde. Il arrache la page du journal et la brandit haut et fier avant de la punaiser sur le tableau de liège au-dessus du comptoir. C'est la photo en noir et blanc de la nouvelle Miss Univers 1971. L'article évoque la fureur que la Libanaise a engendrée à travers les cinq continents et comment, en moins de douze heures, le Liban est devenu la destination numéro un des vacanciers. De Los Angeles à Paris, en passant par New York, les billets d'avion s'arrachent et les agences de voyage ne savent plus

où donner de la tête… « *Gran' bella bestia…* » soupire le gérant à l'intention d'Ali Hassan. Celui-ci
lui commande un limoncello. Probablement son
dernier. Tout est en marche ici, il faudra bientôt
rentrer.

Des flashs de la cérémonie à l'auditorium de
Miami Beach reviennent à l'esprit de Georgina
sans relâche. Le succès de l'Israélienne et de la
Brésilienne qui ont soulevé les applaudissements
frénétiques du public ; l'euphorie des douze demi-
finalistes en train de se changer dans la loge pour la
marche finale ; le plateau avec ses gradins arrondis,
énorme pièce montée tout en plumes et lumières
clignotantes ; le coquillage surplombé de jets d'eau
d'où elles sont sorties vêtues d'un maillot rose
bonbon aux reflets arc-en-ciel ; l'écran de fumée
qu'elles ont traversé avant de se retrouver face à des
milliers de personnes… Georgina tousse et bondit hors du lit en arrachant le masque de sommeil
mauve de la British Overseas qui lui ceint le visage.
C'est le masque qu'elle a récupéré de l'avion.
Aussitôt après avoir remporté Miss Liban, elle a été
appelée à participer à Miss Monde à Londres et à
Miss Univers à Miami. Georgina vit un rêve à la
puissance dix et pour la première fois, elle voyage
hors du Liban, accompagnée de Raymonda et
parée de son rouge à lèvres qui jusque-là lui a porté

chance. Elle le garde précieusement et ne s'en sert plus que pour les concours. À Londres, elle n'a retrouvé le petit cylindre doré enfoui dans une paire de socquettes roulées en boule qu'une fois la compétition terminée. Elle a raté Miss Monde. Mais elle a gagné Miss Univers.

Fantomatique, Raymonda promène dans la chambre une coupelle dans laquelle brûle un mélange d'herbes appelé *bakhour*, dégageant des volutes grisâtres destinées à chasser le mauvais œil.

— Mais tu es folle ? Tu vas déclencher l'alarme incendie ! s'écrie Georgina.

— C'est pour neutraliser toutes les ondes néga-tives, chuchote Raymonda en lui faisant signe de la rejoindre.

— D'où est-ce que tu sors ça ?

— J'en ai trouvé un sachet dans ma trousse de toilette. C'est maman qui a dû me le glisser. Viens.

Suivant le rituel, les voilà qui arpentent la pièce en silence, le visage recueilli. La fumée embaume les draps et les coussins du lit, l'intérieur de cha-cune des valises posées sur la moquette, les armoires qu'elles ouvrent puis referment, la salle de bains. Elles diffusent le mélange dans les moindres recoins jusqu'à ce qu'il s'éteigne et que la fumée se dissipe. Alors Georgina se laisse retomber sur le lit en lançant qu'elle meurt de faim. Raymonda appelle le room service, s'ils veulent bien leur mon-ter un petit déjeuner. Elles ont à peine le temps d'avaler un pancake que le téléphone sonne : la direction du concours leur annonce que la conférence de presse est imminente.

Quand Georgina fait son apparition au lobby du Fountain Blue, une salve de flashs l'éblouit. Une cinquantaine de journalistes se pressent vers elle, les mains chargées de micros et de fleurs, tandis qu'une douzaine d'agents de sécurité tentent de les contenir.

Georgina évoque la distinction cruciale entre se sentir belle et prendre soin de soi. On ne se sent belle que si on est bien dans sa tête, son corps et son cœur. Ce qui n'empêche pas de prendre soin de soi afin de se mettre en valeur. Aussi, complète-t-elle, la beauté n'est pas tout pour une femme : sans charme ni esprit, c'est une perdante. Elle dit approuver le sexe avant le mariage mais seulement avec la personne qu'on aime et qu'on projette d'épouser, ajoute qu'il vaut mieux chercher à tout savoir de l'autre avant de se marier, pour être sûr de pouvoir vivre ensemble le restant de sa vie sans divorcer. Pour elle, les qualités les plus importantes chez un homme sont la force de caractère, l'intelligence et la volonté. Quand elle est interrogée sur son amitié avec Miss Israël, elle répond : « On est ici pour un concours de beauté, pas de politique. » Quant à la religion, c'est une affaire privée et ça ne regarde personne. Georgina s'excuse, prétextant une envie pressante, et s'éclipse. Raymonda lui court après.

— Mais où tu vas ? Ils sont tous là pour toi !

— Je dois passer un coup de fil.

— Ça ne va pas la tête ! En une nuit, tu es devenue la fille la plus connue de la planète. Des journalistes du monde entier sont venus pour te voir, et toi tu les fais poireauter pour aller passer un coup de fil ? Et à qui d'abord ?

— À Roland.

— Et ça ne peut pas attendre ?

— Non, je dois lui parler.

— Mais pourquoi ?

— Parce que je l'aime.

Le soleil rougeoyant se couche, bientôt englouti par la mer cristalline qui vient lécher le sable de l'Acapulco Beach Club, dans le sud de Beyrouth. Les filles se déhanchent en bikini, tandis que les garçons plongent et ressortent avec de gros poissons ruisselants qu'ils jettent sur le gril du barbecue. L'ambiance est à l'euphorie et c'est le mythique Pépé Abed qui anime la soirée, à coups de bouteilles de champagne sabrées dans la mer.

Ce soir, il y a beaucoup de jeunes, mais certains parents ont aussi tenu à être présents. Roland a improvisé cette soirée tropicale pour célébrer la victoire de Georgina au concours de Miss Univers.

Micky et ses parents sont installés à une table sous le feuillage des bananiers. Ils sont accompagnés par les parents de Georgina, qu'ils ont rencontrés il y a peu suivant la volonté de Georgina et malgré leurs réserves. Roland leur sert un plateau de poissons grillés sur lequel il verse un filet d'huile d'olive et presse deux citrons.

— Goûtez comme la chair est tendre…

— Tu nous gâtes, fiston !

— Je ne vous ai pas emmenés n'importe où ce soir, vous êtes en plein cœur des nuits folles de l'Acapulco !

— Où vas-tu ? Reste un peu bavarder avec nous.

Il revient aussitôt avec cinq coupes de champagne, et trinque :

— À Georgina !

— Un sacré coup touristique qu'elle nous fait !

Désormais tranquille, satisfaite de la réussite de sa fille, la mère de Georgina peut enfin relâcher la pression. Quant à son père, moins réticent que d'ordinaire, il fait mine pour la première fois de s'intéresser à Roland. Il le félicite pour son admission à l'université américaine de Beyrouth puis, sur le ton de la confidence, il lui demande si le fait que la plupart des étudiants soient pro-palestiniens ne le dérange pas trop. Roland répond que cela participe au contraire de la richesse du campus, qui a fait la réputation de l'université. Il lui décrit l'ambiance, la diversité des communautés s'y côtoyant avec harmonie dans un esprit de révolution et de liberté intellectuelle. Puis il laisse les adultes discuter entre eux et se tourne vers Micky qui ne tient pas en place.

Micky veut savoir selon quels critères Georgina a été déclarée Miss Univers et si c'est un titre reconnu par les quatre milliards d'habitants de la planète. Il répète avec fierté que lui aussi est entré dans l'histoire du Liban puisqu'il est le frère de l'amoureux de la première Miss Univers libanaise. Sans doute cela se révélera-t-il utile dans sa future carrière de spécialiste du Liban. Sur une nouvelle page de son cahier, il a noté : « *Samedi 24 juillet 1971, 20ᵉ élection de Miss Univers, 61 concurrentes, 250 millions de spectateurs aux USA et 30 autres pays couverts par la CBC, gagnante : Georgina.* »

À la page suivante, il a ajouté : « *Au Liban, il y a dix-sept confessions religieuses. Selon ce que disent les maronites, il y a 51 % de chrétiens (maronites, grecs orthodoxes, melkites, catholiques, protestants, arméniens apostoliques, arméniens catholiques, syriaques orthodoxes, coptes, assyriens et chaldéens), 49 % de musulmans (chiites, sunnites, alaouites, ismaélites et druzes) et une poignée de Juifs. Ma famille est melkite, dite grecque catholique. Georgina est grecque orthodoxe. On est tous d'origine grecque. On descend de la mythologie. On a peut-être un lien avec Zeus, Apollon et Artémis.* »

Micky demande si le fait qu'ils soient grecs catholiques et grecs orthodoxes signifie vraiment qu'ils ont des origines grecques. Roland lui répond que oui et non, c'est plus compliqué que cela. Il évoque les influences phénicienne, assyrienne, perse, grecque, romaine et arabe. Il lui raconte les Croisés, les Turcs ottomans et plus récemment les Français, et lui explique que le Liban est considéré comme un modèle de société à l'identité plurielle. Sur quoi, Micky conclut que devenir Miss Univers c'est un peu comme devenir Dieu. Georgina a fait honneur à ses origines grecques et divines.

Quand il se fait tard pour Micky, Roland escorte ses parents et ceux de Georgina jusqu'au parking. De retour sur la plage, il ne se fait pas prier pour rejoindre l'épicentre de la fête.

Happé par la musique, les cheveux au vent, il boit du champagne au goulot et en arrose les filles qu'il fait sauvagement danser. Avec la complicité de Pépé qui coupe soudain la musique, il grimpe sur une table dans un concert d'applaudissements, saisit le micro et clame : « Je sors avec la plus belle fille de l'univeeeeers ! » On hurle de joie avec lui, les percussions reprennent de plus belle et il se jette dans la foule des danseurs endiablés.

Il est presque 4 heures du matin à présent, et la plage est déserte. Roland a dessaoulé et prend le temps de tout remettre en place avec Sharif.

En passant devant les rangées de cabines, il se fait aborder en anglais par deux inconnues. Probablement des touristes américaines hippies qui s'apprêtent à dormir à la belle étoile sur la plage publique d'à côté, avant de continuer leur périple sac au dos à travers le pays, suivant la mode des jeunes étrangers qui débarquent ici pour la première fois. « Alors, il paraît que c'est toi le plus beau mec du système solaire ? Tu veux te joindre à nous ? On a une guitare et de quoi fumer, on est installées un peu plus loin avec nos amis. » Elles se dandinent et gloussent. Le regard de Roland baigne dans les lueurs fauves d'un lampadaire tout proche. L'air mélancolique et fier, il décline poliment et entre dans son cabanon pour ranger les enceintes et ses affaires de bain. Il est tard et il a encore envie de téléphoner à Georgina avant qu'elle ne sorte de son hôtel à Miami pour aller dîner. Clés de la voiture en main, il est sur le point de partir quand des bruits sourds attirent son attention. Il se rapproche d'un cabanon et tend l'oreille. Ça râpe et ça souffle sur le plancher de bois, des ventres se frottent l'un sur l'autre. Il range les clés dans sa poche et fait demi-tour pour retrouver les deux Américaines.

Vendredi 8 septembre 1972

« *Munich, le 5 septembre 1972. Depuis le 26 août, la ville accueille les Jeux de la XXe Olympiade de l'ère moderne, dits Jeux de la paix et de la joie. Il fait doux ce matin dans le Village olympique à la végétation fleurie. Qui pourrait se douter de la scène qui se déroule dans le pavillon à l'allure paisible et feutré de la Connollystraße ? Deux morceaux de papier voltigent par la fenêtre du bloc numéro 31. Ils sont signés "Septembre noir".*

Peu avant l'aube, un commando de fédayins y a fait irruption et a pris en otage onze athlètes de la délégation israélienne. L'alerte a été donnée dans la matinée par une femme de ménage. Malgré la crise politique qui se joue au cœur du Village, les Jeux ne sont pas interrompus et les spectateurs peuvent assister à une compétition équestre et à un match de volley opposant l'Allemagne de l'Ouest au Japon. Cependant, les athlètes sont

*inquiets : se pourrait-il que les Jeux soient retardés
ou, pire, annulés ? Tandis que certains continuent
à s'entraîner, d'autres tournent en rond, jouent au
ping-pong, bronzent ou se prélassent, couchés sur
les rives d'un étang artificiel à deux cents mètres de
l'immeuble de la délégation israélienne. [...]*

*Assis sur le balcon du deuxième étage du pavil-
lon de la Connollystraße, l'un des terroristes, une
mitraillette entre les jambes, salue les passants.
Les fédayins ont été décrits comme "polis, jeunes et
plutôt petits" par des membres de l'équipe d'Uru-
guay qui occupent le même bâtiment que les
Israéliens et ont été autorisés à en sortir. Le chef,
prénommé Issa, est d'un calme impressionnant.
Vêtu d'un costume en lin et d'un chapeau blanc,
le visage foncé à la cire, il parle couramment l'allemand. Infatigable, il exprime ses revendications
envers Israël avec fermeté. Courtois, voire amical,
il enchaîne les cigarettes, en propose aux autorités allemandes et semble garder le contrôle de la
situation. Pourtant, il tient dans sa main une grenade, prêt à la dégoupiller et à tuer tout le monde
au premier signe de tromperie. Alors que le monde
entier a les yeux rivés sur lui, il disparaît dans l'immeuble au numéro 31 en levant deux doigts, non
pas en signe de victoire, mais comme le chiffre 2.
Deux otages seront tués si les négociations n'abou-
tissent pas d'ici quelques heures. Un peu plus tard,
un deuxième terroriste apparaît, le visage masqué*

par une cagoule noire. Il est certain que ces images marqueront des générations entières. [...]

À 13 heures, le gouvernement israélien n'a toujours pas donné suite aux revendications des fédayins. La bouche grande ouverte, une foule de spectateurs suspendent leur sandwich pour écouter l'annonce. Quand le présentateur révèle que le délai fixé par les terroristes a été dépassé sans que personne ne soit exécuté, chacun mord dans son pain. À 14 heures, les otages ont faim et les terroristes demandent que leur soit livré assez de nourriture pour vingt personnes. Ils précisent que ce sont eux qui apporteront les provisions dans le bâtiment. Se pourrait-il qu'à l'intérieur, tandis qu'ils mangent et fument ensemble, les fédayins expliquent aux Israéliens le programme de la résistance, un débat s'engage et les rapports se détendent ? Au même moment, sur le toit de l'immeuble, des experts allemands examinent le dispositif de climatisation pour voir comment neutraliser les terroristes qui, de leur côté, assistent à la manœuvre en direct sur toutes les chaînes de télévision. [...]

Autour du Village, les réactions sont contrastées. Les Européens ne sont pas contents de voir un de leurs pays devenir un terrain de règlement de comptes. Leur tranquillité est troublée et la paix olympique brisée. Certains critiquent l'attitude inutilement dangereuse et inflexible du gouvernement israélien. Pourquoi ne pas accepter de

*libérer des prisonniers pour sauver leurs athlètes ?
Le Premier ministre Golda Meir est aussi fana-
tique que les terroristes, s'indigne-t-on. Mais
Israël refuse de négocier avec des terroristes palestiniens, quelles que soient les circonstances. Quand
les Allemands appellent les bureaux de l'OLP à
Beyrouth pour demander à rencontrer un responsable de Septembre noir, on leur répond que personne là-bas n'a de lien avec ce groupe. Au Liban,
la transmission en direct des événements a été
interrompue. Dans le monde arabe, on éclate de
joie : "On est tous Septembre noir !" [...]
À la mi-journée, qui pourrait se douter de
la tournure tragique que va prendre la prise
d'otage ? »*

Au moment où son avion en provenance de
Milan se pose à l'aéroport international de Beyrouth, Roland range le journal dans la poche du
siège avant. L'atterrissage s'accompagne d'un
concert d'applaudissements. Apercevant soudain
une jeune femme courir sur la piste en direction de
l'avion, quelqu'un s'écrie : « C'est Georgina ! » À
ce nom, l'appareil tout entier se met à vibrer tandis que les passagers se ruent vers les hublots pour
la voir. Une vive émotion saisit l'ensemble des personnes présentes, personnel de bord compris.

Une voix s'élève alors en provenance des premiers rangs : « Rrroland ! Qui est Rrroland ? »

fait-elle en roulant les « r ». Les voyageurs se
passent le mot : « Rrroland ? Y a-t-il un Rrroland ?
Laissez avancer le Rrroland ! » Les passagers se
poussent pour libérer le couloir, excités de découvrir à quoi ressemble le fameux Roland qui a ravi
le cœur de leur Miss Univers. « Merci, pardon,
merci, désolé, merci… » Il est joliment bâti, plus
grand mais toujours aussi élancé qu'à ses quatorze ans. Son visage volontaire a perdu de ses
rondeurs. Vêtu d'un polo blanc et d'un pantalon
évasé, il porte des Ray-Ban. Il est pâle et ses cheveux, plus rebelles que jamais, lui tombent sur le
visage. Quand il atteint enfin l'avant de l'appareil,
Georgina pousse un cri et se précipite dans ses bras.
Elle remercie ensuite chaleureusement le personnel
de bord et les agents de sécurité de lui avoir permis
de monter dans l'avion, se fait photographier avec
le commandant, signe des autographes et répond
aux questions des passagers qui la pressent de rester
encore un peu. Enfin, le couple débarque dans la
chaleur humide de Beyrouth. Main dans la main,
ils traversent le tarmac en courant et rejoignent
une Jeep garée plus loin..

Devant la voiture, Antoun et Magda serrent leur
fils dans leurs bras, Magda le couvre frénétiquement de baisers, Antoun lui tapote le dos.

— Et Micky ? demande Roland.

— Il t'attend à la maison avec tes grands-
parents, Téta Henriette et Geddo Gilbert, ainsi

que ton oncle et ta tante. On a préparé un grand déjeuner.

C'est que Roland revient de loin. Grâce à ses brillants résultats, il a passé deux mois en stage dans une résidence d'architecture affiliée à l'université de Stuttgart en Allemagne. Cette expérience a été pour lui l'occasion de se retrouver plongé dans un monde à mille lieues de tout ce qu'il a toujours connu : le Bauhaus, la rigueur allemande, la musique classique, le design de voitures, mille choses ont sollicité sa curiosité. Bien sûr, Georgina lui a manqué, mais pas aussi cruellement qu'il l'avait imaginé, d'autant qu'ils se sont appelés tous les jours, sauf lorsqu'elle s'est rendue au Brésil. Durant les deux semaines de sa visite officielle, la communication a été plus erratique, Georgina étant rarement disponible. C'est à ce moment-là que Roland s'est amouraché d'une Italienne qui terminait sa thèse de doctorat sur le rôle du Bauhaus dans l'architecture moderne et son influence dans les arts appliqués sous l'ère fasciste. Leur histoire a duré une semaine, juste le temps pour lui de se distraire du silence de Georgina. Une fois rentrée au Liban, elle avait repris ses appels quotidiens.

— Il y a des millions de Libanais au Brésil, mon amour, encore plus qu'au Liban ! lui raconte-t-elle sur le trajet du retour. Tu adorerais l'océan, les plages à perte de vue, le soleil qui n'en finit pas de se coucher, la capoeira à la tombée de la nuit, la musique dans les rues…

Mais une fois rentrée de soirée, une fois la porte de sa chambre d'hôtel claquée et les sollicitations évanouies, une fois déshabillée, démaquillée, les dents brossées, seule à l'autre bout de la planète, trop tard ou trop tôt pour appeler le Liban, elle ressentait un vide dont elle ne cernait pas la nature exacte. Avait-elle le mal du pays ? Ses parents lui manquaient-ils ? Certains Brésiliens ressemblaient tellement aux Libanais qu'il lui arrivait pourtant de se sentir en famille. Était-ce Roland ? Depuis son élection, leur relation avait pris un caractère officiel, contre lequel ni l'un ni l'autre ne s'était rebellé. Et bien qu'elle ait reçu un nombre incalculable d'avances plus ou moins explicites – acteurs, producteurs, musiciens, hommes d'affaires, politiciens, sportifs –, Roland continuait de lui apporter une certaine stabilité sur laquelle il lui était confortable de s'appuyer. Mais était-ce suffisant ? Au fond, le problème venait-il de Roland ou d'elle-même ? Elle avait obtenu tout ce qu'elle voulait, Miss Télévision, Miss Liban, Miss Univers. Elle était devenue l'égérie de Coca-Cola, de la Middle East Airlines et du ministère du Tourisme. Elle avait signé des contrats pour interpréter des duos avec des stars de la musique, son agent était en pourparlers avec les plus grandes productions cinématographiques égyptiennes. Et elle n'avait même pas encore fêté ses dix-neuf ans… Était-ce le tour du monde ? Elle rencontrait beaucoup de gens mais ne faisait la connaissance de personne, elle voyageait dans tous les pays mais n'en visitait aucun. Elle sautait d'aéroport en aéroport, d'avion en avion mais passait plus de temps dans le ciel, bouclée dans les toilettes, à se changer et s'apprêter pour les photographes qui seraient là. Arrivée à ce point, sa toilette tirant sur sa fin, elle interrompait ses réfléxions pour s'adonner à la lecture du courrier de ses fans. Elle se glissait dans son lit et, à la lueur de sa lampe de chevet, découvrait les tas de lettres et de paquets qu'on avait montés dans sa chambre.

Dans chaque pays où elle se rendait, elle était l'objet d'une nouvelle mode. À Tokyo, elle était devenue une figurine de collection en mini-jupe pourvue d'énormes pupilles vertes et jaunes ornées d'étoiles, placée dans une boîte comme un jouet, et avait soulevé l'hystérie des jeunes Japonais. À Rio de Janeiro, elle avait été désignée comme modèle par l'ordre des chirurgiens de la ville, et ses ferventes admiratrices s'étaient fait refaire entièrement à son image. Elles lui envoyaient des photos témoins du résultat et, au bout du compte, le défilé de cette armée de clones, un poil plus grands et plus massifs qu'elle, l'apaisait jusqu'à la faire sombrer dans le sommeil.

La voix de Roland à côté d'elle à l'arrière de la voiture la fait émerger de sa rêverie :

— Sharif et Raymonda aussi seront là ? demande-t-il.

— Bien sûr ! Ils ne se quittent plus ces deux-là, lui répond sa mère.

Roland et Georgina se tiennent serrés l'un contre l'autre. Par la vitre défilent de gigantesques panneaux de bienvenue où l'emblématique cèdre du Liban a laissé place à Georgina, visage solaire, sourire accueillant, regard brillant comme un bijou. Roland tente de repérer le moindre changement dans l'attitude ou le physique de sa copine, un frémissement étranger, une vibration nouvelle. Se pourrait-il qu'elle l'aime moins qu'avant ? La distance l'a-t-elle éloignée de lui ? Et au Brésil, a-t-elle rencontré quelqu'un ? À sa manière habituelle de lui caresser le lobe de l'oreille, il se dit que non et la serre encore plus fort contre lui. Il avait presque oublié combien elle sentait bon. Ce n'est qu'hier, au cours des huit heures qu'il a passées au poste de police de Bâle, qu'il a paniqué à l'idée de la perdre.

Il était dans le train qui reliait Stuttgart à Milan. Il avait choisi de rentrer à Beyrouth par un vol au départ de Milan plutôt que de Francfort, pour prolonger son retour en train et profiter des paysages. À la frontière suisse allemande, la police allemande contrôlait les passagers. Quatre hommes

étaient entrés dans son compartiment pour vérifier
son passeport et lui avaient demandé de les suivre.
Roland s'était inquiété de sa valise mais on lui avait
dit qu'il pouvait la laisser dans le train, il ne tarde-
rait pas à revenir. Ils l'avaient emmené au poste de
Bâle et avaient procédé à un interrogatoire en allemand auquel il n'avait rien compris. Les policiers
ne parlaient pas anglais et à peine quelques mots
de français. Quand Roland avait vu par la fenêtre
son train repartir avec sa valise, il s'était levé, mais
les policiers lui avaient ordonné de se rasseoir.
Ils lui avaient expliqué qu'il retrouverait sa valise
à Milan, et l'avaient placé seul dans une sorte de
cellule aveugle meublée d'une chaise et d'une table
en formica. Une éternité plus tard, ils étaient revenus pour le sommer de se déshabiller et étaient
ressortis avec tous ses vêtements. Roland avait
essayé de comprendre ce qui lui arrivait, de com-
muniquer, de les retenir, mais rien n'y avait fait.
Les Allemands avaient quitté la pièce, le laissant
seul en slip. À ce moment-là, malgré la fraîcheur,
il s'était mis à transpirer comme un bœuf. Il pensait à Georgina : Dieu ou une quelconque divinité
était en train de le punir. Il s'en voulait. Pourquoi
ce désir irrésistible de céder à chaque nouvelle ten-
tation ? Roland avait alors fait un pacte avec lui-
même : s'il sortait d'ici, si on le laissait rentrer
chez lui, plus jamais, il le jurait, il ne tromperait
Georgina ; et s'il devait la perdre, il se tuerait.

Les policiers étaient revenus au milieu de la nuit pour trouver Roland sans réaction, la tête gisant sur la table, les pupilles fixes comme deux billes jaunes, son champ de vision réduit à la surface lisse et blanche du formica. Quand ils l'avaient secoué, il avait sursauté et supplié aussitôt qu'on informe ses parents, qui devaient être morts d'inquiétude. Les policiers lui avaient fait comprendre que c'était déjà fait. Ils lui avaient rendu ses affaires en s'excusant du malentendu et l'avaient escorté à la gare où il avait sauté dans le premier train pour Milan. Là, il avait découvert que les Allemands avaient développé la pellicule qui se trouvait dans son appareil photo et placé les clichés dans une enveloppe. Rues, bâtiments, églises et palais se succédaient, parmi lesquels s'était glissé le portrait de son Italienne, qu'il avait réduit en poussière.

À la gare, il avait récupéré sa valise et s'était précipité en taxi à l'aéroport. Il s'était réfugié au comptoir de la Middle East Airlines, accueilli par le directeur et les hôtesses qui, ayant eu vent de l'histoire, l'avaient rassuré en libanais. Jamais cette langue ne lui avait semblé aussi douce et réconfortante qu'à cet instant. Mort de fatigue et de faim, il s'était traîné jusqu'à l'hôtel le plus proche de l'aéroport où son père lui avait réservé une chambre, et avait dévoré un club sandwich allongé sur le lit. Il s'était ensuite glissé sous la couette tout habillé. Le lendemain matin, il avait pris un vol pour Beyrouth.

— Ils ont compris l'erreur quand ils ont trouvé dans tes affaires la copie carbone de la lettre de l'université de Stuttgart. C'est comme ça qu'ils ont pu s'assurer de ton identité, explique Antoun. Téta Henriette, je dois dire que tes côtelettes d'agneau sont un régal ! Petites, tendres et croustillantes comme il faut.

— Dis Roland, on t'a vraiment pris pour un espion ?

— Pas un espion, Micky, un terroriste, corrige Roland en engloutissant trois feuilles de vigne.

— Et tu as eu peur, mon garçon ? demande Geddo Gilbert.

— Et l'ambiance au moment des attentats ? l'interrompt Nino. Ici c'était le black-out à la télévision.

Roland leur raconte qu'au réveil, le lendemain de la prise d'otages, tout le pays avait plongé dans la dépression en apprenant comment l'affaire s'était terminée. Il leur parle de son stage et les fait rire en comparant le mode de vie des Européens à celui des Libanais, leur rapport à l'argent, à la météo et aux vacances, si différent du leur :

— Ils passent l'année à bosser pour gagner de l'argent et partir en vacances au soleil ! Et ils ne font pas très propres.

— C'est le Nord, que voulez-vous, il n'y a pas de bidet dans le Nord…

— Nord, Sud, c'est kif-kif là-bas. Je n'ai jamais eu autant de haut-le-cœur que sur la Côte d'Azur à force de respirer la *zankha*…

— La *zankha* ?

— C'est l'odeur de la vaisselle mal lavée, Micky.

— Pas que ! s'écrie Téta Henriette. C'est aussi l'odeur qui se dégage de la vaisselle mal séchée. Prends ce verre. Tu sens ? On ne sent rien. Si tu faisais ça en Europe, il y aurait de fortes chances que les verres, les assiettes et les couverts sentent. Ils sentent quelque chose qu'on appelle ici *zankha*. C'est une odeur à laquelle nous sommes très sensibles. Au Liban, si ça se produisait dans un restaurant ou un café, le serveur remplacerait tout de suite notre verre en se confondant en excuses. En Europe, on pourrait s'y mettre à trente pour leur expliquer de quoi il s'agit qu'ils ne comprendraient pas.

— En fait, c'est une odeur d'albumine. De protéines. L'odeur des œufs, du poisson ou de la viande au contact de l'eau et de l'air, explique Magda. Pour que l'odeur des plats cuisinés ne s'imprègne pas, il faut toujours éviter de mettre la nourriture en contact direct avec la vaisselle, mais la poser d'abord sur une tranche de pain, comme ici, une couche d'huile d'olive ou alors une serviette en papier.

— Ensuite, il faut laver la vaisselle avec de l'eau froide. Un premier lavage à la main obligatoire avec du citron et du vinaigre blanc…

— Ou de la javel !

— Et puis la laver à nouveau normalement à la main ou à la machine.

— Et tout ça ne sert strictement à rien si, en fin de compte, cette vaisselle n'est pas séchée de façon impeccable avec une serviette propre…

— Ça prend du temps, mais c'est difficile de faire autrement.

— Difficile ? Impossible, tu veux dire !

— Impossible. Impossible…

La tablée soupire et Roland termine de leur faire le récit de ses découvertes et ses rencontres, photos à l'appui, jusqu'à sa mésaventure du retour.

— À la fin, les Européens ne juraient que par la Palestine. « Où est la Palestine ? Qui sont les Palestiniens ? » ils répétaient. « Septembre noir » par-ci, « Septembre noir » par-là, comme si c'était devenu un phénomène de mode. Alors, sait-on qui ils sont au juste ?

Un silence s'installe, puis chacun murmure quelque chose.

— C'est une signature.

— Je dirais un label.

— Un état d'esprit.

— Plutôt un état d'âme.

— J'ai entendu dire que c'est une organisation fantôme aux intentions mystérieuses et terribles.

— Vous dites tous n'importe quoi ! s'exclame Magda. C'est une couverture, le fer de lance de l'OLP. C'est le bras armé de la vengeance palestinienne après leur éviction de Jordanie. Faites passer la *ossmalieh*, c'est le dessert préféré de Roland.

— Mais pas du tout ! rétorque Nino. C'est une organisation secrète à la jonction du FPLP et du Fatah. Le Fatah pense, le FPLP exécute. Où est le sirop de sucre ?

— En fait, c'est une étiquette que s'attribuent des cellules terroristes indépendantes les unes des autres, qui se constituent à l'occasion d'une mission à accomplir, dit Antoun. Souvenez-vous de leur premier coup : l'assassinat du Premier ministre de Jordanie.

— Oh oui ! C'était au lobby du Sheraton au Caire ! fait Sharif en se levant pour mimer la scène. Quelqu'un l'interpelle, il se retourne, un fédayin lui met cinq balles dans le torse, il s'effondre dans une mare de sang, un autre fédayin se jette dans la flaque et la lèche. Les assassins lèvent alors les bras en signe de victoire et crient : « On est Septembre noir ! »

— Très belle performance Sharif, merci, tu peux revenir à table maintenant.

— Que Dieu vienne en aide aux Arabes…

— Sauf qu'il ne s'agit plus maintenant de venger les victimes de Jordanie, mais de porter des coups douloureux aux Israéliens, des coups qui vont ébranler le monde, comme Munich ou le massacre des Portoricains à Lod, annonce Antoun en plantant sa petite cuillère dans la crème épaisse du dessert.

— Oui, planifié par Fusako Shigenobu, intervient Sharif. Alias Samira, la Reine rouge ! Dieu quelle beauté…

— Pourquoi mon fils en pince pour toutes les terroristes femelles de la planète ?

— Tu veux aussi que je t'offre un tee-shirt à son effigie ?

— Aïe Raymonda ! Tu me fais mal…

— Mais qu'est-ce qu'une Jaune vient donc faire dans les affaires israélo-palestiniennes ? s'enquiert Téta Henriette, qui ne comprend plus rien.

Antoun prend la parole et explique que Samira est une grande partisane de la révolution mondiale prophétisée par Che Guevara. C'est elle qui a fondé le parti de l'Armée rouge japonaise, un groupe d'extrême gauche qui s'est allié au FPLP, et qui a chargé trois militants japonais de mitrailler une trentaine de pèlerins portoricains qui venaient d'atterrir à l'aéroport de Lod.

Georgina se souvient de tout. Elle a lu dans le journal que les Japonais gardaient dans leurs poches de petites poupées en papier en guise de porte-bonheur. Leur mission était de mourir. Un des trois avait été tué par les rafales sauvages de ses compagnons, un autre avait été décapité par une de ses grenades, et, lors de son procès, le seul survivant avait fait une déclaration hallucinée au sujet des étoiles d'Orion. Il pensait que ses compagnons étaient devenus des étoiles d'Orion, parce que quand ils étaient petits, on leur avait dit que s'ils mouraient, ils deviendraient des étoiles ; il était également convaincu que, parmi les gens qu'ils avaient assassinés à l'aéroport de Lod, certains étaient devenus des étoiles. Selon lui, la révolution mondiale allait continuer et le ciel se remplir d'étoiles…

Si Georgina connaît les détails de cette affaire, c'est qu'elle s'est penchée dessus avec attention. En effet, durant les mois précédant l'événement, elle comptait chaque jour qui lui restait avant de se rendre à Dorado, à Porto-Rico, couronner la future Miss Univers 1972. Même si le tour du monde l'avait fatiguée, dérangée, ennuyée, elle se demandait ce qu'il allait advenir d'elle une fois qu'une autre aurait pris sa place. Elle appréhendait tellement le moment où il lui faudrait céder sa couronne que ce jour n'était pas arrivé. Elle n'avait pas été surprise quand, à la suite de l'attentat de Lod, les autorités lui avaient annoncé qu'il lui faudrait renoncer à tout déplacement à Porto-Rico pour des raisons de sécurité. C'était elle, grâce à la puissance de sa pensée négative, qui avait provoqué ce massacre.

Une fois sa lucidité retrouvée, elle s'était attelée à décortiquer les dessous de cette drôle d'opération qui impliquait une reine – comme la reine de beauté qu'elle était –, des étoiles – comme la star qu'elle était devenue –, des porte-bonheur – comme son rouge à lèvres grigri –, et qui finalement lui avait valu d'être à ce jour la seule Miss Univers empêchée d'aller remettre sa couronne.

Elle avait appris que le Japon s'était confondu en excuses et avait envoyé plusieurs millions de dollars aux victimes, mais qu'à aucun moment les Israéliens n'avaient tenu le Japon pour responsable. Ils avaient d'abord accusé les Français de négligence dans la fouille des bagages à Orly, d'où était parti le vol. Les Français avaient renvoyé la responsabilité aux Italiens, puisque l'avion s'était posé à Rome Fiumicino. Mais bien sûr, c'était au Liban que les représailles israéliennes avaient eu lieu, et c'était pour cette raison que les autorités lui avaient interdit d'aller à Porto-Rico. Et plus elle sondait cette affaire, plus l'absurdité de la situation lui sautait aux yeux. Au fond, la politique, ce n'était pas son truc.

— Que Dieu leur apporte raison et lucidité… Merci mon petit, noir et sans sucre, vos histoires vont finir par me donner un arrêt cardiaque, se lamente Téta Henriette en s'emparant de la tasse de café que Micky lui a servie avant de se remettre à prendre des notes dans son cahier.

— Et que dit Arafat au sujet de Septembre noir ? demande Roland en sortant une cigarette de son paquet.

— Rien. Qu'il ne sait rien de cette organisation mais qu'il peut en comprendre la mentalité, répond son père.

— Il paraît que le nombre de jeunes Palestiniens séjournant au Liban à la recherche de contacts avec Septembre noir n'a jamais été aussi grand depuis Munich, ajoute Nino.

— Ça m'intéresse ! On fait comment pour entrer en contact avec eux ?

— Ne sois pas violent comme ça, Sharif…

— Il aura fallu vingt-sept ans aux Palestiniens pour user des méthodes de l'Irgoun et de Stern, dit Geddo Gilbert.

— Et devinez qui va bien tout se prendre dans la gueule maintenant ?

— Nous ! répond Sharif.

— Oui, nous, répète faiblement Raymonda en se serrant contre Sharif.

— Les enfants, ne sortez pas de la ville cette semaine.

— Bah… Avec ou sans raids des fédayins, avec ou sans rapts d'avions, avec ou sans coups d'éclat, l'État hébreu est de toute façon déterminé à provoquer des incidents avec le Liban.

— Pourquoi tu dis ça, Geddo Gilbert ?

— C'est évident, mon petit, pour occuper la partie du territoire au sud du fleuve Litani.

— Mais pourquoi ?

— Mais pour tout, voyons ! Le contrôle de la frontière, l'eau, surtout l'eau, il n'y a pas une goutte d'eau en Israël…

— On pourrait se défendre, papa est bien pilote de chasse !

— C'est compliqué, Micky. On nous reproche une complicité tacite avec les fédayins au point de justifier des représailles israéliennes. Mais si on empêche les commandos de Septembre noir d'accomplir leurs forfaits au risque de nous exposer à une bataille rangée avec les Palestiniens, on nous accuse de manquer aux règles de l'hospitalité et de nous attaquer à un peuple opprimé et sans défense.

— On est coincés.

— On ne peut plus continuer à se penser comme une île, isolée des pays voisins et de leur situation politique.

— Mais il nous faut continuer à éviter de tomber dans les pièges du sionisme qui voudrait nous conduire à engager des batailles dont l'issue est incertaine… Que voulez-vous, nous ne sommes qu'un petit pays en voie de développement, soupire Geddo Gilbert.

— C'est bien ce que je disais, on va encore une fois tout se prendre dans la gueule.

— Sharif ! Surveille ton langage. Quel charretier tu fais…

Une fois sortis de table, à 17 heures passées, Roland et Georgina vont s'enfermer dans la chambre de Roland. « Tu restes dormir avec moi cette nuit ? » En guise d'acquiescement, elle pince le lobe rebondi de son oreille.

« Un jour, un groupe de pirates palestiniens nommés Septembre noir a attrapé un avion avec beaucoup de gens dedans qu'ils ont fait atterrir à l'aéroport de Lod, en Israël. Pour sauver les passagers, des agents israéliens se sont déguisés en mécaniciens venus réparer l'avion qui avait un problème. Ils portaient la combinaison blanche que portent tous les mécaniciens de l'aéroport. Comme leur tenue était trop blanche, ils se sont roulés par terre dans la poussière, l'huile et la saleté pour la salir. Ils ont même ajouté à leur commando de vrais mécaniciens plus âgés et ils sont montés dans l'avion délivrer les gens. Les Palestiniens avaient perdu, ils ont été emprisonnés. Israël a sauté de joie et a traité les Palestiniens de "sous-développés incapables de mener à terme une action planifiée". Les Palestiniens ont répondu qu'ils feraient mieux la prochaine fois et comme piège, ils ont

utilisé trois Japonais pour attaquer des gens à l'aéroport de Lod. C'étaient des Portoricains qui attendaient leurs valises. Les Japonais ont tué tous les Portoricains. Le président de la République du Liban a téléphoné à Georgina pour lui dire de ne pas aller à Porto-Rico pour remettre la couronne à Miss Univers 1972 parce que c'était dangereux. Georgina n'y est pas allée. Elle a gardé sa couronne pour toujours. »

Cahier de Micky

Une serviette accrochée à la taille, Roland se coiffe et se parfume pendant que Georgina déballe avec soin sa tenue du soir. Les chemises et jeans de la jeune fille entreposés dans l'armoire de Roland ont été progressivement remplacés par des robes de toutes sortes, spécialement conçues pour elle par les plus grands créateurs. Alors qu'avant elle se préparait en quinze minutes, il lui faut désormais une heure de plus. Roland a dû s'adapter à ces nouveaux impératifs.

Il sort un costume gris foncé de sa penderie et cire ses mocassins en cuir, elle brosse ses cheveux et applique du rouge sur ses lèvres. Ils sont attendus à une grande soirée aux Caves du Roy, dont ils sont les invités d'honneur.

Quand ils arrivent rue de Phénicie, une foule les encercle. Les photographes se précipitent sur

Georgina, les adolescentes hystériques la réclament aux cris de « Georgina du Liban ! » en brandissant photos et posters, les agents de sécurité lui frayent un chemin à travers le tourbillon de lettres et de bouquets de fleurs. Roland revient à sa hauteur et lui prend le bras sous une pluie de flashs quand, au loin, il perçoit une rumeur. Il se retourne. À l'autre bout de la rue, des manifestants défilent au pas, vêtus d'un tee-shirt noir, agitant des banderoles « *We are Black September* », hurlant des discours enflammés : « Fédayins de Septembre noir et de la révolution palestinienne, nous vous appelons à poursuivre la lutte. Vive l'unité de notre peuple ! Vive la lutte pour reconquérir sa dignité et sa patrie ! » Il s'attarde quelques secondes à les regarder mais Georgina l'entraîne aussitôt en avant.

Ils se pressent dans le couloir de l'hôtel Excelsior en direction des ascenseurs, quand Georgina et Roland croisent un homme vêtu de noir. Après avoir frôlé Georgina, il revient sur ses pas en fouillant dans sa poche, pensant avoir oublié quelque chose. Par réflexe, elle aussi s'arrête, croyant qu'il la sollicite. Roland tend un stylo à Georgina. Elle signe machinalement un autographe sur le paquet de cigarettes qu'Ali Hassan vient de sortir de sa veste, puis chacun reprend son chemin.

Ali Hassan rejoint Samira qui l'attend dans un coin discret de l'hôtel, assise au bar. Il commande un Black on the rocks et reste debout au côté de la Reine rouge.

— Des dizaines d'avions israéliens viennent de bombarder des bases et des camps de réfugiés. On compte déjà plus de deux cents morts libanais et palestiniens, lui annonce-t-elle en levant son verre.

Ali Hassan trinque machinalement. Il est lucide, le Liban s'est retrouvé entraîné dans un cercle vicieux : plus Israël se venge sur le Liban, plus les tensions entre Libanais augmentent. D'un côté, les musulmans, se sentant proches des Palestiniens, soutiennent avec de plus en plus de ferveur la cause et les forces révolutionnaires et progressistes. De l'autre, les chrétiens, inquiets de perdre le contrôle de la situation, condamnent avec violence cette intrusion sur leur sol. Au milieu, les Palestiniens sont pris dans un étau : s'ils arrêtent de se battre contre les Israéliens, ils manquent à leur cause, s'ils continuent, ils contribuent à la destruction indirecte du Liban.

— C'est notre seul et dernier pays d'accueil, finit-il par dire, méditant cette sombre perspective.

— Mais notre cause est mille fois plus sacrée que l'avenir du pays dans lequel on s'est réfugiés.

— Certes, mais il nous faut à tout prix éviter une épreuve de force qui pourrait provoquer ici ce qui s'est passé en Jordanie.

— Tu compares l'armée libanaise à celle du royaume ? Trop faible. Elle ne pourra pas nous mettre dehors.

La voix de Samira se veut calme et posée, mais elle riposte du tac au tac. Ali Hassan émet un soupir d'agacement et sort une cigarette de son paquet.

— On ne mesure pas le ressentiment des Libanais et les conséquences que tout cela pourrait avoir.

— Une bonne partie du pays nous soutient inconditionnellement, rétorque encore Samira en attrapant à son tour une cigarette du paquet à la surface duquel les yeux d'Ali Hassan semblent s'être perdus.

Il murmure qu'on ne peut pas compter sur la seule inconscience de certains Libanais, puis se racle bruyamment la gorge avant d'allumer sa cigarette et de reprendre avec force :

— À Munich, on a salopé un monde qui se voulait gentil devant des centaines de millions de spectateurs ! Cette prise d'otages n'aurait jamais dû dégénérer. Toute la sympathie nourrie pour nous a d'un coup été refroidie.

Faisant alors face à Samira, il la regarde droit dans ses yeux noirs et bridés.

— Tu n'as donc jamais regretté la violence mise en œuvre pour servir ton idéal révolutionnaire ?

Impassible, elle répond qu'elle n'a pas de morale.

— Cette attaque de Lod contre l'ennemi sur notre sol occupé était légitime. Nous sommes en droit de combattre l'occupation. Que les combats affectent des civils, c'est dans la nature de la guerre, conclut-elle.

— Oui, on en revient toujours au même paradoxe, répond Ali Hassan d'une voix radoucie en faisant signe au barman de lui resservir un whisky. On est pris entre la logique de la guerre et le défi de la paix.

Il s'accoude à la table en souriant comme un enfant, l'air soudain plus joyeux. Avec son regard magnétique, son visage rasé de près, ses cheveux coupés court et ses favoris broussailleux, il a l'allure d'un jeune rockeur.

— Je suis accusé par les Israéliens d'être le cerveau des attentats de Munich. Inscrit en tête de la liste Golda, annonce-t-il en levant son verre.

— Tu étais à Munich ?

— Ça n'a pas commencé à Munich.

— Mais tu y étais ?

— Personne ne sait si j'étais à Munich ou pas, mais je suis devenu la cible numéro un.

Il porte le verre à sa bouche et en descend la moitié d'une traite.

— Devine comment le gouvernement israélien m'a baptisé ?

Il s'est penché sur elle et la tient par le cou. Son souffle se rapproche de son visage.

— Le plus grand criminel assoiffé de sang et le pire tortionnaire du monde entier, murmure-t-elle.

— Le Prince rouge, lui souffle-t-il à l'oreille.

— Te voilà donc devenu mon fils, répond-elle en glissant dans ses mains la clé de sa chambre d'hôtel.

Samedi 21 juillet 1973

« Nouvel épisode des règlements de comptes auxquels se livrent depuis plus de huit mois en France les mouvements palestiniens et les services secrets israéliens... » Il y a près d'un mois, les journaux ne parlaient que de cela. Le 27 juin, Mohamed Boudia a garé sa Renault dans la rue des Fossés-Saint-Bernard, devant la Faculté des sciences de Paris, et a passé la nuit chez une de ses maîtresses. Peu avant 11 heures le lendemain, après avoir fait le tour de son automobile et examiné scrupuleusement coffre et poignées, il a pris place au volant. Une charge explosive avait été dissimulée sous le siège avant gauche durant la nuit. Sur le trottoir, parmi les débris, on a retrouvé une perruque blonde.

Mis au courant aussitôt, Ali Hassan s'est emporté. Boudia pensait bien être sur la liste Golda, et prenait toutes les précautions nécessaires. Il entrait à un endroit tel quel ou accoutré d'une barbe, de

L'âge d'or

moustaches ou de favoris – la qualité variable des postiches n'avait plus de secret pour lui – et en ressortait vêtu, coiffé et maquillé comme une femme : blonde ou brunette à la chevelure longue ou courte. Il excellait en matière de pose et de port de perruques, et possédait une vingtaine de modèles différents dont il prenait un soin particulier. Il ne se départait jamais d'une valisette contenant un trousseau de maquillage, de faux cils et des paires de lunettes aux verres teintés. Il ne passait pas plus de deux nuits de suite chez la même maîtresse, et comme elles étaient nombreuses, il avait de nombreuses planques.

Ceux qui le suivaient le voyaient tout au plus pénétrer dans des bâtiments : un jour dans un immeuble à Barbès, le lendemain dans un hôtel particulier du 16ᵉ arrondissement, le jour d'après dans une cour du Quartier latin. Lorsqu'il entrait quelque part, il semblait ne jamais en ressortir, comme si son âme démultipliée restait campée dans tous les endroits de Paris qu'il avait investis. Mais tout insaisissable qu'il était, aussi bien pour la gent féminine que pour les agents qui le prenaient en filature, Boudia se déplaçait toujours dans la même voiture : une Renault 16 dont il raffolait et qui était enregistrée sous son vrai nom. L'idée de le localiser grâce à sa plaque d'immatriculation semblait tellement grotesque qu'elle n'avait même pas effleuré les services secrets israéliens. Jusqu'à ce 27 juin 1973.

Après sa mort, Ali Hassan a retrouvé la moustache que Boudia lui avait offerte à Rome, et ne l'a plus quittée. Plus qu'un confrère, c'était un vrai camarade qu'il avait perdu. Quand on lui a rapporté la thèse des journaux israéliens, à savoir que Boudia s'était tué en ramenant des explosifs qu'il faisait confectionner dans un laboratoire de l'université Pierre et Marie Curie, il a vu rouge. La dernière fois déjà, ces mêmes journaux avaient avancé que Mahmoud Hamchari, la deuxième victime de la liste, s'était blessé en manipulant des charges explosives qu'il fabriquait lui-même... Ali Hassan était bien décidé à réagir. Lissant sa fausse moustache, il a passé un coup de fil à Kamal Benamane, un jeune Algérien résidant à Genève, et lui a débité ses instructions d'une traite en feuilletant un guide sur la Norvège.

— Prends le premier vol pour Copenhague, puis un vol direct pour Oslo, et disparais. Erre deux jours en ville, fais semblant d'attendre des ordres, puis disparais à nouveau et prends le train pour le village de Lillehammer. Là, réserve une chambre dans un petit hôtel sous un faux nom. Restes-y enfermé, ne va au lobby que pour dîner ou regarder la télé. Au bout du troisième jour, sors de l'hôtel en te déplaçant exactement comme si tu craignais d'être suivi et va établir un contact avec le premier homme de type arabe sur lequel tu tombes. Qui me ressemble, de préférence.

— C'est-à-dire ?

— Grand et beau, crétin ! Improvise. Imagine que tu es suivi par des agents du Mossad. Tu dois capter leur attention et les induire en erreur. Ils doivent croire que c'est avec moi que tu as rendez-vous.

— Et s'il n'y a pas d'Arabes ?

— C'est bourré d'Arabes dans les pays du Nord. Va et fais exactement ce que je te dis.

Ali Hassan a ensuite fait circuler l'information selon laquelle, pour venger son ami Boudia, il était en train de préparer en Scandinavie un gros coup signé Septembre noir – enlever ou tuer l'ambassadeur d'Israël en Norvège, peut-être. Son intention était de faire fuiter la nouvelle jusqu'aux oreilles des agents doubles israéliens dissimulés dans les rangs du Fatah, afin de tendre un piège au Mossad pour s'en débarrasser le temps de planifier un détournement d'avion de grande envergure. Pour cela, il a couché avec une jeune militante palestinienne ; trois heures plus tard, elle était amoureuse. Boudia aurait adoré cette opération – dite Opération Mont-Carmel – menée par une jolie brune de vingt-trois ans qui, hier, vendredi 20 juillet, a détourné suivant les ordres d'Ali Hassan un jumbo-jet de la Japan Airlines reliant Paris à

Tokyo, avec à son bord cent quarante-cinq passagers.

Après avoir pris le contrôle de l'appareil, le commando, assis en première classe, a ouvert une bouteille de champagne. Mais quand la jeune militante a levé sa coupe pour trinquer à Boudia, sa ceinture de sécurité s'est accrochée à la grenade qu'elle portait à son pantalon et l'a dégoupillée : elle est morte sur le coup. Cette explosion a bouleversé les plans du commando. Comme seule la jeune femme était au courant de l'objectif de la mission, les pirates se sont mis à converser avec les diverses tours de contrôle aérien, à la recherche d'un endroit où atterrir. Mais aucune des capitales arabes ne voulait les aider. L'Arabie Saoudite a fermé son espace aérien ; le Koweït, Abu Dhabi, Bagdad et Bahreïn leur ont refusé l'atterrissage ; et quand ils sont arrivés au-dessus de Beyrouth, ils ont trouvé un aéroport plongé dans le noir, toutes pistes éteintes. Il n'y a qu'à Dubaï qu'ils ont pu se poser, sortir le corps de la femme, le mettre dans un cercueil et le rembarquer dans l'avion, qui est resté bloqué à l'aéroport durant plusieurs heures sous un soleil de plomb. Un système d'air conditionné a été branché, des vivres et des rafraîchissements étaient régulièrement apportés au pied du cockpit où l'un des pirates venait pêcher les paniers au moyen d'une corde munie d'un crochet. Les membres du commando ont aussi demandé qu'un repas soit servi aux passagers. Une fois fait le plein de carburant, l'avion a redécollé sans savoir où se diriger. Toujours dans l'attente d'instructions qui ne venaient pas, les pirates ont alors dû atterrir à Damas, qui a accepté uniquement parce que le pilote avait annoncé que l'avion souffrait d'un problème technique. Trois heures plus tard, il était à nouveau dans les airs, en direction de son dernier refuge, la Libye.

— J'ai honte mon fils, j'ai honte et je souffre, gémit Arafat.

Avec son keffieh noir et blanc, sa tunique Mao kaki, son revolver à la hanche et ses bottines de crêpe, il se tient assis dans un vieux fauteuil en cuir, l'air consterné, au fin fond d'une cave obscure de Beyrouth.

— Que cherchez-vous ? reprend-il en agitant ses mains. Ma mort ? Que je sombre dans les poubelles de l'histoire, c'est ça ? Que je meure étouffé par vos sottises ? Hein ? Je m'esquinte la santé en laissant des messages incantatoires un peu partout dans le monde à l'adresse des Américains, ça fait des années que j'œuvre pour une reconnaissance politique et une légitimité internationale, et vous ? Dieu que je suis déprimé... Non, non, laisse tomber, les meilleurs calmants du monde ne peuvent rien pour moi. Je ne suis pas content, Ali Hassan. Pas content du tout. Qui a fait ça ?

— Probablement une faction dissidente du FPLP en collaboration avec l'Armée rouge japonaise, répond Ali Hassan sans hésiter.

— Haddad n'a rien à voir avec cette affaire. Il a même avoué ne rien comprendre à ce qui se passe. C'est une tête de mule, d'accord, mais voilà un moment qu'il a renoncé aux détournements d'avions ! Il n'a aucun motif, lui, pour renouer avec ce type d'action bête et inutile. Tu m'entends ?

Arafat débite son discours d'une traite sur un ton excédé. Il se redresse. Ali Hassan se tient droit devant lui ; il ne cille pas.

— Peu importe, mon fils, peu importe… finit par soupirer Arafat en se laissant retomber dans le fauteuil, disons que je me fous du responsable. Regarde-moi bien : on a gagné l'attention du monde grâce à Septembre noir et l'action terroriste a fait partie de cette stratégie, mais si on continue, on risque de tout perdre et de compromettre pour de bon le dialogue avec les États-Unis. Toutes ces folles équipées de commandos qui survolent les continents à bord d'avions détournés en compagnie d'otages évanouis et terrifiés nuisent à notre image, à la lutte et au prestige des Palestiniens. Comment veux-tu que le monde prête attention aux idées politiques que l'on essaye de faire entendre lorsque pareils coups mobilisent la presse ? Que ce soit clair : les attaques à l'international, les rapts d'avions, les messages mélodramatiques diffusés aux tours de contrôle, les excuses pathétiques, les jeunes sœurs nymphomanes à l'aéroport, leurs valises pleines de robes deux fois trop lourdes qui ont été trempées dans des solutions d'explosif liquide, les kilos de poudre injectés dans les fausses coutures des soutiens-gorge ou les talons des sandales à la mode, les détonateurs enfouis dans les bâtonnets de tampons hygiéniques, les fusibles à action retardée cachés dans les transistors, tout ça, c'est fini. Fini ! Fini les gamineries, fini les opérations terroristes en dehors d'Israël et des territoires occupés. Ce que je veux, c'est une reconnaissance internationale des droits légitimes des Palestiniens. Boudia était ton ami, un membre de notre famille, et ils l'ont eu. Je pourrais comprendre que tu aies cédé à une pulsion de vengeance. Mais à partir de maintenant, on doit faire tout ce qui est en notre pouvoir pour gagner notre souveraineté grâce à l'action politique. Je n'hésiterai plus à suspendre tout officier de ses activités pour raisons disciplinaires. Compris ?

Sans attendre la réponse, Arafat fouille dans la poche de sa chemise et tend à Ali Hassan une coupure de presse.

— Je n'y vois rien, lui dit Ali Hassan, pourquoi sommes-nous plongés dans le noir ? On ne pourrait pas allumer ?

— En effet, j'oubliais… C'est ma déclaration aux journalistes du *Washington Post*. Votre opération mort-née, là, comment l'avez-vous baptisée, Mont-Carmel ? Je leur ai dit que c'était un acte sans la moindre justification nationaliste et sans la moindre visée révolutionnaire. Je l'ai dénoncée haut et fort, ici même, sur ce fauteuil, dans l'obscurité la plus totale, avec les gars et des kalaches tout autour. C'est plus impressionnant que d'être vautré dans un lobby d'hôtel, non ? Aziz, la lumière ! Alors, la photo, tu reconnais ?

— Non, c'est qui ? demande Ali Hassan.

— Toi, lui dit Arafat avec un large sourire.

— Moi ? Mais non !

— Mais si, regarde bien.

— Mais bien sûr que non. Je n'ai pas de moustache.

— C'est peut-être une fausse ?

Pendant quelques secondes, Ali Hassan est en proie au trouble, incapable de faire le lien entre lui et ce visage si semblable au sien, entre la moustache sur la photo et celle de Boudia qu'il tient enfouie dans sa poche. Il rend la photo à Arafat d'un geste brusque.

— Calme-toi, mon fils, lui dit ce dernier.

Il se lève, le prend par le bras et le conduit vers une vieille table de ping-pong décatie située à l'autre bout du sous-sol.

— Il s'agit d'Ahmed Bouchiki, reprend Arafat. Un serveur marocain que les services israéliens ont assassiné par erreur la nuit passée en Norvège. C'est encore toi qu'ils visaient. Toi, qu'ils sont allés chercher à Lillehammer, ce patelin perdu au milieu de la nature... Ça fait quoi déjà, trois ou quatre fois qu'ils essayent de t'avoir ?

Arafat tend une raquette à Ali Hassan et lui tapote le dos avant d'aller se positionner en bout de table, prêt à servir.

— Les Israéliens sont déchaînés, poursuit-il. Ils ne plaisantaient pas quand ils ont dit qu'ils frapperaient nos chefs partout où ils se trouvent. Waël à Rome ; Hussein à Nicosie ; Bassel, Mahmoud et Mohamed à Paris ; Adwan, Nasser et Abou Youssef ici même à Beyrouth, en plein quartier résidentiel ! « *Al-Yahud, al-Yahud !* » Ils étaient là, à nos portes, au cœur de la nuit ! Ils sont venus par la mer pour nous assassiner dans notre sommeil ! Par la mer ! Et du ciel ils ont fait descendre un hélicoptère pour ramasser et emporter avec eux trois meubles à classeurs d'archives ! Papiers, documents, tout... Et sur leur lancée, comme si ça ne suffisait pas, ils ont dynamité un immeuble de six étages ! Roquettes, gaz toxiques, armes automatiques... Tout ça avant de s'en retourner à la plage rejoindre leurs embarcations et filer en silence vers le large. Je ne sais pas, mon fils, pourquoi ils ne sont pas venus chez toi, qui dormais paisiblement à deux pas. Question de chance. Moi, si je suis encore vivant aujourd'hui, c'est grâce à ma gestion erratique de l'espace et du temps. Ça me coûte, mais je ne passe jamais deux nuits de suite dans le même lit, je change toujours d'itinéraire et de lieu de rendez-vous à la dernière minute, et jusqu'au moment où je pose ma tête sur l'oreiller, personne ne sait où je vais dormir. Je suis obsédé par ma sécurité, mais ce n'est plus assez. Cette fois, moi aussi je l'ai échappé belle. Ali Hassan, mon fils, j'ai une offre à te faire. Je te propose de prendre la direction de ma garde personnelle. Tu seras à la tête de mon service de sécurité.

Ali Hassan, honoré, accepte avec reconnaissance, puis d'un coup il se tait, visiblement troublé : il repense aux instructions qu'il a données quelque temps plus tôt à Kamal Benamane. C'est en piochant par hasard dans le guide qu'il a choisi cette ville paumée qu'est Lillehammer, et si l'opération Mont-Carmel a été un fiasco, il a quand même réussi à tendre un piège au Mossad. Il finit par avouer à Arafat que c'est bien lui qui était visé en Norvège : cette affaire de Lillehammer, ajoute-t-il, est la preuve que les Israéliens ne sont pas infaillibles.

À ces mots, Arafat se glace et attrape la balle au vol, mettant fin à leur partie de ping-pong. Pointant un doigt vers le ciel et fermant les yeux avec une moue de dégoût, il demande à Ali Hassan de lui raconter une fois encore ce qui est arrivé à l'ambassade d'Israël à Bangkok en décembre dernier. Ali Hassan lui relate comment les fédayins, en se rendant compte que c'était un jour de fête en Thaïlande et qu'il leur serait donc difficile de négocier, ont fini par libérer les otages israéliens – ils étaient désolés, tant pis pour leur opération, ils ne voulaient pas créer un malentendu entre les Arabes et la Thaïlande. Avant de partir pour l'aéroport, ils avaient demandé la permission d'échanger leurs bahts contre des dollars et de prendre quelques cigares de Havane qui se trouvaient sur la table et…

— Assez, assez… ! – Arafat rouvre les yeux et lui coupe la parole. – Les Israéliens sont sans doute faillibles, mais ils ont raison sur un point : nous sommes des éternels enfants et des sous-développés incapables de mener à terme une action planifiée ! Reste concentré sur ta relation avec les Américains. Je veux qu'on me déroule un tapis rouge le jour où je poserai le pied à Washington, c'est clair ?

Ali Hassan acquiesce et Arafat met les mains sur ses épaules. Sa bouche charnue s'étire, son sourire dévoile ses gencives.

— Maintenant, dis-moi, comment veux-tu appeler mon nouveau service de sécurité ?

— La Force 17.

— 17 ?

— C'est l'extension de notre Q.G.

— Ah oui, belle idée, belle idée… La Force 17, ça me plaît. Allez, va ! Va faire un peu de sport, tu as mauvaise mine. Prends soin de toi et reste beau comme un diable, tu seras bientôt le porte-parole du nouvel État de Palestine. Va, mon fils, et sois prudent.

En terminant sa séance habituelle d'exercices de karaté au club de sport, Ali Hassan est envahi par les souvenirs. Les dates et les visages de chaque victime de la liste Golda se succèdent dans les vapeurs sèches du sauna où il se repose.

16 octobre 1972, Waël Zouaiter. 12 balles, Beretta calibre 22. Personne n'a perçu les coups de feu dans le hall de l'immeuble. Les notes de piano qui s'échappaient des étages supérieurs sont les derniers bruits qu'il a dû entendre, tandis que tous les habitants de l'immeuble de Piazza Annibaliano étaient scotchés devant la télévision où passait le film *8½* de Fellini. Dehors, les deux tueurs ont piqué un sprint vers une Fiat 125 où un homme et une femme du commando avaient passé leur temps à se peloter en les attendant.

8 décembre 1972, Mahmoud Hamchari. Il prenait toutes les précautions, ne fixait plus de rendez-vous précis, changeait de table dans les restaurants, les quittait parfois avant même que le serveur lui apporte sa commande. Sa femme demandait aux amis de s'assurer que personne ne laisse de colis au seuil de leur appartement, situé au 175, rue

d'Alésia. Mais c'est dans son appartement même, sous une lame de parquet, qu'un engin piégé a été placé.

25 janvier 1973, Hussein Béchir Aboul-Kheir. Une bombe télécommandée cachée sous son lit à l'Hôtel Olympic de Nicosie a secoué la chambre et arraché la porte du mur. La tête de Hussein a atterri dans le lavabo où il venait de se brosser les dents. Des lambeaux de son pyjama jonchaient le sol. Dans la chambre voisine, où des morceaux de plâtre s'étaient effondrés, deux jeunes Israéliens en voyage de noces ont été retrouvés tremblants sous le lit.

6 avril 1973, Bassel Al-Kubaïssi. Abattu de neuf balles dum-dum avec un pistolet .22 Long Rifle, à l'angle des rues de l'Arcade et Chauveau-Lagarde à Paris, après qu'un couple d'amis l'eut raccompagné à son hôtel.

10 avril 1973, Kamal Adwan, Kamal Nasser et Abou Youssef à Beyrouth, dit triple assassinat du quartier de Verdun à Beyrouth. Pour cette opération, les agents israéliens se sont travestis en femmes. On raconte que deux créatures sublimes, une blonde et une brune, se sont battues contre les Palestiniens comme des derviches armés dans les rues de Beyrouth. Une fois de plus, cette opération a prouvé l'inventivité et l'entraînement très au point des patrouilles israéliennes. En y repensant, Ali Hassan imagine une bande de jeunes soldats au

crâne rasé en train de se farder les lèvres de rouge et les yeux de noir, d'ajuster leurs perruques, de se parfumer, d'essayer des robes à la mode et des sandales à talons, puis de s'exercer à marcher, l'air le plus concentré possible.

Enfin, le 27 juin 1973, Mohamed Boudia. Et la presse israélienne qui a voulu faire croire tour à tour que Waël, Mahmoud et à présent Mohamed, étaient le cerveau de l'affaire de Munich. Mais combien diable leur faudra-t-il encore de cerveaux ? Ali Hassan lui-même, en tête de liste depuis les Jeux olympiques, est désormais l'ennemi public numéro un de Tel Aviv. Et les déclarations d'Abou Daoud, qui en mars dernier a avoué avoir organisé l'attentat de Munich, n'ont rien changé. Les agents du Mossad sont à ses trousses.

Une vague d'angoisse s'empare du Palestinien. Malgré le dégoût que la plupart des siens éprouvent à l'égard des autres Arabes, comme eux ils manquent de rigueur et d'esprit de groupe. Ils sont incapables de s'oublier pour ne devenir qu'un pâle essieu, corps exécutant et méthodique parmi cent dans une grande machine hautement perfectionnée. Les Israéliens, tout en s'adonnant à la création d'un homme nouveau sur une terre nouvelle, ont atteint la précision et la puissance du moteur d'une voiture de course allemande conçue en laboratoire. Les Palestiniens, eux, en sont encore au moteur à explosion et aux pièces rapportées.

Il est 19 heures. Ali Hassan se dit qu'il va rentrer tôt et dîner avec sa femme, pour une fois. Il va même lui demander son avis. Il a besoin de mettre de l'ordre dans ses idées et d'établir un plan d'action, pour lui et pour la Force 17. Il en profitera aussi pour voir ses fils qui, en son absence, grandissent sans faire de bruit.

« *Au Liban, les frontières sont devenues des passoires, et Beyrouth la capitale du terrorisme international. Le 6 avril 1973, les Israéliens ont embarqué à minuit à bord de vedettes amphibies au port de Haïfa puis ont glissé dans des canots pneumatiques noirs Mark 7. Des ponchos en plastique couvraient leurs perruques et leurs tenues de hippie. Arrivés à sept cents mètres au sud de la grotte aux Pigeons, ils ont coupé les moteurs et pédalé. Ils ont touché la rive les pieds secs et ont émergé du noir en silence sur les plages de Beyrouth à 1 heure du matin. Ils se déplaçaient vite sur le sable puis sont montés en voiture. Ils ont circulé dans la capitale avec des Mercedes identiques aux taxis-services et sont arrivés dans le quartier de Verdun à 1 h 30. Ils ont ri et flirté pour déstabiliser les gardes des chefs palestiniens postés à l'entrée de l'immeuble et les tuer en un éclair, comme dans un western. Ils ont monté l'escalier. Au deuxième étage, ils ont trouvé Kamal Adwan.*

Il a plongé derrière le rideau de la fenêtre en tirant sur les Israéliens mais un autre tueur avait grimpé sur la conduite d'eau à l'extérieur et lui a tiré une balle dans le cou par la fenêtre. Au troisième étage, Kamal Nasser était assis à son bureau en train d'écrire un discours quand il a été abattu. Au sixième étage, les tueurs sont tombés nez à nez sur le fils d'Abou Youssef, à qui ils ont demandé où était son père. Il les a regardés d'un air horrifié avant de se précipiter vers la fenêtre de sa chambre et de glisser le long de la gouttière pour aller se réfugier dans l'appartement de son copain au cinquième étage. Abou Youssef était couché au lit avec sa femme, qui est morte elle aussi sous les balles en essayant de le protéger de son corps. L'opération a duré moins de quatre minutes.

Au Liban, il y a maintenant quatre cent mille Palestiniens pour deux millions de Libanais. À cause de Kissinger, soit-il mille fois damné ! crie maman. Il a voulu les implanter ici pour laisser en paix Israël. Tout le monde se dispute à la maison. Quand Roland a dit qu'on devrait dialoguer avec les Palestiniens en même temps que protéger la nation tout en évitant de nuire à la résistance, maman a lancé une assiette sur sa tête en le traitant de poète exalté. Papa ne fume plus un, mais deux paquets de cigarettes par jour. Il est très embêté. Il dit qu'on ne peut plus aider les Palestiniens et subir les représailles israéliennes. Il dit que tout le

monde s'est ligué contre l'armée, qu'elle est foutue.
Il pense chercher du travail ailleurs. Georgina me
manque. »

Cahier de Micky

La nuit tombe à l'Acapulco où il ne reste plus grand monde. Les derniers baigneurs ont quitté la plage pour rentrer chez eux, certains fêtards reviendront plus tard pour la soirée folle du samedi soir. Seuls Roland et Sharif se tiennent assis côte à côte sur des chaises pliantes face à la mer. Roland gratte le sable de la pointe du pied et broie du noir face au coucher du soleil. Aujourd'hui, il fête ses vingt ans. Mais comme Georgina est prise toute la soirée pour le tournage d'un film où elle est à l'affiche avec la célèbre chanteuse et actrice Sabah, il a décidé de ne rien organiser pour son anniversaire. Sharif lui tient compagnie dans sa mélancolie. Bras croisés, il fixe un point au loin dans l'eau déjà sombre où se reflète le ciel rose et mauve. Agrippant les accoudoirs, Sharif se redresse soudain :

— Un canot pneumatique ! Tu le vois ?

— Et alors ? marmonne Roland.

— Un Mark 7, comme ceux que les Israéliens ont utilisés !

— Ah parce que toi tu penses que…

— Pourquoi pas ? s'écrie Sharif. Ils sont déjà venus, pourquoi ne reviendraient-ils pas ?

— Cool Shaf, reste calme, je vais chercher les jumelles.

— Surtout bouge pas ! Tu vois pas l'allure à laquelle ils arrivent ? Qu'est-ce qu'on fait ?

— On appelle la Brigade 16 ? tente Roland à moitié sérieux.

— Qu'est-ce que tu en penses ?

— Mais j'en sais rien moi ! Toi, qu'est-ce que tu en penses ?

— Je réfléchis. Laisse-moi réfléchir…

— Mais t'as raison, je les vois ! Des taches en tenue militaire, il y en a six ! Ils ont peut-être des armes, ils vont nous descendre…

— Baisse-toi, nom de Dieu ! Vite, dans le chalet !

Les deux garçons se précipitent à l'intérieur, tirent sur les persiennes en bois et ferment la porte à double tour. Barricadés, ils restent accroupis l'un à côté de l'autre, le cœur battant à mille. Quinze minutes plus tard, leurs oreilles sifflent : des pas courent sur le sable à droite, d'autres se faufilent sur la gauche. « On est cernés ! Tu crois qu'il y a assez de place pour se cacher dans le frigo ? » chuchote Sharif. Roland lui assène un coup de coude et se recroqueville encore plus. On secoue les volets du cabanon, on baisse la poignée, une explosion et des tirs se font entendre. Soudain, porte et volets cèdent. Roland et Sharif lèvent haut les mains et le

cabanon est pris d'assaut par huit personnes cagou-
lées qui les attrapent, leur attachent un bandeau
sur les yeux, leur lient les poings et les poussent
dehors. Tout se passe si vite que Roland n'a pas
eu le temps de craindre pour sa vie lorsqu'on lui
arrache des yeux le bandeau. Devant lui, un gang
de lurons crie « Joyeux anniversaire ! » sur fond de
pétards et de feu d'artifice sur la plage.

Tous ses amis sont là, déguisés en tueurs professionnels : ils branchent la sono, allument le
barbecue, déballent les tranches de viande et les
saucisses, sortent les bières de la glacière, déplient
les chaises, remplissent de champagne les pistolets
à eau.

— Alors tu étais dans le coup ?

— Tu rigoles, c'était carrément mon idée ! Au
début j'ai voulu te reconstituer toute la scène du
débarquement des patrouilles israéliennes sur la
plage, mais comme c'était un peu trop compliqué d'un point de vue logistique – on n'a pu avoir
accès qu'à un seul canot pneumatique de ce type,
c'est Pépé qui nous l'a procuré –, on a improvisé.
C'était pas mal, hein ?

— Pas mal ? Je suis trempé ! s'exclame Roland
en décollant la chemise de son dos. Georgina est
au courant ?

— Elle viendra plus tard. Mais tu comprends,
on ne pouvait pas l'attendre pour la mise en scène,

il fallait que ça se passe pile poil au moment où il n'y a personne sur la plage. Le créneau était limité.

— Vous avez été forts !

— À la tienne Rol !

Ils sont une douzaine, chacun cuit sa viande sur le barbecue, grille son pain à hamburger, pique une feuille de laitue fraîche ou une tranche de tomate, étale ketchup et moutarde de luxe ou garnit son hot-dog de mayonnaise maison, puis se sert de Perrier, de bière glacée ou de champagne.

Plus tard, assis sur une grande nappe, ils discutent politique en trempant du raisin dans un bol d'eau fraîche. Ce sont des discussions enflammées où chacun, en picorant une grappe, y va de sa théorie sur les affrontements sanglants du mois de mai entre les autorités libanaises et palestiniennes. Ils exposent leurs hypothèses sur la crise gouvernementale qui sévit depuis le triple assassinat de Verdun ; ils donnent leur point de vue sur les manifs et contre-manifs soutenant ou non l'armée libanaise, incapable ou empêchée de protéger le pays ; ils expriment leur ressenti à l'égard des forces de droite qui s'entraînent militairement dans les régions chrétiennes, prêtes à prendre la relève pour défendre l'existence d'un Liban chrétien. Les avis sont partagés, certains accusent la présence palestinienne des maux les plus terribles en recrachant des pépins dans le sable, d'autres au contraire voient dans cette cause l'occasion d'épouser la pensée révolutionnaire et de réformer la situation sociale et politique du pays pour plus d'équité.

— C'est grâce à eux qu'on a pu mettre le doigt sur les failles de notre système. Nombreux sont ceux pour qui notre répartition confessionnelle des pouvoirs peut paraître insensée.

— Tu parles ! Si vous croyez que c'est par l'intermédiaire de la résistance qu'un changement de structure sera réalisé dans le pays... Les musulmans veulent juste utiliser les Palestiniens pour renverser le système. Quant aux Palestiniens, ils se croient tout permis et se conduisent comme s'ils étaient chez eux. Ce n'est pas chic.

— Ils empoisonnent notre vie politique !

— Mais que nous veulent-ils donc ?

— Et l'harmonie kaléidoscopique qui nous a toujours caractérisés ? Qui est supposé renvoyer une image de paix et de fraternité entre les hommes ? Qui est censé incarner le modèle du Moyen-Orient et inspirer le monde, hein ? Ce qui a d'ailleurs toujours insupporté l'État sioniste...

— Le vrai problème, c'est que les chrétiens doutent de l'attachement des musulmans à la patrie, ils les accusent d'être Arabes avant d'être Libanais. Et les musulmans accusent les chrétiens d'être anti-Arabes.

— Normal, on n'est pas des Arabes.

— Quoi ? Tu te prends peut-être pour un Phénicien avec tes cheveux frisés et ta peau de moricaud ?

— De toute évidence, une rupture avec la résistance nous dissocierait du reste de la communauté arabe. Or on est des Arabes, et on a tout intérêt à l'être et à le rester.

— Parle pour toi…

— Disons plutôt que le Liban est un pays arabe vraiment pas comme les autres.

— Je ne vois pas où tu veux en venir.

— La révolution sexuelle, c'est la seule qui compte. *Deep throat*, 1972.

— Vous devenez tous fous ou quoi ? Allons plutôt nous baigner, va !

Personne n'est d'accord sur rien et tout devient matière à arguments et contre-arguments : la joyeuse troupe finit par se lasser. En temps normal, Roland relancerait le débat, quitte à se disputer pour mieux se réconcilier, mais il a la tête ailleurs. Il se languit à mourir de Georgina et rien ne l'obsède tant que son absence.

Deux ans après son élection, la voilà encore aspirée par des bains de foule, sollicitée pour des films, des clips, des séances photo et des rôles d'ambassadrice pour telle marque, telle institution ou telle œuvre de charité ; la voilà encore invitée à des déjeuners de femmes, des goûters d'inauguration, des dîners de gala. On ne l'appelle plus

Georgina, mais « Georgina du Liban », et ce qui fascine le monde, c'est sa peau fine, ses pupilles étincelantes et sa façon de rire à gorge déployée en trois langues différentes. En d'autres termes, Georgina n'est pas une Arabe, mais une Libanaise. Les Libanais ne sont pas des Arabes, et Georgina du Liban aux reflets clairs et à l'accent si léger le prouve.

Après avoir tourné la scène pour la huitième fois, Georgina avoue préférer ne pas embrasser avec la langue Omar Khorshid, le héros masculin du film. N'y aurait-il pas une doublure pour le faire à sa place ? La moitié de l'équipe de tournage est agitée d'un fou rire nerveux, l'autre est désespérée. Le réalisateur, au bord de l'évanouissement, convoque Sabah qui, avec Georgina, partage l'affiche.

— Je l'adore, vraiment je l'adore, mais c'est quoi son problème ? demande-t-il, impuissant et confus.

— Elle dit que ça va énerver Roland quand il verra le film.

— Laurent ? *Min heyda* Laurent ?

— Roland, Roland... son fiancé.

— Son fiancé ?

Le réalisateur jette au sol sa cigarette à moitié fumée et l'écrabouille énergiquement :

— *Dakhilék*, essaye de la raisonner, fais ce que tu veux, mais dans trente minutes on a bouclé la scène.

« On fait une pause ! » Sabah prend par le bras Georgina et l'entraîne dans la chambre de repos en lui expliquant qu'elle a une trouvaille à lui faire partager. Elle lui sert un verre de whisky et sort une petite boîte de ses affaires.

— Je suis tombée dessus quand on était au Caire, les filles se les arrachent comme des petits pains. Je pensais me réserver ça pour un futur mariage mais au fond, je touche du bois, jusqu'ici tout se passe plutôt bien avec mon cinquième mari...

Elle ouvre les pans de la boîte carrée qui recèle une capsule de liquide rouge.

— C'est un kit de virginité. Le jour fatidique, on insère la capsule en bas, et elle éclate sous la pression. C'est poétique, non ?

Fascinée, Georgina se saisit de la fiole et la fait tourner à la lumière. Ses yeux sont traversés de petits éclats dorés. Elle avale d'une traite son verre et dit :

— On peut essayer ? Je veux dire, là, sur la table, avec une serviette, juste pour voir l'effet ?

— À toi l'honneur, répond Sabah en lui tendant son escarpin, un sourire au coin des lèvres.

Georgina brandit le talon, et toutes les deux se penchent sur le faux sang à la nuance un peu trop brillante qui s'écoule doucement sur la serviette.

Émerveillées, elles éclatent de rire. Dix minutes plus tard, Georgina embrasse à pleine bouche Khorshid en se pendant à son cou.

Vingt-deux heures passées et Georgina n'est toujours pas là. Roland s'extrait du groupe et chemine jusqu'à son cabanon. Il prend une douche, enfile un maillot et une nouvelle chemise qu'il ne boutonne pas. Il parcourt du regard les exemplaires de sa collection de *Tintin* posés sur l'étagère, mais renonce : il n'a pas le cœur à s'immerger dans un monde qui n'est pas le sien. Alors il éteint la lumière et sort une bière du réfrigérateur, rapproche un cendrier puis s'allonge sur le canapé. À travers les persiennes, une lueur orange dessine sur les murs blancs des traînées horizontales un peu floues. Sous l'effet du vent léger, le volet bouge et les ombres vacillent. Alternant gorgées de bière et bouffées de cigarette, Roland se laisse bercer par les bruits de l'extérieur, le roulement des vaguelettes sur la plage, le lointain refrain de la chanson « *Do you love me, do you, do you* », les voix, l'ambiance, l'écho étouffé de la nuit folle du samedi soir.

— Roland ! Mais qu'est-ce que tu fais là ?

Raymonda a poussé la porte du cabanon et se tient debout face à lui, sourcils froncés et mains sur les hanches. Elle est vêtue d'un bikini sous une chemise ouverte kaki et ses longs cheveux sont relevés sous une casquette de soldat.

— On te cherche partout, on t'attend pour le gâteau !

— Georgina n'est pas venue.

— Mais si, elle va venir, il n'est pas encore 23 heures. Dès qu'elle termine, elle vient.

— Et si elle ne vient pas ?

— C'est pas grave, tu la verras demain, enfin, qu'est-ce qui te prend ? Tu sais bien qu'elle est en plein tournage. Allez, viens !

— L'idée qu'elle soit avec ce bellâtre de Khorshid me rend fou.

— Qu'est-ce que tu as ? Georgina t'aime. Elle n'aime que toi, tu es l'amour de sa vie. Sois sympa. On a organisé cette soirée pour toi. Ne gâche pas tout, lève-toi.

Elle lui tend la main, Roland la saisit. Mais au lieu de se redresser, il attire la jeune femme à lui.

— Qu'est-ce… qu'est-ce que tu fais ?

Il lui enlève sa casquette et défait son chignon : sa chevelure rousse lui tombe sur les épaules.

— Je n'avais pas remarqué à quel point tu étais belle toi aussi.

Sa voix a changé. C'est maintenant une voix d'homme, douce et profonde. Il passe un doigt sur les fossettes aux coins de ses lèvres. Avec fermeté, il la tient serrée contre lui, une main sur son dos, l'autre sur ses fesses. Raymonda ferme les yeux et

laisse tomber sa tête sur le torse de Roland en murmurant qu'elle a trop bu. Il presse doucement son
bassin contre le sien.

— Et… et Sharif ? fait-elle soudain en relevant
la tête.

— Ce sera notre secret.

Dehors, la lumière de la lune est si puissante
qu'elle se réverbère sur les rangées des petits cabanons de bois bleu et blanc de l'Acapulco.

Mercredi 13 novembre 1974

En une du journal, une photo noir et blanc de la plage de l'Acapulco et ses rangées de cabanons sens dessus dessous, tables, chaises pliantes, serviettes, affaires personnelles renversées. Sur la photo suivante, on voit un cabanon en plan rapproché. Assis devant, un garçonnet est en train de lire une bande dessinée qu'il tient à l'envers.

— Mais ?! C'est notre *Tintin* ! s'exclame Micky.

— Donne ça, dit Roland en lui arrachant des mains le journal.

Il est mal rasé, mal coiffé. Le brun de ses cheveux et de son regard semble s'être assombri. Les cernes foncés sous ses yeux le vieillissent et le beau ténébreux paraît dix ans de plus. À vingt et un ans, il ne reste plus grand-chose de son tempérament enjoué.

— Notre chalet… ça y est, ils l'ont occupé.

Il avale son café noir et parcourt l'article en fumant. *L'Orient-le-Jour* rappelle comment les plages longeant le littoral sud de la capitale – le Saint-Simon, le Saint-Michel, le Riviera, la Côte d'Azur et l'Acapulco – ont progressivement désempli, à mesure que les tensions avec les Palestiniens grandissaient. Armés, ces derniers s'étaient mis à patrouiller dans la région et à improviser des checkpoints le long des routes. Tout cela avait fini par décourager les Beyrouthins de se rendre à la plage. Certes, on pouvait toujours y accéder, mais personne ne voulait risquer de se retrouver pris dans un accrochage avec des fédayins. Par conséquent, les cabanons ont été abandonnés en attendant que la situation s'améliore. Mais quand les milices chrétiennes de droite se sont mises à bombarder les camps de réfugiés, les Palestiniens ont dû fuir. Et c'est ainsi qu'ils se sont retrouvés sur les plages que les Beyrouthins avaient désertées. Pour eux, c'était idéal. Ils avaient à leur disposition des habitations tout confort avec une douche et des toilettes, des rangements, des réfrigérateurs, des canapés, des chaises, des tables. Devant eux, la mer et le sable fin doré. Ils avaient donc envahi les plages chics de Beyrouth qu'ils avaient transformées en nouveaux camps de réfugiés.

— Qu'est-ce que je vous avais dit, hein ? Les accords du Caire ? Rien d'autre qu'un traité d'occupation territoriale. À partir de là, plus de retour possible, dit Magda en se servant du café brûlant chargé de cardamome.

— Mais maman, tu ne comprends pas !

— Quoi donc mon chéri ? répond-elle en trempant ses lèvres dans la mousse à la surface de sa tasse.

— Ce qui se passe, c'est beaucoup plus important que notre petit confort bourgeois, nos plages et nos chalets !

— Ce n'est pas ce que tu disais quand ils ont volé ta voiture. Tu n'as cessé de les maudire pendant deux mois.

— Bah, Françoise était vieille et cassée…

— Et ton chalet aussi, il est vieux et cassé ?

— Maman, on essaye de faire la révolution tous ensemble, tu comprends ? Ça bouillonne de partout à la fac, on veut aider les pauvres et les opprimés.

— Et si tu commençais par reprendre soin de toi ? Tu as l'air d'un hippie avec ta tignasse broussailleuse. Antoun, dis quelque chose, je suis fatiguée. Ton fils m'épuise de bon matin.

— Roland, ce n'est pas en fumant, en écoutant du rock et en bavassant au Café de Paris jusqu'à pas d'heure que vous allez changer la société.

— On ne veut pas la changer, on veut en fonder une nouvelle. Honnête et sans guerre.

— Alors commencez par trancher la tête de vos rois et puis on en reparlera. Maintenant, emmène ton frère à l'école, il va être en retard.

Tandis qu'ils descendent les ruelles vers le littoral, Roland prend la main de Micky dans la sienne,
geste qu'il n'a pas fait depuis longtemps. Au loin,
la mer se confond avec les fins nuages du ciel.

— Micky, d'homme à homme, est-ce que
tu veux toujours devenir l'expert numéro un du
Liban ? Alors n'écoute pas trop les parents, ou
plutôt apprends dès aujourd'hui à faire la part des
choses. Eux, ils ne voient la situation que d'un
seul côté, parce qu'ils se tiennent à l'écart de ce
qui se passe. Moi je suis en plein dedans, je le vis
tous les jours à la fac. Si tu veux devenir le spécialiste du Liban, tu dois comprendre le Liban, et tu
dois le comprendre dans toute sa complexité, ses
nuances et ses contradictions, en faisant abstrac-
tion de tes propres intérêts. Tu crois qu'au fond ça
m'amuse d'avoir perdu ma Françoise, mon chalet
et mes *Tintin* ? Non, ça ne m'amuse pas, mais si
j'essaye de voir plus loin que le bout de mon nez,
si j'élargis ma vision, je comprends que l'important
est ailleurs. Les parents ont raison sur un point :
la révolution. C'est le seul moyen de s'affranchir
de tout ce qui opprime. Mais il n'y a pas que la
révolution sanguinaire des Français, il y a mille
et une autres façons de faire, et nous, on croit en
une voie pacifiste. On représente le futur. Le Liban
est le futur, c'est une véritable oasis de liberté, un
refuge pour tous les intellectuels et les opposants
aux régimes totalitaires des pays arabes. La presse

est indépendante, on jouit d'une vraie liberté d'expression, on peut dire ce qu'on veut, Micky. La liberté qu'il y a au Liban n'existe nulle part ailleurs. On incarne le modèle même du libéralisme. Libéralisme, Micky, souviens-toi de ça et note-le bien dans ton cahier.

Roland dépose son frère à l'entrée du collège international, puis remonte jusqu'à l'entrée principale de l'université américaine, en direction du studio du département d'architecture.

Pour son projet de fin de semestre, il a développé un modèle d'habitat réduit mais confortable pour les réfugiés. Il essaye maintenant de concevoir un module facilement reproductible et peu coûteux, au design utilitaire et chaleureux, qui pourrait être implanté en masse dans les camps. Un de ses professeurs entre dans le studio pour lui présenter un certain Nabil. « Nabil étudie le droit et il s'intéresse à tes activités éditoriales, je te le confie. » Roland entraîne Nabil à l'étage inférieur du département où la faculté a mis à disposition des étudiants un local pour la production de *Zankha, la gazette visionnaire*, initialement conçue par Roland.

Il y a là quatre photocopieuses Xerox alignées le long du mur, des étagères sur lesquelles sont empilées des dizaines de boîtes de cartouches d'encre noire et des paquets de feuilles A4, trois tables avec des machines à écrire, des tampons, des pochoirs et des sprays, un coin canapé avec une table basse jonchée de cendriers remplis à ras bord. Les murs sont tapissés de notes, dessins, photos et coupures de journaux.

— C'est ici que *Zankha* est conçue et réalisée, explique Roland. Six pages hebdomadaires pour passer au crible les frasques de la société. Deux mille exemplaires, mille en français, mille en arabe. On délègue la fabrication de la version arabe à l'université arabe, on leur transmet le prototype le vendredi soir et ils fabriquent les exemplaires pendant le week-end. On commence la distribution le lundi matin à l'aube mais attention, on ne distribue pas les exemplaires au hasard comme des flyers. Le public est ciblé. Le but est de gagner la sympathie des récalcitrants, d'éveiller leur conscience, de les toucher, les inspirer et les rallier à notre vision. Il n'y a donc aucun sens à donner un exemplaire à un ami déjà convaincu par nos idées. Il faut choisir ceux à qui on les fait parvenir. Sonde ton entourage et détermine qui sont les plus rétifs. On a des listes de destinataires divisées en blocs selon les quartiers. Chaque volontaire est invité à ajouter des adresses aux listes. La liste la plus importante est celle d'Achrafiyeh, mais tu seras surpris de la longueur de celles de Verdun et de Clemenceau. Une règle : on ne remet jamais les exemplaires en main propre, ils doivent être glissés quelque part, sous la porte d'entrée, sous le paillasson, sous l'essuie-glace de la voiture, dans la boîte aux lettres. Comme son nom l'indique, cette gazette doit se répandre tel un effluve, les destinataires doivent en reconnaître l'odeur entêtante avant même de la trouver, elle doit les poursuivre et les contaminer en douce. À l'image de la zankha, c'est subtil, indescriptible, mais c'est là, dérangeant, impossible à ignorer. L'odeur finit toujours par revenir, poliment, chaque semaine.

Roland désigne au nouveau volontaire une pile d'une centaine de gazettes. Ce soir, c'est lui qui ira dans un quartier d'Achrafiyeh les distribuer, ça lui prendra au moins deux heures. Puisqu'on est déjà mercredi, à peine auront-ils terminé de tout distribuer que le numéro suivant sera déjà en cours de production. Roland retourne ensuite travailler, il a bientôt rendez-vous avec son professeur pour lui présenter l'avancée de son projet.

Dans le studio, alors qu'il trace des plans à la règle, un de ses camarades s'approche de lui. Il tient une boule de verre et prétend voir Georgina au fond. Elle se repose à La Havane à Cuba, mais elle est très énervée.

— Ah oui, et pourquoi ?

— Mais parce que le plastique du siège neuf de la Mercedes de son chauffeur lui colle à la peau des fesses, et elle n'aime pas ça !

Roland rigole. Il continue de plaisanter un moment avec son camarade puis se remet au travail.

Une fois terminé le suivi avec son professeur, il ramasse ses affaires et descend dans la chambre noire pour développer les photos qu'il a prises lors de la dernière manifestation à l'université arabe la semaine passée. Quelqu'un frappe à la porte : « C'est moi, tu m'ouvres ? » Roland fait entrer une fille et referme à clé. Elle s'assied sur le bord de la table et se déshabille dans la pénombre rouge et noire de la pièce, avant de l'enlacer de ses cuisses. Quand ils se rhabillent, ils finissent ensemble de développer les photos, puis sortent fumer une cigarette en se promenant dans les jardins de l'université. À travers les feuillages luxuriants, on aperçoit des bandes rouges et roses au-dessus de la mer. Il est 17 h 30, le soleil se couche mais, comme à son habitude, le campus fourmille encore d'activités.

Roland et la fille disparaissent dans le flot d'étudiants dont la plupart ont les cheveux longs ou demi-longs, frangés ou pas, noirs ou huileux. Les garçons sont barbus, les filles portent des bandanas colorés sur la tête. Ils sont en chemises fleuries ou tee-shirts et jeans à pattes d'éléphant, certains déambulent pieds nus sur les pelouses. Les associations estudiantines pullulent. Les Arabes de Palestine ne sont en rien responsables des atrocités commises contre les Juifs d'Europe. Pourquoi résoudre une injustice par une autre injustice ? Tout se mélange : la cause palestinienne, la cause des ouvriers, la lutte des classes, la lutte pour la cause noire. On milite contre la guerre du Vietnam et l'ingérence américaine, contre l'impérialisme, l'expansionnisme et le capitalisme, contre l'exploitation des peuples et l'idéologie bourgeoise. Les stands distribuent en masse des polycopiés reprenant des publications de Trotski, de Mao et de Giap. On se dit marxistes-léninistes mais on se coiffe comme Che Guevara et on se fringue comme les Black Panthers. On écoute Janis Joplin, Crosby, Stills, Nash and Young et Jimi Hendrix. On fume du hash, on prend du LSD, on touche aux amphétamines et au valium. On récite par cœur le discours de Martin Luther King, on rêve à une société où les conflits seraient abolis et le bonheur équitable. On souhaite que justice soit faite et que les Palestiniens retrouvent leur terre. En finir avec les vieilles superstitions qui légitiment la violence sioniste et condamnent celle des fédayins. On se dit pour la lutte du peuple de Palestine, mais on n'est pas contents de l'arrogance de l'OLP et de la façon dont les fédayins se comportent, se baladent armés dans les rues de Beyrouth, ne payent pas l'électricité et rackettent des commerces. Chaque phrase, chaque regard, chaque geste est politisé. L'ambiance est électrique, la tension palpable. C'est à la fois fertile et dangereux.

Retenant son keffieh d'une main, Arafat grimpe dans l'hélicoptère, suivi de son goûteur, du directeur de la communication de l'OLP, d'Ali Hassan et deux super-gendarmes de la Force 17. Les autres membres de la délégation rentreront à Beyrouth par un vol régulier.

Le directeur de la communication a du mal à retenir ses larmes, encore ému par cette éclatante consécration de l'OLP. Ali Hassan lui chuchote de ne pas non plus s'imaginer qu'à présent tout va s'arranger comme par magie.

— Que peuvent-elles faire au juste, les Nations unies, pour régler le sort de la Palestine ? Quand on pense qu'il y a au sein de l'ONU des peuples qui se bouffent entre eux et qui ont le droit de vote...

L'hélicoptère décolle en direction de Cuba. À l'avant, Arafat et son goûteur sont en pleine négociation. Arafat se pourlèche les babines devant un muffin qu'une jeune fan lui a fait parvenir, mais le goûteur refuse d'y toucher, prétextant qu'ils ne sont plus sur le sol américain.

— Ah oui ?! répond Arafat. Et on a décollé d'où ? De Cuba ou d'Amérique ? Et l'hélicoptère, il est cubain ou américain ? Et le pilote, cubain peut-être ? Et si je meurs empoisonné ? Veux-tu que je meure ? Je sais que tu ne veux pas que je meure… Mais fais bien attention, hein. Il est peut-être empoisonné.

Sous le regard impatient d'Arafat, le goûteur avale d'abord un comprimé de Maalox puis, à contrecœur, mord dans le muffin en gémissant que la crème lui donne d'affreux boutons sur le visage et un terrible mal de ventre. Derrière la vitre, l'immensité des buildings new-yorkais rapetisse à vue d'œil. Au cœur de Manhattan, la tache verte de Central Park s'étend comme un lac.

Ali Hassan, absorbé dans ses pensées, se remémore les rebondissements de ces derniers mois. Tous les événements qui lui avaient d'abord semblé appartenir à un même magma chaotique ont finalement, par un enchaînement de causes à effets invraisemblable, conduit Arafat jusqu'à New York. C'est peut-être ça qu'on appelle la destinée, songe Ali Hassan en caressant la moustache postiche de Boudia, au moment où l'hélicoptère dépasse le flambeau de la statue de la Liberté pour se retrouver au-dessus de l'océan Atlantique.

En réalité, tout avait vraiment commencé le 21 février 1973 quand, après s'être égaré dans le nord du Sinaï suite à une défaillance des instruments de navigation, un Boeing 727 libyen avait été descendu sans sommation par des chasseurs-bombardiers israéliens. En effet, sous la pression des menaces récurrentes lancées par les fédayins affirmant que Septembre noir allait s'emparer d'un avion pour le bourrer d'explosifs et le précipiter en plein cœur de Tel Aviv, le gouvernement israélien avait établi de nouvelles mesures de sécurité : si un avion pénétrait l'espace aérien israélien sans autorisation, il serait abattu même si des passagers étaient à bord. Le Boeing 727 libyen en contenait cent six, et n'était autre qu'un appareil commercial en détresse.

Ainsi, le 20 juillet, au moment de l'opération Mont-Carmel, les autorités israéliennes, encore traumatisées par la tragédie du Boeing libyen, avaient voulu éviter à tout prix de prendre une décision précipitée. Gardant leur sang-froid, elles étaient restées penchées sur le parcours erratique du jumbo-jet de la Japan Airlines qui, sans avoir encore présenté de revendication, vaquait depuis des heures dans le ciel du Moyen-Orient. Il était passé au-dessus de la Jordanie, du Koweït, de Bagdad, du Bahreïn puis, effectuant une nouvelle courbe, il avait atteint l'espace aérien libanais avant de remettre le cap vers le sud. Vers où se dirigeait-il ? Égypte ? Israël ? Allait-il s'écraser en piqué sur Haïfa ou Tel Aviv ?

Au même moment, ayant eu vent de la prochaine vengeance du Prince rouge quelque part en Scandinavie, quinze agents du Mossad avaient pris en filature jusqu'à la petite ville de Lillehammer en Norvège un mystérieux Arabe nommé Kamal Benamane, qu'ils soupçonnaient de rejoindre son chef Ali Hassan. Quand, après avoir identifié un homme comme étant Ali Hassan, les agents du Mossad avaient contacté les autorités israéliennes, celles-ci, concentrées sur la trajectoire erratique du jumbo-jet de la Japan Airlines, avaient négligé de s'assurer de la véritable identité de la cible et s'étaient empressées de donner leur accord final. La nuit même, le Mossad s'était exécuté. Quelques jours plus tard, la presse évoquait la mort étrange à Lillehammer d'un serveur marocain, du nom de Ahmed Bouchiki. À la moustache près, c'était le portrait du Prince rouge.

Ali Hassan n'en revient toujours pas. Il n'aurait jamais pu soupçonner à quel point la bévue de l'opération Mont-Carmel, tant condamnée par Arafat, tournerait à son avantage dans l'affaire de Lillehammer. Dans la semaine qui avait suivi, six agents avaient été arrêtés par la police norvégienne, puis jugés et condamnés pour leur crime. Cela avait permis de révéler au grand jour le plan des organisations sionistes : sous prétexte des attentats de Munich, elles assassinaient les uns après les autres tous les chefs palestiniens à travers l'Europe.

Une partie de la presse s'était déchaînée, pourquoi « terroriste » était-il le seul mot employé plus de mille fois par jour par les Israéliens pour qualifier les Palestiniens ? Offusqués, les journalistes dénonçaient le terrorisme intellectuel qu'avait exercé Israël en supprimant tous ceux qui pouvaient donner une image positive de la lutte palestinienne, en en justifiant l'action politique. Avec sa liste Golda, c'était l'âme du peuple palestinien qu'Israël avait entrepris de liquider et, pour justifier ces meurtres, le Mossad accusait ses cibles d'avoir trempé d'une façon ou d'une autre dans l'opération de Munich. D'où les trente-six cerveaux… se dit Ali Hassan. Il se félicitait d'avoir pioché par hasard une ville aussi petite et paisible que Lillehammer, sans le moindre coin pour se cacher, la moindre voie pour fuir. Une ville où pas un seul crime n'avait été commis depuis plus de quarante ans et où il avait été impossible pour quinze agents du Mossad scotchés à leur talkie-walkie et empilés dans trois voitures de location immatriculées à Oslo de passer inaperçus.

Après le fiasco de Lillehammer, le Mossad avait enfin laissé Ali Hassan tranquille. Il s'était senti d'autant plus soulagé que ses échanges avec Bob Ames avaient repris de plus belle. D'une part, il avait appliqué les conseils de l'Américain qui lui avait suggéré d'encourager le mouvement palestinien à militer pour un État laïc et démocratique sur une terre palestinienne commune. D'autre part, en apportant à la CIA des informations sur des opérations terroristes planifiées contre des Américains par certaines factions radicales et incontrôlables du mouvement palestinien, il avait réussi à prouver aux services secrets américains que le Fatah d'Arafat était sorti du monde de la terreur et des guérillas armées pour devenir un vrai parti politique. C'est alors que, se rendant compte de la vulnérabilité des Américains au Liban, la CIA avait demandé la protection d'Ali Hassan qui s'était engagé à veiller sur l'ambassade des États-Unis et sur les intérêts américains dans la capitale libanaise, en échange d'une vraie relation diplomatique entre les États-Unis et l'OLP.

Ce dialogue secret avait porté ses fruits bien plus vite qu'Ali Hassan ne l'avait espéré : il avait atterri hier à New York où il accompagnait Arafat qui, ce matin, avait été invité à se présenter devant l'assemblée générale des Nations unies.

Le voyage n'avait pas été de tout repos. Jusqu'au dernier moment, la délégation palestinienne ne savait pas de quelle façon elle se rendrait à New York et où elle serait logée. Des journaux libanais avaient même affirmé que les Palestiniens s'installeraient tout simplement sous des tentes dans le jardin des Nations unies. Finalement, c'est au Waldorf Astoria, transformé en forteresse, qu'ils étaient descendus, bravant d'abord un petit groupe de manifestants portant le drapeau israélien qui avaient envahi le hall de l'hôtel et s'étaient accroupis en rond pour entonner des chants hébreux, puis trente jeunes juifs agglutinés aux grilles des Nations unies qui avaient brûlé des portraits d'Arafat et déversé sur le trottoir des litres de sang animal en criant : « *Arafat go home !* » Ce qui n'avait pas manqué de surprendre la délégation palestinienne, qui s'était exclamée : « *But where is home ?* » Sans compter le moment où, quittant l'Assemblée, le délégué israélien avait qualifié les membres de l'OLP d'assassins et de barbares dont le seul objectif était de détruire l'existence d'Israël, à quoi le délégué de la Syrie avait répondu que les Israéliens étaient aussi des assassins, tandis que le délégué jordanien apportait une touche de modération. Enfin, Arafat était apparu sur la tribune et le silence s'était fait.

Il s'était rasé et portait son keffieh à carreaux blancs et noirs, son blouson ouvert sur une chemise brune, sans cravate. Il avait déposé ses lunettes noires sur le pupitre avant de prendre la parole. « Je suis venu en tenant à la fois une branche d'olivier et l'arme d'un combattant de la liberté. Ne laissez pas la branche d'olivier tomber de ma main… » Souriant, il avait joint les poings au-dessus de la tête comme un champion de boxe, saluant l'Assemblée qui s'était levée pour l'applaudir. On apercevait l'étui de son revolver, mais celui-ci était vide, il avait laissé son arme au vestiaire.

À peine l'ovation terminée, ils avaient dû évacuer les lieux en vitesse. Ali Hassan avait tout juste eu le temps d'acheter une carte postale du Waldorf Astoria destinée à sa femme et ses enfants. Ces vingt-quatre heures, que le monde avait baptisées

« Arafat Day », il les avait passées entre le Waldorf et les locaux des Nations unies. Il n'avait même pas eu le loisir de goûter à l'une des nombreuses femmes qu'il avait croisées dans les couloirs et qui systématiquement se retournaient sur son passage en le dévorant des yeux. Seul Arafat, dont le discours avait fait l'objet de jours et de nuits de travail sous l'œil d'un comité d'experts en tout genre, avait eu quelques moments pour lui. À l'aube de la réunion, il avait pu regarder Tom & Jerry à la télévision en trempant de la brioche dans son café au lait.

Ali Hassan colle la moustache de Boudia sur la carte du Waldorf. Pendant tout ce temps, elle a été comme un clin d'œil de son ami depuis l'au-delà. Et maintenant, dans cet hélicoptère à destination de Cuba, la boucle est bouclée. Il enverra la carte une fois arrivé à La Havane, et trouvera aussi le moyen de passer du bon temps.

Il est 19 heures et Roland pousse tranquillement son Solex dans les ruelles d'Achrafiyeh. Il fait nuit mais l'horizon est encore strié de bandes mauves et de petits nuages pommelés. On entend les oiseaux et les jets d'arrosage. Certaines personnes ont déjà commencé à installer les décorations de Noël. Perchées sur des échelles, elles font serpenter les guirlandes le long des arbres, les enroulent autour des buissons, testent la cadence du programme lumineux. Tout est calme ce soir, plus calme et moins bruyant qu'à Ras Beyrouth.

Il passe devant la faculté des Lettres de l'université Saint-Joseph. Jusqu'à présent, ni lui ni ses camarades n'ont trouvé le moyen de faire passer leur manifeste à l'intérieur. Les quelques complices qu'ils ont sur place se sont vite dégonflés face à l'animosité des phalanges qui surveillent la moindre activité contraire aux idéaux du parti de droite chrétien, défenseur de l'ordre établi et protecteur de la République. Chaque entrée de la faculté est gardée par des groupes d'étudiants en polo marine élégant, pantalon impeccable et mocassins chics, tous munis d'un étui de revolver à la hanche et flanqués de belles phalangistes en mini-jupes Courrèges.

Roland sait exactement par où il va passer pour rentrer chez lui. Ce n'est pas le chemin le plus court, mais c'est plus fort que lui. Il contourne des maisons élégantes puis débouche devant un immeuble ancien, celui de Georgina. Tout l'appartement est éclairé sauf la fenêtre de sa chambre. Il gare sa mobylette puis avance vers l'entrée. Devant, il aperçoit le concierge assis sur un fauteuil en cuir sous un arbre. Il le salue d'un geste de la main.

— Ammo Samir, c'est moi, Roland !

— Mon petit, qu'est-ce que tu es grand !

Sans bouger, cigarette et chapelet coincés entre ses doigts, mains appuyées sur une canne entre ses jambes, Ammo Samir lui fait signe d'approcher et désigne du menton une chaise en plastique. Il est adossé à trois coussins au tissu usé, les cheveux gominés coiffés en arrière, et porte des lunettes à demi-teinte, sans doute léguées par sa fille car la monture est recouverte de strass. Il attrape le thermos sur la table devant lui et sert à Roland une tasse de thé.

— Dieu que le temps passe vite. Quand je t'ai connu, tu étais petit comme ça…

— J'avais quinze ans, et je n'étais pas si petit que ça. *Chou* Ammo Samir, des nouvelles ? lui demande Roland en attrapant la tasse.

Le concierge lève le menton en claquant la langue et tape sa canne contre le sol.

— Rien. Elle n'est pas là. Elle est à Cuba avec… cet acteur égyptien très connu, comment s'appelle-t-il ? Elle est partie il y a deux semaines. Elle va aussi tourner à Paris. Notre Georgina du Liban, une star mondiale !

Roland soupire puis acquiesce à contrecœur, en avalant une gorgée de thé.

— Et…

— Rien, fait Ammo Samir d'un geste catégorique de la main.

— Rien de rien ? Personne n'est venu la chercher en voiture ?

— *Wala chi.*

— Tu jures ?

— Sur ma tête.

— Mais elle sort ?

— Des copines, sa sœur, que veux-tu.

— Jamais seule ?

Ammo Samir lève à nouveau le menton en claquant la langue.

— Et elle rentre tard ?

— Vingt-trois heures, minuit, parfois une heure du matin.

— Et... a-t-elle l'air plus ou moins heureuse qu'avant ?

— Tu me compliques la vie, toi, avec tes questions d'épanouissement et d'hormones. *Hék, mabaréf...* Mais toi mon petit, tu travailles ?

— J'étudie, je suis toujours à l'université.

— *Smalla !* Ça va bientôt faire dix ans...

— Trois. C'est cinq ans pour avoir le diplôme d'architecture, combien de fois je te l'ai dit, Ammo Samir.

Quand Roland sort de sa poche une longue cigarette roulée, les yeux du vieil homme s'agrandissent de plaisir.

— Tout pour moi ?

Il la prend dans sa main, la palpe et la porte à son nez.

— C'est du bon, ça.

— Prends ton temps, Ammo Samir, ne fume pas tout d'un coup comme tu fais d'habitude… Attention, ce n'est pas le moment de tomber malade.

— Pour qui tu me prends ? J'avais la plus grande plantation de toute la Bekaa quand tes parents n'étaient même pas nés ! Et du premier cru !

Fermant les yeux, il renifle longuement le joint.

— Tu sais, je donnerais n'importe quoi pour que ça puisse encore me faire un effet autre que celui de soulager mes rhumatismes, lâche-t-il en désignant ses grosses chaussettes de laine qui lui remontent aux mollets. *Chi basit…* Maudite soit cette humidité d'automne !

Il accompagne ses mots d'un geste fataliste puis enchaîne sur les sept médicaments qu'il prend chaque jour et les différents problèmes gastriques que ça lui cause.

Quand il arrive chez lui, Micky et ses parents ont déjà dîné. Roland sort du réfrigérateur une bouteille d'eau en verre, en boit la moitié, tête renversée, sans que sa bouche effleure le goulot. Il tend l'oreille vers l'écho de la télévision : « Bande de tueurs ! — On n'est pas des bandits ni des meurtriers ! — Si ! Des gangsters internationaux de la pire espèce qui ne reculent devant rien pour atteindre leur but… »

Il s'empare de l'assiette de tranches de veau
rôties que sa mère lui a laissée sur la table et va
s'asseoir au salon avec ses parents, les yeux rivés à
la chaîne des informations où défilent les images
de manifestants criant : « La Palestine aux Arabes !
Arafat, nous sommes avec toi ! » Les bombardements israéliens ont repris. La speakerine de Télé
Liban récite son texte de façon monocorde : « Les
Arabes sont désireux de s'engager dans la voie de la
paix mais, au moment même où les conversations
diplomatiques destinées à favoriser un compromis israélo-arabe sont entamées, les Israéliens font
monter la tension. Hostile à toute médiation des
grandes puissances qui risquerait de conduire l'État
hébreu à des concessions plus importantes qu'il ne
le souhaiterait, le gouvernement israélien contrarie
et torpille tout effort déployé pour rétablir la paix
dans la région. »

— On n'est pas aidés, dit Magda qui secoue la
tête en signe de désolation.

— Vraiment pas aidés… Maudite soit notre
putain de géographie, soupire Antoun en agitant
les glaçons de son verre.

— Partout dans le monde, on sait que la Terre
est ronde. Dans les sociétés les plus évoluées, on
pense même que l'univers abrite d'autres planètes
habitées ! Mais ici, dans la région, la mentalité
est telle qu'on en est resté à l'idée que la Terre
est plate, n'est-ce pas Roland ? demande Micky

en donnant un coup de coude à son frère qui acquiesce en engouffrant sa dernière tranche de viande.

— Ça t'a suffi l'assiette ? Tu rentres tard, mon chéri. Tout s'est bien passé à l'université ? Des accrochages aujourd'hui ? Je n'aime pas que tu traînes dehors aussi tard. Il ne fait pas bon de circuler dans le quartier la nuit.

— Écoute ta mère, Roland, renchérit Antoun.

Roland promet qu'il fera attention et se retire dans sa chambre. La nouvelle enseigne de Coca-Cola au dehors inonde la pièce de rayons rouges et blancs. Comme il ne parvient pas à rouler son joint, il s'approche de la fenêtre pour profiter de ce flot de lumière. Il se dirige vers son armoire et ouvre le tiroir de Georgina. Au creux de ses vêtements, qu'il a soigneusement disposés de sorte à former un écrin soyeux, scintille le cylindre doré de son rouge à lèvres.

Il y a quelques mois encore, il s'éveillait au milieu de la nuit, son pyjama trempé de sueur. Il restait alors couché sans bouger. De grosses larmes roulaient sur ses joues. Il avait passé des soirées entières à fixer le plafond de sa chambre sans parvenir à se rendormir. Parfois, il improvisait quelques accords de guitare, arrachant à l'instrument des notes sourdes et étranges. C'est au cours d'une de ces nuits qu'il s'était enfin décidé à vérifier le contenu du tiroir qu'il avait légué à Georgina. Mais au lieu de

le trouver vide comme il s'y attendait – Georgina lui
ayant un jour notifié qu'elle passerait récupérer ses
affaires à un moment où il serait absent –, il l'avait
trouvé plein. Il avait alors passé des nuits à s'em-
mitoufler dans ses chemises à carreaux, à revoir la
manière qu'elle avait d'en nouer les pans au-dessus
de sa taille nue, à écouter le déclic de l'ouverture du
tube de son rouge à lèvres, celui qu'il lui avait rendu
un lointain été de son adolescence et par lequel
tout avait commencé, son petit objet magique,
son grigri grâce auquel elle croyait avoir remporté
Miss Télévision, Miss Liban et Miss Univers – une
application, une seule, par compétition. C'est ce
cadeau soyeux et empoisonné qui l'incitait à croire
que les choses pouvaient encore redevenir comme
avant, quand il était l'élu de son cœur.

Roland avait eu beau lui expliquer que sa nature
était telle que ses besoins physiques occultaient
sa raison sans rien déranger de ses sentiments
– il s'était bien gardé de préciser que c'était une
force à laquelle il était pour l'instant incapable de
s'opposer –, il n'avait plus revu Georgina depuis
le moment tragique où, va savoir pourquoi,
Raymonda était passée aux aveux. Il se souvient
du regard suppliant de cette dernière, voletant de
Sharif à Georgina comme un oiseau affolé qui ne
saurait où se poser. « Est-ce que c'est ça, l'amour ? »
avait alors demandé Georgina en le fixant de ses
grands yeux. Son regard était dur et métallique,

Roland n'avait pas été capable de le soutenir. Il l'avait entendue lâcher deux mots comme « C'est fini » ou « En voilà une fin ». Peut-être même avait-elle dit quelque chose de plus long, de plus argumenté, comme : « Chaque chose se termine, un film, une chanson, on est vite arrivés à la fin. Puis le temps passe et c'est la chose dont on se souvient le plus, les fins. C'est ce qui reste, au bout du compte, qu'elles soient belles ou moches. » À ses mots, le cœur de Roland s'était rétracté et le sang retiré de son corps. Avant même qu'il n'ouvre la bouche, Georgina avait tourné le dos.

Inscrite en maîtrise de droit à Paris, Raymonda a disparu au moment où l'été tirait à sa fin, et Sharif n'a plus adressé la parole à son cousin pendant près de six mois. Puis finalement, il est tombé amoureux d'une autre fille et l'a pardonné. Il a fallu encore six mois pour que Sharif lui présente sa nouvelle copine. Quant à lui, il est entré en quatrième année d'architecture à l'université américaine. Il s'est investi dans toutes les activités que l'université pouvait offrir : groupes de soutien aux réfugiés palestiniens, compétitions sportives de haut niveau, concerts sur le campus. Son spleen n'a pas entaché d'un poil son potentiel érotique, lui conférant au contraire un air détaché et un sourire extrêmement sensuel, l'assurance mélancolique de qui doit s'occuper de plusieurs amantes à la fois.

Mais il a beau coucher avec les unes et les autres, il n'est plus habité par aucune flamme.

Il referme le cylindre doré et le replace dans son écrin.

Quelque part sur la terrasse animée d'un grand hôtel de La Havane, Georgina prend un apéritif en tête à tête avec son partenaire dans le film qu'elle tourne. L'acteur principal de *Guitar el Hob* est la dernière personne chargée par les uns et les autres d'essayer de la convaincre d'assister ce soir à la réception donnée par Fidel Castro en l'honneur de l'arrivée de la délégation palestinienne. Elle ne le sent pas. Depuis le début de son séjour sur l'île, elle s'est déjà rendue deux fois à des soirées données par le dirigeant cubain, mais ce soir elle est fatiguée, déprimée. Elle n'a pas mangé grand-chose de la journée, juste picoré une omelette du bout de la fourchette, murmurant que c'était soit trop salé, soit trop poivré, tout en fumant nerveusement. Elle ne cesse de parler, de raconter son ex-fiancé. Elle a conscience de l'amour infini qu'il lui porte, mais ne peut surmonter la trahison, cette sale éclaboussure qui a contaminé même leurs plus beaux souvenirs. À moins que ça ne soit une excuse, elle n'en sait rien. Mais ce qui est sûr, c'est qu'une ligne a été franchie : plus jamais elle ne pourra l'aimer comme avant.

— Sa trahison a tué ma réserve de tendresse pour lui, conclut-elle, accoudée sur la table, une cigarette parfumée à l'eau de rose entre les lèvres.

Du haut de la façade aux petits balcons élégants, un lustre projette des éclats orange et fuchsia sur son visage.

— Il y a une réserve de tendresse ?

— Il y a une réserve de tout.

— Et si je comprends bien, tout ce qui t'intéresse, toi, c'est l'amour ?

— Je m'ennuie. Ça me manque de ne plus être amoureuse. J'ai une folle envie de me perdre et de sentir mon cœur battre à tout rompre. Au diable Fidel ! Allons boire et danser hors des sentiers battus.

Plus tard dans la nuit, Micky se réveille en sursaut dans son lit. Il a du mal à respirer et renifle partout l'odeur de la *zankha*. Ça sent sur la pointe de ses crayons, sur les couvertures de ses livres, sur son cahier, son pyjama, ses draps, ses coussins, il en a mal au cœur. Il ne comprend rien : la *zankha* est censée ne concerner que la vaisselle et les couverts… Il en est convaincu, et il a bien raison. Ce qu'il ne sait pas, c'est qu'à cet instant précis, à cette exacte seconde, c'est tout son pays chéri qui vient d'atteindre un point très particulier sur sa route, cette ligne imaginaire qui délimite le monde d'avant et le monde d'après, sans retour possible. Micky frotte et astique avec un chiffon imbibé d'alcool pur tout ce qui lui tombe sous la main, les babioles de sa collection, les figurines phéniciennes, les broches, les manches de ses drapeaux libanais, les pochettes du disque de l'hymne national, les couvertures de ses piles de *La Revue du Liban*, les pièces de monnaie, les boîtes d'allumettes, il le fait avec une patience et une méticulosité monastiques, sans se douter que ce qu'il sent, cette *zankha* bizarre en plein cœur de la nuit, c'est l'odeur déjà consumée du frottement entre deux ères, deux âges, deux mondes, deux dimensions. C'est ce qui reste du point de non-retour laissé loin derrière.

Cette nuit, Micky est sans doute le seul sur Terre à flairer qu'au-delà des apparences, son pays a déjà basculé de l'autre côté depuis longtemps. Le cœur serré, il ferme la bouteille d'alcool et range son cahier dans le tiroir de sa table de chevet.

Jeudi 11 décembre 1975

Depuis quelques jours, une bataille fait rage sur le front de mer, opposant les phalanges chrétiennes aux milices musulmanes et palestiniennes, retranchées dans les hôtels de luxe.

Au Hilton, peu avant le début des hostilités, les boîtes de chocolat noir extra-fin ont été disposées sur les couvre-lits, les cendriers placés sur la nappe, la position des couverts en argent massif vérifiée une dernière fois par le directeur. De sa longue main gantée, il a introduit avec soin le dernier bouquet de pivoines dans un vase en cristal. Il tenait spécialement à ce que le rose pâle des pétales s'accorde avec la couleur satinée du carton d'invitation VIP au grand gala d'inauguration. Tout était fin prêt. Le glissement des portes coulissantes avait atteint la plus haute gamme de veloutés, le ruban de soie scintillait sous la lumière à multiples gradations qui avait fait l'objet des recherches les plus poussées. Cinq ans de travaux perfectionnés

avaient été nécessaires pour construire cet hôtel,
conçu pour durer deux cents ans, et pour devenir
le plus grand, le plus important et le plus luxueux
des palaces du Moyen-Orient. Il n'a pu ouvrir ses
portes. Ni en cette fin d'année 1975 ni jamais.

Au début des combats, plusieurs chambres
du Phœnicia ont été incendiées par les tirs de
roquettes. De longues traînées noires zébraient la
façade blanche du grand hôtel. Un cessez-le-feu a
été décrété, le temps de permettre au personnel et
aux clients piégés à l'intérieur d'évacuer les lieux – il
y avait là plus de trois cents personnes, des touristes
pour la plupart. Les miliciens chrétiens se tenaient
à l'écart, cachant leurs armes et munitions ; le
staff de l'hôtel avait roulé chaque tapis de crainte
qu'ils ne les souillent. Jusqu'au dernier moment,
on a continué à servir les clients. Les affrontements
ont repris après l'évacuation complète de l'établissement. Un second cessez-le-feu a été négocié
un peu plus tard par les autorités pour les clients
qui souhaitaient récupérer leurs affaires. Le directeur a convoqué le personnel et donné l'ordre de
nettoyer les traces de sang, de remettre en place
le mobilier, de camoufler autant que possible les
impacts de balles. Les quelques cadavres ont été
déplacés par les milices qui avaient reçu la consigne
de bien se tenir. En apprenant qu'elle allait enfin
pouvoir récupérer le paquet qu'elle avait oublié
dans une chambre, Georgina s'est imaginé la scène

plus de mille fois. Une minute à tout prendre : dix secondes dans l'ascenseur, dix pour traverser le couloir et atteindre la chambre, cinq pour récupérer le paquet, dix pour parcourir le couloir en sens inverse, dix dans l'ascenseur, dix pour traverser le lobby et déguerpir.

À présent, elle y est. La porte de la chambre 306 est grande ouverte : tout est intact, lustré, pas une odeur malsaine, nulle trace de combat. C'est comme si rien ne s'était passé. Tout est exactement dans l'état où elle l'a trouvé quelques jours plus tôt, quand elle est venue dans cette chambre avec lui pour la première fois. Georgina se tient debout à l'endroit où ils ont passé plus d'une heure à s'embrasser, ne pouvant se résoudre à détacher leurs corps, bien qu'harassés par un désir brut. C'est elle qui a posé sa main sur son pantalon puis ouvert sa chemise, cette chemise noire qu'il possède en plusieurs exemplaires – chez lui, à son bureau, dans sa voiture et dans chaque chambre d'hôtel qu'il fréquente. Cette chemise, elle l'a déboutonnée en toute hâte ; le pantalon aussi. Il l'a laissée faire, continuant à lui fouiller la bouche de sa langue folle. Tout s'est passé ensuite avec tant de précipitation et de naturel qu'elle ne se souvient plus de rien. Depuis, cette chemise a été nettoyée à sec et repassée, enveloppée d'un plastique et suspendue par un cintre à une poignée de l'armoire, comme neuve. Soudain, le plastique frémit, sous l'effet d'une légère brise qui s'est insinuée par une fissure dans la baie vitrée. Au-dehors, le ciel est pâle et fatigué. Georgina attrape la chemise et se saisit du cadeau emballé posé sur la table.

Non loin de là, à l'Alcazar, chaque salle de bains est équipée d'un téléphone ; lorsqu'on compose le 14, on ne tombe plus sur l'horloge parlante, mais sur une litanie d'insultes visant tous les cas pathologiques du Proche-Orient, les lunatiques de l'OLP ainsi que les pratiques sexuelles de certains dirigeants libanais. Le petit palace aux plafonds de bois et moucharabiehs romantiques a fermé ses portes le 6 décembre 1975. Le 8 décembre, la bataille a commencé.

Peu après le début des combats, Roland a louvoyé pour se faufiler parmi les journalistes autorisés à se rendre au Holiday Inn : l'établissement était alors tenu par les miliciens chrétiens. Pour nourrir son mémoire sur l'urbicide, il voulait se documenter sur ce qu'il s'y passait. Malgré les protestations de la population auprès des autorités libanaises à la suite des bombardements inconsidérés qui avaient mis en danger les habitants des quartiers modernes de Ras Beyrouth, les phalangistes occupaient les étages supérieurs de cet hôtel, d'où ils combattaient les milices musulmanes et palestiniennes situées dans la tour Murr et les hôtels alentour. Ils avaient transformé les tables et les chaises de l'établissement en barricades. Épuisés après les attaques de l'ennemi, ils buvaient des coupes de Perrier ou de champagne, mangeaient avec des couverts Christofle dans de la porcelaine, prenaient des bains moussants et parfumés, regardaient la télévision vautrés dans la literie haut de gamme des chambres climatisées. Parfois, à la nuit tombée, ils sonnaient du cor aux fenêtres pour effrayer les musulmans ; à d'autres moments, ils posaient façon desperados sous les lustres du grand hall ou cagoulés au piano du restaurant, la kalache sur l'instrument, où l'un d'entre eux finirait par jouer la *Sonate au clair de lune* de Beethoven, tout seul face à la mer.

Retranchés au premier étage du Saint-Georges, des clients sont restés jusqu'à la dernière minute, jusqu'à ce qu'une substance jaune se mette à couler des robinets des salles de bains et qu'on ne puisse plus accéder aux chambres du fait des bombardements ; après s'être abrités dans les couloirs, ils ont été évacués sur des tanks par l'armée libanaise. Les assauts répétés des musulmans combinés à ceux des Palestiniens ont brûlé l'hôtel en partie ; le feu a emporté les boiseries des chambres. Ce jeudi, les musulmans et leurs alliés ont débarqué dans l'hôtel et ont divisé en deux le peu du personnel hôtelier qu'il restait : ils ont laissé partir les musulmans et emprisonné les chrétiens dans la buanderie. Pris dans le tumulte, ce n'est que grâce à sa fausse carte d'identité que Sharif en a réchappé.

Sans le subterfuge de son père, il aurait été mal. Tout remontait au 6 décembre dernier et au massacre de civils musulmans – Libanais et Palestiniens – par les phalanges chrétiennes. Ce jour-là, dit Samedi noir, des centaines de gens ont été liquidés juste parce que leurs papiers d'identité indiquaient qu'ils étaient musulmans. Craignant des représailles, le père de Sharif a profité de la connotation multiconfessionnelle du prénom de son fils – « Sharif » pouvant tout aussi bien passer pour chrétien que pour musulman – pour lui confectionner sur-le-champ une deuxième carte d'identité faisant de lui un musulman. Depuis, il a entraîné nuit et jour son fils à développer les bons réflexes en cas de contrôle, de barrage volant ou d'arrestation : en présence de milices chrétiennes, il doit saisir sa carte d'identité de chrétien dans sa poche droite ; en présence de musulmans, il doit saisir sa carte d'identité de musulman dans sa poche gauche. Droite, chrétien. Gauche, musulman.

Aujourd'hui, pris d'un vague à l'âme et occultant le danger, Sharif est passé au bar du Saint-Georges où, chaperonné par le maître d'hôtel Abou Saïd, il était apprenti barman jusqu'au mois dernier. Il voulait prendre des nouvelles d'Abou Saïd et de ses anciens collègues, comme il le fait de temps à autre depuis qu'il n'y travaille plus. Il y a toujours un moment à l'heure du déjeuner où la nervosité ambiante de la ville baisse d'un cran. Milicien ou pas, progressiste ou non, chrétien ou musulman, Libanais ou Palestinien, tout le monde arrête de se battre pour manger, boire un café et fumer tranquillement. Hélas, cette fois rien ne s'est passé comme d'habitude. En moins de trois minutes, les musulmans se sont emparés par surprise de l'hôtel, pourchassant les derniers phalangistes d'étage en étage et de chambre en chambre, relâchant le personnel musulman et séquestrant dans la buanderie le personnel chrétien. Lorsque les Palestiniens lui ont demandé ses papiers, Sharif, sans hésiter, a mis la main à sa poche gauche, en a sorti la carte d'identité et s'est retrouvé dehors avec Abou Saïd, secoué de soubresauts.

Désespéré pour leurs compagnons restés en captivité, Sharif emboîte le pas à Abou Saïd, qui, sur un coup de tête, décide de se rendre aux bureaux de l'OLP pour demander de l'aide. Arafat n'étant pas là, on le conduit jusqu'à Ali Hassan qui lui accorde trente secondes d'attention, pas plus, puis finit par lui dire :

— Mon frère, c'est la pagaille ici ; je ne vois pas ce que je peux faire pour toi et tes amis chrétiens. Je suis désolé.

Abou Saïd et Sharif insistent, implorent saints et prophètes, jusqu'à ce qu'Ali Hassan, dépassé, griffonne sur un bout de papier l'ordre de libérer leurs compagnons chrétiens.

— Je ne peux rien pour vous, les lignes téléphoniques sont brouillées. Si vous voulez les sauver, tenez, prenez ce papier, ma Jeep et mon chauffeur.

À leur retour, les otages dans la buanderie, au nombre de dix-huit, sont tous relâchés et évacués vers l'hôtel Commodore où ils rejoignent les autres membres du staff. Pleurant et hoquetant, certains tremblent tellement qu'il leur est impossible de marcher. On les accueille, on leur offre du champagne. Quelqu'un prend la parole sur un ton solennel : « Avant la guerre, le Liban était la capitale du monde, et le Saint-Georges était la capitale du Liban. Nous étions le centre du monde... » Quand Sharif lève son verre pour trinquer au bon vieux temps, Abou Saïd enfouit sa tête entre ses genoux et se met à sangloter.

De son côté, comme il n'y a plus d'électricité ailleurs dans le quartier, Roland est parti étancher sa soif à l'hôtel Commodore. Depuis le début de la guerre, le Commodore est le seul endroit de Ras Beyrouth qui dispose d'un service de générateur continu. On y trouve des glaçons, du Coca et des boissons fraîches. Pour cette raison, tout le monde s'y rend : hommes d'affaires, diplomates, étudiants, intellectuels, journalistes et correspondants de guerre étrangers. Roland commande sa traditionnelle limonade et s'effondre sur un des multiples canapés du lobby, auprès d'une jeune vendeuse de la boutique Dior qui se remet d'une chute de tension, un verre d'eau sucrée dans ses mains tremblantes. Tandis qu'il l'aide à tenir son verre, Roland est distrait par un groupe de personnes non loin, qui s'agite et semble particulièrement ému. Il reconnaît Sharif, qui arrive pour lui raconter ce qui vient de se passer.

— C'est donc un Palestinien qui a sauvé tous ces chrétiens ?

— Et pas n'importe lequel ! Il paraît que c'est le bras droit d'Arafat.

— Depuis quand les Palestiniens sont du côté des chrétiens ?

— Les gens disent que c'est un diplomate, qu'il est à fond contre la guerre entre chrétiens et Palestiniens. D'ailleurs il fréquente les leaders chrétiens. Pour le reste, c'est une sorte de James Bond palestinien très mystérieux. Personne ne sait rien de lui.

— Comment il s'appelle ?

— Ali Hassan Salameh. Je l'ai vu, j'étais là. Il est plutôt beau gosse et habillé avec goût. Ça nous change des autres.

— Ali Hassan… Jamais entendu parler.

— Et toi, pourquoi t'as si mauvaise mine ?

— J'ai passé toute la nuit à baiser dans un petit hôtel dégueulasse. Voilà pourquoi.

Roland avale d'un trait sa limonade et ausculte le fond de son verre d'un air mal inspiré.

— J'ai aperçu Françoise dans la rue, reprend Sharif. Ils ont coupé la partie haute de sa carrosserie et fixé le socle d'une Douchka à l'arrière. Elle était méconnaissable, hérissée d'armes, entassée de fédayins, ses pneus crissant à chaque coin de rue… On aurait dit un char de combat.

— À notre pauvre Françoise, malmenée comme une vieille pute vulgaire…

Une fois rentrée chez elle, Georgina défait le papier cadeau, et lit la carte qui accompagne le paquet : « Pour toi ». C'est écrit à la main, sans signature ni date. Seulement « Pour toi ». L'écriture est ample, décidée, un peu hâtive. Elle imagine mal cet homme au carénage si ferme s'appliquer à une chose aussi délicate qu'écrire au stylo-plume et livrer une part de lui-même à travers les pleins et les déliés de sa calligraphie ; elle en est agréablement troublée. Elle range la carte dans le tiroir de sa table de nuit et ouvre la boîte. C'est un foulard en soie ocre et marron : elle le hume, l'enroule autour de son poignet, et sort de sa chambre pour rejoindre au salon sa mère et sa tante, qui sont en train de prendre un café.

— Ma chérie ! Que nous vaut cet honneur ? Crois-moi, Yvonne, il me faut prendre des rendez-vous avec ma fille pour la voir…

— Tante Yvonne, tu me lirais dans la tasse ?

Georgina se rue vers le grand plateau en argent que sa mère s'empresse d'apporter aux invités et où sont disposés une carafe d'eau, du thé, du café blanc ou noir, accompagnés d'une variété de mignardises à la pâte d'amande. Elle se sert une tasse de café fumant. L'attroupement de petites bulles à la surface la fait sourire : c'est un signe de bon augure. Elle l'avale en grimaçant, fait tourner la tasse consciencieusement puis la renverse sur la soucoupe.

— Il se trame quelque chose, Yvonne, d'habitude ma fille n'est pas fan de café.

— Voyons ça tout de suite, répond tante Yvonne en lançant un clin d'œil à Georgina qui se tient assise, fébrile, au bord du canapé.

— Alors ma tante, qu'est-ce que tu vois ?

— Chérie, laisse ta tante se concentrer, comment veux-tu qu'elle lise dans le marc si tu la bouscules ainsi ?

— C'est que j'attends Suzy, elle doit arriver d'une minute à l'autre pour me faire une cure de beauté. J'ai un dîner ce soir.

Tante Yvonne lève le nez de la tasse.

— Un dîner ? Après cette hécatombe il n'y a même pas une semaine ? C'est vraiment de mauvais goût.

— Ce n'étaient que des musulmans, Yvonne…

— Et alors, Arlette, ce sont des Libanais avant tout !

— Il y avait aussi des Palestiniens…

— Peut-être, mais enfin, tous ces morts, ce n'est pas une raison ! Que Dieu nous pardonne, sa miséricorde est grande, soit-elle louée.

— Il est où ce dîner, ma chérie ? Je ne veux plus que tu ailles de l'autre côté, sous aucun prétexte.

— Ici, à Achrafiyeh, maman. Alors ma tante, tu vois quelque chose ?

— Je vois du succès, beaucoup de succès. Peut-être un voyage lointain.

Georgina se lève en maugréant que Suzy est arrivée, et disparaît.

— Ta fille est amoureuse, annonce Yvonne.

— En effet, mais de qui ?

L'énigme les laisse toutes deux rêveuses.

Assise aux trois quarts nue dans la cuisine, ses cheveux relevés en tortillon sous une serviette et le visage recouvert d'argile, Georgina a les jambes posées sur une chaise, et oriente le séchoir vers ses ongles de pieds, vernis de rouge.

— On n'aurait pas dû commencer par l'épilation avant de faire la pédicure ?

— Si, je n'ai plus toute ma tête… Ces folies meurtrières, ça me met dans un état de stress intense.

Debout face à la gazinière, Suzy fait chauffer dans une casserole un mélange de sucre, d'eau et de citron, qu'elle remue avec une cuillère en bois pour en vérifier la consistance.

— Succès, succès... Elles n'ont que ce mot à la bouche ! lance Georgina.

— Santé, succès, que veux-tu d'autre ?

— L'amour, Suzy. Me sentir passionnément aimée !

Pendant deux heures, elle s'applique des crèmes et arrange sa coiffure avec soin. Surtout, elle essaie le foulard ocre et marron, le dispose autour de son cou, l'enlève et le remet plusieurs fois sans cesser de s'observer dans le miroir, alternant regards confiants et moues d'insatisfaction. Elle se sourit à elle-même puis, sans transition, semble déçue de ce qu'elle voit. Elle finit par l'enrouler à nouveau autour de son poignet.

Depuis qu'elle a remporté le titre de Miss Univers il y a plus de quatre ans déjà, l'aura de Georgina, qui aurait pu faiblir avec le temps, a au contraire pris une ampleur démesurée. Plus qu'ambassadrice ou porte-parole du pays, elle est désormais l'emblème et la voix du Liban chrétien. Elle est devenue le grigri magique de certains dirigeants qui ne peuvent plus se passer d'elle, on la convie aux réunions politiques pour lui demander conseil *sotto-voce*, on recherche sa bénédiction. Partout on lui adresse des prières. Au cœur des petits autels illuminés qui jonchent les trottoirs du quartier d'Achrafiyeh, le visage des Saintes Vierges en plâtre a été modelé à son image.

Ce soir-là, malgré la présence à table de plusieurs leaders chrétiens, c'est en face d'Ali Hassan qu'elle est placée. On fête le geste héroïque de celui qui aujourd'hui a délivré des milices musulmanes la partie chrétienne du staff du Saint-Georges. Ali Hassan profite de cet épisode pour rappeler que la guerre du Liban est un désastre pour Arafat, une menace pour tout ce qu'il a construit depuis son éviction de Jordanie : l'infrastructure militaire qu'il a péniblement mise en place dans le sud du Liban pour organiser des raids armés contre Israël, la base d'une action diplomatique à Beyrouth, le soutien qu'il compte obtenir des partis politiques libanais.

— Pour l'OLP, le Liban est le dernier refuge possible ; c'est le seul pays frontalier avec Israël où la présence d'une force armée est permise, ajoute-t-il. Pourquoi viendrions-nous tout saccager ? Tout cela n'est qu'une conspiration pour perturber les relations libano-palestiniennes.

— En parlant de complot, qu'est-ce qui prouve qu'Arafat ne cherche pas à faire du Liban une nouvelle Palestine ? Vu l'anarchie qui règne dans le pays, n'importe quel homme de pouvoir songerait à s'y enraciner, rétorque un convive en examinant d'un air de connaisseur la trace laissée par le vin sur la paroi de son verre.

— Mais qui peut nier qu'Arafat cherche déses-
pérément à maintenir de bonnes relations diplomatiques avec chacun d'entre vous ? reprend Ali
Hassan avec une élégance naturelle qui masque son
émoi. Quid de cette interminable série de média-
tions et conciliations avec les phalanges ? D'accord,
il n'a pas su contrôler la corruption et l'indiscipline
grandissante de certaines de ses factions, les camps
se sont armés, des fédayins sont apparus dans les
rues de Beyrouth, et malgré les accords du Caire, il
y a zéro coordination entre la résistance et les autorités libanaises. Comme on dit, l'OLP est devenu
un État dans l'État, et ses excès sont inacceptables,
poursuit-il à l'intention de la tablée qui hoche la
tête d'un air entendu. Un sentiment de peur est né
chez les maronites. Ils ont peur qu'on leur tire dessus, peur de voir leur pays sauter comme une petite
grenade. Pouviez-vous ne pas vous armer ?

Ali Hassan tire sur sa cigarette. Ses yeux d'un
vert minéral se plissent et ses lèvres charnues s'entrouvrent pour laisser filer la fumée. Il fume beaucoup en parlant, ou plutôt il mange peu en fumant,
songe Georgina. Mais quand il parle, c'est comme
si tout l'oxygène de la pièce venait à se raréfier, les
femmes se mettent à rougir en respirant plus vite,
les hommes bombent le torse en se raclant discrètement la gorge. Elle voit le soin qu'il prend à
peser chacune de ses phrases, comme si le moindre
mot était une bombe qu'il fallait désamorcer pour

en présenter une à une les gouttes d'argent des sou-
dures et les petits fils colorés.

— Dès 1969, l'armée libanaise n'avait plus le
pouvoir de contenir les fédayins. Elle était paraly-
sée. Quoi qu'elle fasse, elle était coupable, répond
Georgina, qui se rappelle les longues discussions
entre Roland et son père au sujet de la position
délicate de l'armée au moindre accrochage.

— Georgina dit vrai. Il n'y avait plus d'autorité
à même de nous défendre sur le territoire national.
Résultat : aujourd'hui, on est le seul pays au monde
où un tiers des habitants sont armés. Chaque sous-
sol de maison recèle un véritable arsenal, renchérit
le voisin de table de Georgina, l'un des jeunes leaders chrétiens.

Il lui serre le poignet puis, à l'oreille, la complimente sur la douceur de son foulard qu'il caresse
distraitement, avant d'inviter tout le monde à passer au salon de jeux pour une partie de poker.

— Allons donc nous détendre ! s'exclame-t-il
en ouvrant le bouton de son col de chemise.

La conversation se poursuit sous les volutes
de cigares, à coups de cartes battues et de cognac
versé.

— Ceci n'est pas la guerre de l'OLP, répète Ali
Hassan en balayant les visages d'un regard appuyé.

— Peut-être, mais si ces événements vous
éloignent de votre cause et du conflit avec Israël,
pour d'autres, ils marquent le début d'une lutte de

classes entre les pauvres musulmans opprimés et les riches privilégiés chrétiens.

— Justement, évitons que l'OLP se fasse attraper dans cet engrenage par les forces progressistes. Cette affaire purement civile ne doit pas dégénérer en guerre entre Palestiniens et milices chrétiennes, insiste Ali Hassan.

— Guerre civile ? Mon Dieu ! Mais que projette de faire la Ligue arabe pour nous sortir de là ? s'enquiert une voix féminine farouche et sensuelle.

— Puisse-t-elle croupir sous ses préoccupations domestiques ! s'indigne l'un des convives à la chevelure argentée en accompagnant ses propos d'un geste éloquent. Que sommes-nous pour les Arabes ? Un sol couvert d'eau et de savon. S'ils devaient nous aider à nous relever, ils auraient peur de glisser et de tomber avec nous.

— Ils sont dépassés. Prenez Samedi noir : de qui est-ce la faute ? des phalangistes ou des musulmans ? Et la fusillade du bus, qui a commencé ? les chrétiens ou les Palestiniens ? Personne à ce jour n'a su expliquer cette fusillade. On trouvera autant de versions différentes qu'il y a d'habitants au Liban.

— Oh non ! Je ne veux plus entendre parler de ces affreuses tueries ni de ce malheureux bus, ça me remplit d'horreur… Parlons de quelque chose de plus gai, implore la maîtresse de maison en tournant vers Ali Hassan ses grands yeux de biche blessée. Vous êtes le héros de la soirée, monsieur Salameh. Nous vous sommes reconnaissants des efforts que vous déployez pour coopérer avec nous. Vous êtes sans doute le seul à avoir saisi notre détresse, cette peur qui nous hante nuit et jour, cette angoisse que nous avons d'être dépouillés de notre pays, comme une mère à qui on arrache son nourrisson. Vous seul avez compris notre besoin d'être rassurés. Prions pour que tout cela s'arrange au plus vite.

Plus tard, quand Ali Hassan se propose au vu et au su de tous de raccompagner Georgina chez elle – « Non, ça ne me dérange pas du tout, c'est sur ma route » –, celle-ci, ne relevant pas la moindre désapprobation dans le regard des siens, accepte de bon gré.

La première fois qu'elle l'a rencontré, c'était lors d'un de ces nombreux dîners mondains d'Achrafiyeh semblables à celui de ce soir. Elle l'avait repéré avant qu'ils soient présentés l'un à l'autre. Elle savait ce qu'on disait de lui. Qu'il était beau. Qu'il était dangereux : parce qu'il était beau, et pour ce qu'il était, un militant palestinien de haut vol. On disait aussi qu'il trompait sa femme ouvertement. Un play-boy. Tout ce qu'elle fuyait. Mais puisqu'il était là, qu'il la regardait et qu'elle s'ennuyait, elle avait marché jusqu'à lui et l'avait sommé de cesser de la déshabiller des yeux. « Utilisez donc vos dents ! » Elle avait éclaté de rire, puis lui avait tendu la main : « Georgina, Georgina du Liban. »

Mais au fond, que sait-elle réellement de lui ? Il y a la question de Septembre noir : est-ce vrai, ce qui se dit au sujet de Munich ? Et puis son rapport avec les maronites : pourquoi est-il le seul Palestinien à avoir établi des liens solides avec la communauté chrétienne ?

— Tu as été parfaite, Georgina.

Et sa vie personnelle ? A-t-il l'habitude de tromper sa femme aussi naturellement ? Et elle, elle représente quoi pour lui ? Toutes ces escapades à l'ouest de la ville, elle ne va plus pouvoir les tenir longtemps secrètes, sans compter que c'est peut-être dangereux.

Lorsqu'ils sont ensemble dans une soirée mondaine, à la fois si proches et si loin, chacun de ses regards la brûle au-dedans ; elle aime l'observer quand il est absorbé par son propos, pris par quelque chose qui n'a rien à voir avec l'instinct brut et impérial qu'elle lui connaît. Elle sait combien il est capable de passer sans transition du calme à la fureur.

À la seconde où elle se retrouve avec lui à l'hôtel, plus aucune de ces questions ne la taraude.

— Oui. Personne ne se doute de rien.

Elle dénoue le foulard ocre de son poignet et le passe sur les yeux d'Ali Hassan, qui se tient debout face à elle.

« *Maman était au salon en train de lire dans un magazine un article sur les produits cosmétiques à base de concombre quand elle a entendu par la fenêtre des cris de joie et des applaudissements. Elle est allée sur la terrasse pour voir mais ce n'était pas un mariage. Tout le monde était penché sur son balcon, en train d'applaudir une voiture qui traînait dans la rue le corps d'un phalangiste attaché aux pieds par une corde. Les musulmans ont fait quatre fois le tour du quartier pour le montrer. Maman s'est évanouie. Quand elle s'est réveillée, Hakim le pharmacien était là. Il l'a mise sous calmants pour le moment. Après, on verra.* »

Cahier de Micky

En raison des pannes de courant de plus en plus fréquentes qui frappent tous les quartiers de l'ouest de la capitale, les parents de Roland ont pris l'habitude de laisser la porte d'entrée entrouverte, afin de permettre aux habitués de venir sans sonner. Ammo Émile et tante Renée sont passés pour le journal télévisé du soir mais ils sont vite repartis, de peur de trébucher dans les escaliers en l'absence d'électricité. Hakim le pharmacien et Sharif, eux, sont restés pour le dîner. Micky sort de son cahier une planche de timbres qui vient de paraître à l'effigie de Georgina : c'est son père qui la lui a rapportée. En la découvrant, Roland le gratifie d'un laconique : « Super. »

Après leur avoir fait le récit détaillé de la prise d'otages au Saint-Georges, Sharif leur raconte l'histoire d'un type qui possède comme lui deux cartes d'identité. Un jour, au volant de sa voiture, il a aperçu un barrage, mais le temps qu'il fasse le lien entre le quartier où il se trouvait et les derniers événements, le temps qu'il prenne en compte toutes les données stratégiques et contextuelles pour déterminer la confession des miliciens qui l'attendaient au barrage, il a enfoncé sa main dans la mauvaise poche et en a retiré la mauvaise carte. C'était en plein jour, et il ne voyait plus que deux minuscules rectangles blancs luire sur les pupilles sombres du milicien cagoulé. Puis, il a vu l'intérieur sale et rugueux du long cylindre métallique pointé vers lui. Quand il a baissé les yeux, son regard s'est accroché sur un épais cheveu marron englué dans une tache de sang séché, au bout de la botte poussiéreuse du milicien. Plus un bruit, ni autour de lui ni dans sa tête. Tout ce qu'il percevait, c'était un matraquage de gros plans sur des textures variées.

— Et après ?

— Ben rien. Je ne sais pas s'il a été relâché, mais j'imagine que oui, sinon que saurait-on de son ressenti ?

— C'est une très belle histoire, Sharif. Et si, dans le même esprit, on essayait tous ensemble de deviner la dernière pensée des deux cent quatre victimes du Samedi noir ? Usez d'imagination, soyez créatifs, je vais me chercher un doigt de whisky et je reviens : qui en veut ?

Avec un zeste de folie dans la voix, Magda sautille jusqu'à la cuisine dans sa jupe droite bleu électrique, en fredonnant une chanson de Fayrouz et en laissant derrière elle le sillon raffiné de L'Air du Temps de Nina Ricci.

— Maman a encore les nerfs agités ?

— Oui, Micky. On essaye des antidépresseurs maintenant, top qualité. Qu'est-ce qu'il y a, Hakim, tu n'as pas l'air convaincu ?

— La moitié de la population est abrutie par le Valium et l'autre menace de virer barjo. Plus que les deux cents morts de la semaine passée, c'est la pulsion à l'origine de ces assassinats qui me tracasse. Cette boucherie n'a rien de rationnel ni de politique. Les phalangistes ont été saisis par un phénomène d'hystérie communautaire. C'est maladif, ça devient clinique : c'est un cas de démence collective ! J'en ai discuté au téléphone avec un de mes anciens camarades de fac à Paris, psychiatre à Sainte-Anne. Il a parlé de « violence innée et quasi biologique dans les rapports islamo-chrétiens ». Ça pourrait parfaitement se reproduire.

— C'est l'affaire d'une semaine, d'un mois tout au plus. On crève l'abcès, ça va passer.

— C'est ce que je me dis, parce qu'à ce rythme, dans quinze ans, c'est deux cent mille Libanais qu'on aura perdus…

« *10 % de la population* », note Micky dans son cahier.

Sur la page d'à côté, il a déjà écrit au feutre noir, en anglais, comme s'il s'agissait du titre des chansons d'un album-concept de rock alternatif inédit et rare : « *Bus Massacre / ID Killings / Black September / Battle of the Hotels.* »

— Qu'est-ce qui se passe quand on meurt ? demande-t-il.

— Il ne se passe rien, Micky, dit Roland. Quand on meurt, on cesse de vivre. C'est aussi bête que ça.

— Et les dégâts ? Qui peut me dire à combien s'élève le pourcentage de destruction de la ville jusqu'à maintenant ? Un pour cent ? Deux pour cent ? Est-ce que c'est réparable ? En combien de temps ? Et combien ça va coûter ?

— Calme-toi chéri, il y a eu des dégâts, notamment dans le centre-ville, sur le front de mer où se trouvent les grands hôtels, mais ne t'inquiète pas, tout sera reconstruit exactement comme avant. Je dirais même mieux qu'avant, dès que la situation sera à nouveau normale, répond Antoun.

— Sûr à cent pour cent ?

— À mille pour cent.

— Mais quel est le seuil à partir duquel la situation risque de devenir irrécupérable ?

— On en est loin. Maintenant, va te coucher.

Antoun passe la main dans les mèches blondes de Micky et l'embrasse. Il se tourne vers le pharmacien avec un sourire las.

— On est en train de toucher à ce qu'il a de plus précieux, l'objet de toutes ses recherches et toutes ses obsessions…

— Veux-tu que je lui confectionne un tranquillisant pour son âge ?

— Ça ira, merci. Les garçons, vous avez su pour Camille ? Volatilisé dans la nature, comme ça, pffft… Son père est au désespoir, il a fermé boutique, et sa mère a ameuté tout le quartier en hurlant.

— Il paraît qu'il trempait dans des activités d'extrémistes phalangistes anti-palestiniens, ajoute Hakim.

Ils laissent peser un silence contrit.

— Pauvre Camille… finit par soupirer Sharif, une Marlboro au coin des lèvres.

Il rapproche une bougie et se penche sur la dernière page du journal.

— Roland, notre horoscope est très mauvais.

— Donc quoi, on ne sort plus de la maison ?

— Quelque chose comme ça. Pendant trois jours au moins.

Nouveau silence.

— Camille aussi était Lion ?

Une cigarette fine à la main, Magda revient avec un plateau de verres, une bouteille de whisky et des coupelles de pistaches grillées. Elle remplace deux bougies qui touchent à leur fin puis va s'allonger au salon. Cendrier et paquet de Viceroy Slim posés sur le ventre, elle se laisse bercer par la voix des hommes, qui veillent longtemps encore à la lueur des flammes et du néon vacillant de la salle à manger.

Vers 3 heures du matin, Ali Hassan et Georgina ont dû se résoudre à se quitter. Il l'a fait raccompagner en voiture chez elle. Lorsqu'elle arrive, sa mère ne dort pas. Morte d'inquiétude, elle l'attendait en robe de nuit dans l'obscurité du salon. Elle ne lui pose pas non plus de question. Elle la supplie seulement de démentir les rumeurs scandaleuses qui courent à son sujet. Georgina attrape les mains froides de sa mère et les serre en lui murmurant d'une voix douce qu'il ne faut pas s'inquiéter : « Je peux faire tout ce que je veux, je suis Georgina du Liban. »

Dimanche 20 juin 1976

Les lumières de la ville sont restées éteintes toute la nuit. On ne pouvait pas voir les combattants mais on les entendait. Tout tremblait sous leurs pas. On aurait dit une machine de guerre humaine. Ils progressaient sur la grande voie reliant le carrefour de Sodéco à la place Sassine, aux cris de « *Allah wa-akbar !* ». Qui étaient-ils ? Combien étaient-ils ? Depuis les étages de la tour Rizk, les phalangistes ripostaient dans le vide à coup de Douchka. Un boucan infernal qui a duré des heures quand soudain, plus de voix, plus un bruit, pas un souffle. Personne ne sait qui a gagné, qui est encore en vie, qui est mort. À bout de nerfs, les habitants du quartier ont laissé passer la nuit, qui, tout compte fait, a fini par passer.

Au matin, la douceur de l'aube et le gazouillis des oiseaux contrastent de façon surréelle avec le vacarme des dernières heures. Au neuvième étage de l'immeuble voisin de la tour Rizk, Roland est dans la cuisine quand il apprend à la radio que « la voie est passée en seconde ligne ». En langage courant, cela signifie qu'un cessez-le-feu est entré en vigueur : on peut donc sortir de chez soi en toute tranquillité. Il avale son café et referme doucement la porte de l'appartement derrière lui. À l'intérieur, son frère, ses parents et ses grands-parents dorment encore, assommés par les cachets de somnifère qu'ils ont croqués tout au long des combats.

Dehors, des hommes en pantoufles et robe de chambre, des femmes une serviette enroulée autour de la tête, des cernes jusqu'au milieu des joues, sont déjà sortis, une cigarette au bec ou une bonne tasse de café bien noir à la main pour tenter de masquer la puanteur douceâtre qui s'est répandue au-dessus de la colline. Ils sont venus contempler le spectacle qu'offre la vue au sommet de la pente menant droit à Sodéco : un no man's land jonché de cadavres au corps noir ébène, Ougandais ou Soudanais, affaissés les uns sur les autres, les pupilles dilatées, de l'argent froissé plein les poches. La main sur le nez, Roland s'approche de l'un d'eux et s'empare d'un billet. Il s'agit d'un billet de Monopoly. Probablement des mercenaires qui ont été payés par la gauche musulmane pour mener le combat à sa place. Drogués, ils n'ont pas remarqué qu'il s'agissait de fausses coupures. Une fois levé le mystère de la nuit, chacun remonte chez soi en soupirant. Il n'est pas encore 7 heures du matin.

Roland fait le tour du carrefour de Sodéco et se retrouve sur la ligne invisible qui sépare l'Est et l'Ouest de Beyrouth ; chrétiens à l'Est, musulmans et Palestiniens à l'Ouest. Plusieurs fois les Libanais ont défilé dans les rues en brandissant leurs cartes d'identité sur lesquelles ils avaient rayé la mention de leur appartenance religieuse. Mais aux cris de la foule émue qui hurlait son désespoir ont répondu les coups de canons, les tirs de roquettes et le sifflement des balles. Malgré ces manifestations massives en faveur de la paix civile et de la concorde interconfessionnelle, malgré les multiples appels à la lucidité et à la pitié, la capitale a été coupée en deux, tranchée à vif en son cœur.

Ce matin, Roland ne pouvait rien espérer de mieux que ce cessez-le-feu qui lui permet de franchir la ligne de démarcation pour se rendre à l'Ouest. C'est là qu'il est né et qu'il a grandi, c'est là qu'il a passé toute sa vie – vingt-trois ans. Depuis dix jours, il habite à l'Est, dans l'appartement de ses grands-parents maternels. Après plusieurs semaines de réflexion, Antoun et Magda ont décidé d'emménager là où la vie est moins dangereuse. Ils ont attendu que Roland achève ses études à l'université américaine, pour éviter qu'il ait à passer d'un côté à l'autre. Quant à Micky, il a quitté le collège international et, en septembre, il entrera en seconde au lycée français, situé à deux pas de chez ses grands-parents. Leur nouveau logement se trouve dans un immeuble récent de dix étages, planté au sommet de la colline d'Achrafiyeh, avec une vue à trois cent soixante degrés sur la capitale. Moderne et spacieux, l'appartement a été conçu par un architecte d'intérieur à la mode. Chaque pièce étant équipée de son propre système d'air conditionné, plus besoin de ventilateur. Mais l'Ouest lui manque, les ruelles étriquées de Ras Beyrouth, leur splendeur, leur crasse, leurs odeurs l'été, un certain ciel du soir et l'éternelle Méditerranée. Tout est plus léché et policé, ici. Ou plutôt, *était*. Sa mère n'a vraiment pas eu de chance. Il a suffi qu'elle réussisse à convaincre Antoun de venir s'installer chez ses parents dans le calme et la sécurité d'Achrafiyeh pour qu'en moins d'une semaine, la situation se détériore. Le seul point positif : il s'est rapproché du quartier de Georgina. Le point négatif : elle n'y vit plus.

Encore tout ensommeillée, Georgina entrouvre les yeux et un sourire se dessine sur ses lèvres.

— Il est tôt, Ali, qu'est-ce qui se passe ?

— Je te l'ai dit, je vais au Bain Militaire pour l'évacuation des Américains. C'est mes gars qui supervisent l'opération.

Elle se redresse dans le lit et se frotte les yeux.

— Tu as vraiment besoin d'y être en personne ?

— Ne me dis pas comment gérer mon travail, lui répond-il sur un ton excédé.

— Mais on est dimanche… Tu reviens quand ?

— Pas avant ce soir, ne m'attends pas.

— Mais que veux-tu que je fasse d'autre ? Avant, j'étais Georgina du Liban et je faisais tout ce que je voulais ! Maintenant je ne fais plus rien et on me traite de pute arabe… C'est dégoûtant ! Je passe mes journées seule dans une chambre d'hôtel. J'ai tout laissé tomber pour toi, le cinéma, la chanson, le mannequinat, la mode, le Casino, j'ai fait tout ce que tu m'as dit de faire, et toi ? Tu as pensé à ma famille ? Je ne suis pas une pute !

Elle saute du lit et enfile une robe de chambre en soie blanche. Elle retrouve son calme et radoucit sa voix.

— Ali, on peut prendre un très grand plaisir à la lecture d'un livre, ce qui ne veut pas forcément dire qu'on le relira un jour. Alors pourquoi le garder ? Voilà ce qui différencie une amourette d'un mariage.

— Georgina, ce n'est pas le moment, il est tôt, rendors-toi.

— Va-t'en ! Va-t'en ! Va-t'en !

Elle perce le silence de petits trous bien calibrés puis se précipite hors de la chambre, trébuche dans le couloir et roule sur la moquette. À ce bruit mat et sourd, Ali Hassan se retourne et revient vers elle ; Georgina s'accroche aussitôt à sa jambe et la mord. Il la prend dans ses bras, la ramène dans la chambre. La porte se referme dans un bruit particulièrement fort. Il ressort cinq minutes plus tard en époussetant sa chemise, jette un œil à sa montre et se dirige d'un pas rapide vers l'ascenseur.

En février, le doyen de la faculté d'ingénierie et d'architecture de l'université américaine a été assassiné sur les marches du bâtiment. Plus tôt, le même individu a tué un autre doyen dans les bureaux de l'administration. Le nombre d'Américains, diplomates, enseignants et hommes d'affaires morts ou menacés à Beyrouth depuis le début de la guerre ne se compte plus. Ce matin, grâce à l'aide de la Force 17 d'Ali Hassan, la sixième flotte entreprend d'évacuer plus de deux cent cinquante Américains résidant à Beyrouth avec leur famille.

Roland est appuyé à la balustrade de la Corniche, à quelques dizaines de mètres de l'entrée du Bain Militaire. Au loin, les bateaux d'évacuation patientent tandis qu'un flot d'Américains chargés de valises se déverse des bus pour pénétrer le bâtiment. L'opération est dirigée et surveillée de près par un commando de super-gendarmes de la Force 17. Roland plisse les yeux pour les examiner un à un. Son cœur s'arrête quand son regard tombe sur un homme en chemise et pantalon de toile noire aux plis impeccables, cheveux épais mais disciplinés, coiffés en arrière. Il le reconnaît sans l'ombre d'un doute : sa grande taille, ses mouvements de panthère, son look soigné, sa bouche épaisse, tout respire l'odeur du mâle dominant, naturellement à l'aise et sûr de lui. Ali Hassan est ni plus ni moins la version orientale de Marlon Brando. Voilà six mois que Roland essaye de l'approcher, glanant et recoupant des informations pour pouvoir l'identifier. À présent, il doit le rencontrer ; découvrir son regard derrière les verres fumés ; savoir à quoi ressemble l'homme pour qui Georgina a sacrifié sa réputation.

Au moment où Ali Hassan retire ses lunettes, Roland est frappé par ses yeux, d'où semble jaillir un faisceau vert. Son corps tout entier dégage une attraction magnétique. Roland tente de se rapprocher mais le secteur a été sécurisé et interdit au public. Il se ravise. Si Ali Hassan est occupé au Bain Militaire, c'est que Georgina est seule dans l'hôtel où ils logent, du moins s'il en croit la rumeur qui circule depuis que leur liaison a éclaté au grand jour.

« Entrez », dit-elle d'une voix faible. Quand Roland ouvre la porte, Georgina le reconnaît mais reste couchée dans la pénombre sans bouger. Si cette vie ne lui va pas, songe-t-elle, elle n'a qu'à faire comme les autres filles : se trouver vite fait bien fait un chic type de bonne famille et l'épouser sans la moindre tracasserie. Mais elle ne peut se passer de passion et désir. Elle en veut. Et quand elle en a, elle est tourmentée par ses états d'âme, le vide et la solitude. Elle déteste la solitude. La solitude agit sur elle comme un miroir dans lequel elle contemple son reflet. Quand il n'y a plus de copines avec qui s'amuser, plus de fans pour l'admirer, elle ressent au plus profond d'elle-même ses limites. Elle ne sera jamais une bonne actrice, ni un mannequin à succès, ni une bonne styliste. Même en se forçant, elle n'arrive pas à s'intéresser à ce qui l'entoure, à ce que font les autres, ce qu'ils disent, ce qui les taraude, ce qui tracasse son pays et le genre humain en général. Elle n'est pas portée par une cause comme Ali Hassan. Elle, son étoile, c'est lui. Alors que la planète entière a chaviré pour elle et qu'elle aurait pu étouffer sous les tonnes de lettres hystériques et enflammées venues des quatre coins du globe, alors qu'elle portait haut les couleurs du Liban et de sa jeunesse, qu'elle en était l'icône, c'est lui qui est devenu le centre de son univers. Et pourtant, dès la première fois, elle lui a trouvé des airs de la plus grosse erreur de sa vie. Même en cherchant bien, elle n'aurait pu imaginer une plus mauvaise idée que lui, pour elle. Donc, pourquoi une telle erreur ? Pourquoi lui ? *Pourquoi ? Pourquoi ?*

Mais au fond, pourquoi chercher des motifs ? Est-ce que tout s'explique ? Est-ce que tout *doit* s'expliquer ? Il a mis son doigt sur mon deuxième cœur, celui qui bat dans mon ventre, n'est-ce pas suffisant ? Voilà ce qu'elle voudrait crier à sa famille et à tous ceux qui lui font des remarques. Chaque fois qu'elle retourne à Achrafiyeh, il lui faut braver la litanie de regards noirs, pleins de sous-entendus, qu'on lui lance dans la rue. Et quand elle arrive enfin chez ses parents, c'est pour se heurter à des messes basses. Ils chuchotent dans le salon puis sa mère se met à sangloter dans les bras de son père. Les chrétiens lui en veulent de coucher avec l'ennemi. Les musulmans lui en veulent de ne pas avoir su ramener les chrétiens à la raison. C'est comme si elle avait trahi tout le pays. Pour finalement se retrouver seule dans une chambre d'hôtel. Honteuse et insatisfaite. Triste. Dégoûtée. Allez, encore un état d'âme et elle les aura tous passés en revue...

— Georgina ? hasarde Roland. Tout va bien ?

Figé sur le pas de la porte, c'est tout ce qu'il parvient à murmurer. Sa voix s'étrangle. Il n'ose esquisser le moindre mouvement.

— Entre. N'aie pas peur. Tu viendrais t'allonger ? Non, pas à côté, viens sur moi. J'aimerais sentir le poids de ton corps. Que tu me couvres entièrement. Oui, comme ça. Attends, ne bouge pas. Ton cœur... Dieu comme il bat vite. Je n'ai jamais senti un cœur battre aussi vite. Viens...

Sa voix est à peine audible, et pourtant si insistante que Roland s'exécute. Il caresse son visage et ses yeux du bout de ses doigts tremblants. Il lui souffle à l'oreille qu'il l'aime, qu'il l'aimera toujours, qu'on ne peut pas ne plus aimer une personne qu'on a aimée de tout son être. Georgina le repousse brusquement et lui dit que si, ça arrive tout le temps.

— Moi, par exemple, je me souviens très bien de l'amour que j'avais pour toi, mais je ne le ressens plus. Tu verras, ça te passera aussi.

Sa voix a changé, et c'est alors que Roland remarque que les yeux de Georgina sont devenus entièrement verts, d'un vert puissant et métallique, traversés du même éclat froid que ceux d'Ali Hassan. Plus la moindre trace des doux reflets de miel. Il se lève et grogne d'un ton mauvais :

— Moi, c'est ta beauté intérieure que je ne ressens plus. Alors, ça fait quoi d'être la maîtresse d'un Palestinien, musulman, terroriste, marié et beaucoup plus vieux que toi, tout ça d'un coup ? Je plains ta famille. Moi qui ai toujours pensé que tu ferais une bonne maman… Heureusement qu'il n'y a pas que les enfants dans la vie, surtout en temps de guerre. Mais dis-moi, n'est-ce pas des bleus que je vois là, sur ton corps ?

La tête renversée, Georgina éclate de rire.

— Violent aussi, tu oublies violent ! Si j'étais toi, j'interviendrais dès que possible. Il y a des armes planquées par dizaines dans les placards et sous le lit. Prends celle qui te convient, à mon avis la plus simple, et va, délivre-moi du mal. Tu le trouveras au Bain Militaire.

— Je sais où il est. Au fait, ça te plaît ? demande-t-il en se retournant, la main posée sur la poignée de la porte.

— Quoi donc ?

— Ici. Mon ancien quartier. Maintenant que j'habite vers chez toi, toi tu es ici.

— Ici ou là, cette ville m'épuise… Toujours en plein drame, énervée ou plongée dans une inertie semblable à la mort…

La porte claque. Allongée sur le dos, Georgina reste pensive un moment. Elle a passé une partie de la matinée à regretter les jours anciens, elle va passer l'après-midi à appréhender le futur. Peut-être, songe-t-elle, que si elle n'essaie pas de remplir coûte que coûte le vide en elle, elle finira tout simplement par ne plus le ressentir. Elle se retourne dans le lit et s'enfouit sous les draps.

La chaleur est maintenant écrasante, le soleil se brise en morceaux sur la mer et le béton. Roland marche le long de la Corniche. Georgina a occupé son esprit durant des années, pour en arriver là. Jamais il n'aurait cru possible de ressentir un tel vide. Elle pourrait être morte qu'il n'en éprouverait pas de plus grand. Pourtant, en ce dimanche

matin, rien n'a changé autour de lui : les mêmes
baigneurs qui se prélassent sur les rochers, les
mêmes bavardages, les mêmes chicaneries, le sang
qui tourne, le ton qui monte et les mêmes salves
d'injures particulièrement élaborées qui remontent
à plusieurs générations. Kalaches sur l'épaule,
des couples tendrement enlacés se dirigent vers
la plage ; des jeunes filles font du stop en bikini
dernier cri et hululent dès que passe une Harley
Davidson des forces de sécurité intérieure ; les
marchands ambulants continuent de proposer de
leur voix criarde des épis de maïs grillés ; avec une
audace acrobatique, quelques plongeurs s'élancent
encore du rocher de la Grotte aux Pigeons. Depuis
le début de la guerre, la ville en est à son seizième
suicide, mais personne n'a souhaité endiguer cette
vague cauchemardesque en interdisant l'accès au
rocher.

Anéanti, Roland poursuit son errance le long de
la promenade, arrive au Saint-Georges et pénètre
dans ce qui fut jadis un grand hôtel, où l'on venait
se détendre à la terrasse du restaurant, boire une
bière et croquer des carottes citronnées dans une
atmosphère chic et décontractée. Les jeunes
hommes rangeaient leurs polos marine superbe-
ment repassés dans leur sac de plage, les jeunes
femmes aux allures d'impératrice exhibaient leur
bikini Saint-Tropez années 1960, allongées sous
les parasols, hilares et finement maquillées. On se

la coulait douce, sans hâte, sans souci, heureux et indolents. Maintenant, des canots éventrés flottent dans la marina, sans pour autant décourager les habitués qui, non loin de là, en jet-ski, tracent des figures à la surface de l'eau.

À l'intérieur, lustres, robinetterie, marbre, tout a disparu jusqu'à la dernière dalle. Seules restent sur les murs des inscriptions qui témoignent de la bataille : le nom de guerre d'un combattant ou une croix gravée. Un léger vent siffle à travers la carcasse calcinée de ce glorieux palace, plongé dans un silence plombant. Roland marche sur un keffieh qu'il ramasse. Sale et taché de sang ; il ne reste plus grand-chose de la gloire du Palestinien qui se bat pour récupérer sa terre et encore moins du type qui a sauvé l'honneur des Arabes. Roland comme tant de Libanais a cru à une révolution pacifique et civilisée, mais au lieu de ça, il y en a pour des milliards de dollars de dégâts, des gens sont morts par dizaines de milliers, des familles entières ont été brisées. Et ce bel hôtel aux façades roses criblées de balles ? Aussi malmené que lui. Mais qu'on le tue ! Qu'un franc-tireur lui perce la poitrine et qu'on en finisse. Allez ! Il y a quelques mois encore, cette zone était la plus chaude de la capitale. La bataille des Grands Hôtels s'était jouée ici : un combat aussi spectaculaire que destructeur, à l'épicentre de la frontière entre l'Est et l'Ouest de la ville. La ligne qui maintenant divise chrétiens et musulmans, comme la jonction de Georgina et Ali Hassan, est brûlante et périlleuse. Ici, seuls quelques arbustes continuent à poindre vaillamment.

Arrivé à Achrafiyeh, dans l'une des ruelles en bas de la colline, Roland est attiré par un petit écriteau orné d'une ampoule rose vacillante qui annonce : *Chez Mira, la bonne aventure : tarots, lignes de la main, marc de café.* Une clochette tinte, il pénètre l'échoppe plongée dans la pénombre et murmure :

— Il a suffi d'une erreur, une erreur ! Et je l'ai perdue…

Il s'installe à la table de la dénommée Mira, qui a éteint la radio portative et regroupe à la hâte dans un calepin une série de feuillets annotés en lui répondant distraitement :

— Tu n'as pas de chance mon petit, une erreur, ce n'est pas assez ou c'est déjà trop. Lignes de la main ou tarots ?

— Café, il n'y aurait pas du café ? Ce que je veux, c'est lui faire mal avec mes pensées…

La voyante lève les yeux pour dévisager le jeune homme et ses sourcils se froncent par paliers.

— Non, non, non… Tu vas mal mon garçon, dit-elle en secouant la tête. Tu es tout négatif.

Les mains posées à plat sur la table, elle prend une longue respiration, les yeux fermés.

— Écris sur un bout de papier le nom de la personne dont tu veux te venger, ou mieux, prends une photo d'elle et place-la dans un bocal au congélateur. Attention, la réaction est souvent très puissante. Assure-toi qu'il n'y ait pas d'aliments ni de bouteilles au congélateur. Il ne faudrait pas que les ondes négatives ainsi évacuées soient aussitôt absorbées ailleurs, par ce que tu pourrais manger ou boire. Ne commets pas d'erreur de jugement. Choisis la bonne personne. Et fais-le, si tu ne veux pas devenir fou.

De retour chez lui, Roland se précipite dans la chambre de Micky. Il sort du tiroir de sa table de chevet son cahier sur le Liban, en feuillette fébrilement les pages, tombe sur la planche de timbres à l'effigie de Georgina, en arrache un et se dirige vers la cuisine. Quand il ouvre le congélateur, des nuages de brouillard froid s'échappent en cascade. Roland le vide. Il mange trois glaces, en donne deux à Micky et distribue le reste à ses parents et grands-parents, surpris par la soudaine amabilité de leur fils, trop souvent de mauvais poil. Encore sonnés par leur réveil tardif et les événements de la nuit, ils n'avaient pas remarqué son absence. Assis sur la terrasse, ils sont tous en train de boire du café et trempent des petits pains chauds dans un plat de fèves cuites à l'ail et au cumin débordant d'huile d'olive. Sur la table se trouvent des coupelles de *labné*, de belles tomates tranchées sur un tapis de menthe, des olives vertes et des petits radis croquants.

— Ta grand-mère n'a pas eu le cœur de préparer un vrai repas, on a improvisé.

— On mélange sucré et salé, chaud et froid, ajoute Micky en léchant sa glace.

Micky a déjà quatorze ans et paraît avoir poussé un peu trop vite. À l'exception de ses yeux bleu azur et de sa blondeur, il ressemble comme deux gouttes d'eau à Roland au même âge, bien qu'il soit plus chétif et plus pâle. Inquiète de sa maigreur et de ses troubles du sommeil, sa mère a fait des provisions de sirops Périactine et Nopron. Une cuillerée de Périactine trois fois par jour pour lui ouvrir l'appétit, une cuillerée de Nopron au coucher pour favoriser l'endormissement. Une angoisse diffuse l'habite, ainsi qu'un sentiment d'étrangeté. Jour après jour, il voit ce qu'il reste de son monde familier s'effriter comme un château de sable. Il répète, sans que personne ne comprenne ce qu'il entend au juste par là, qu'il « ne se sent plus sur Terre ». Depuis qu'il est installé chez ses grands-parents, il passe la plupart de son temps dans sa chambre à parcourir les albums photo de la jeunesse de ses parents. Il y a une photo en particulier sur laquelle il s'attarde : sa mère danse et rit aux éclats dans une soirée huppée, sa robe fouettant ses longues jambes, et son père, bronzé, musclé, la chemise déboutonnée jusqu'au ventre, virevolte autour d'elle.

Cette image lui fend le cœur. Il n'a jamais plus revu ses parents aussi épanouis qu'à l'époque où ils s'habillaient pour sortir dîner, trinquer et danser. Petit, quand il comprenait, le soir venu, qu'ils s'apprêtaient à sortir, il les observait à travers la buée de la salle de bains, l'estomac noué. Plus ils se faisaient beaux, plus l'angoisse grimpait : il ne voulait pas que ses parents le laissent seul la nuit. Mais à l'instant où ils apparaissaient, grands et nimbés d'un nuage parfumé de laque et de crème après-rasage, sa peur laissait place à un sentiment de fierté. Sa mère se baissait et lui frôlait le front de crainte de gâter le rouge de ses lèvres, son père secouait ses clés au fond de sa poche, comme un signal. Sa femme faisait alors tinter le carrelage de ses talons aiguilles. Ses parents étaient beaux et élégants, ils avaient l'air heureux et ils étaient libanais.

Maintenant, c'est pour son frère qu'il se fait du mauvais sang. Crispé comme un crabe, il se ronge les ongles jusque tard dans la nuit en attendant le retour de Roland, et n'est soulagé qu'une fois qu'il l'entend respirer dans la chambre d'à côté. Son père aussi est devenu une source de soucis. Dépassée par les événements, l'armée entière s'est retrouvée frappée de paralysie. Et sous les pressions continuelles de Magda, Antoun a fini par accepter un poste de capitaine sur les longs courriers de la Middle East Airlines : il a troqué sa belle tenue galonnée de pilote de chasse et de lieutenant-colonel contre un uniforme de commandant de bord. Mais l'aéroport aussi est hors-service un jour sur deux, parfois plusieurs semaines de suite, et Micky tombe souvent sur son père, une cigarette à la main et la main sur le front, en train d'errer dans l'appartement comme une âme en peine.

Alors que son pays, ses parents, son frère ont tous perdu de leur superbe, lui a récupéré les piles de *Zankha* que Roland était sur le point de jeter lors du déménagement, pour s'en faire une forteresse derrière laquelle se barricader et prier pour que les choses redeviennent comme avant. Mais elles empirent chaque jour un peu plus. Pour la première fois de sa vie, il éprouve un sentiment qui lui deviendra peut-être familier à l'avenir, surtout en couple. Non pas celui qu'on éprouve quand la magie du début se dissipe et qu'on essaye de la faire durer encore un peu, avant de se résigner au fait que les choses ont tout simplement changé. Plutôt ce que l'on ressent quand la menace de l'usure commence à peser sur le couple et qu'on emploie toute son énergie à résister, allez, allez, un jour de plus, un jour après l'autre... De la même manière, il gribouille dans son cahier, il cherche frénétiquement les mots pour décrire son Liban, le contenir en quelques phrases, l'encapsuler, le mettre à l'abri dans une boîte bien solide et étanche, où rien d'autre ne pourra lui arriver ; vite, vite, avant que le pays ne disparaisse, qu'on ne le reconnaisse plus ou qu'on l'ait oublié.

> « *Petit. Beau et racé.*
> *Varié. Sophistiqué. Mythique.*
> *Neutre. Libre. Riche et actif.*
> *Chaleureux. Touchant. Attendrissant. Attachant.*
> *Hybride. Sensuel. Envoûtant. Insaisissable.*
> *Complexe ou compliqué ?*
> *Défectueux.*
> *Violent.* »

Au fil de son cahier, on retrouve le Liban sous toutes ses facettes, comme un bien rare et dangereux, hautement prisé, à manipuler avec soin. Micky prend un crayon et, sur une page blanche, il écrit : « *Toujours aussi petit, petit comme un poing, on en fait le tour en un jour et une nuit. Comment un si petit pays a-t-il pu causer autant de dégâts ?* »

En fin d'après-midi ce dimanche, Ali Hassan passe voir Arafat. À son arrivée, celui-ci lève la tête de la bande dessinée qu'il est en train de lire, le toise d'un œil sévère et lui lance sur un ton sec : « Épouse-la ou quitte-la. Les leaders n'ont pas de maîtresse. » Il sait qu'Arafat est du côté de sa femme, Nashrawan, et que celle-ci est passée à plusieurs reprises lui demander conseil, pour qu'il l'aide une bonne fois pour toutes à régler cette affaire. Nashrawan est à bout, et Ali Hassan, profondément confus de ce qu'il lui fait subir. Il a toujours su faire la distinction entre sa femme et toutes les autres. Pour lui, il n'est pas possible que la femme avec qui l'on fonde un foyer puisse apporter autant de plaisir sexuel qu'une inconnue qui le restera et à qui on n'a pas de comptes à rendre. Des autres filles, il a toujours pu prendre et recevoir le meilleur, sans se coltiner les mauvais côtés. Juste l'excitation de la conquête et du sexe. Sa femme lui apporte l'inverse : confort, stabilité, solidité. Il la place au même rang que sa mère et sa sœur. D'ailleurs, il a divisé la gent féminine en deux catégories. D'un côté, il y a le fonctionnel et le solide : l'architecture. De l'autre, l'esthétique et le frivole : la décoration. Sa femme, c'est de l'architecture. Ses amantes, de la décoration. Et jamais il n'aurait cru possible qu'une femme puisse lui apporter les deux à la fois. Or, avec la nouvelle vague du design qui déferle sur les véhicules, les meubles, les intérieurs, on a réuni décoration et architecture. Et en Georgina, à la fois belle et utile, il a trouvé son design.

En quittant Arafat, Ali Hassan se rend chez sa femme, plus lasse et fatiguée que d'habitude. Elle lui prépare un café puis s'allume une longue cigarette.

— Ali, tant que c'étaient des filles avec qui tu t'amusais, et Dieu sait combien tu en as eues, ça passait, je pouvais fermer les yeux. Mais là, ça devient embarrassant. Ça fait des mois que tu vis la moitié du temps avec elle à l'hôtel. Toute la ville est au courant. Cette fausse clandestinité me pèse et m'humilie. Je préfère encore que tu officialises ta relation.

Ali Hassan soupire. Il ôte délicatement la cigarette d'entre les doigts de Nashrawan et la porte à sa bouche, en aspire une bouffée, puis la lui rend. En secouant la tête, saisi par une tristesse mystérieuse, il déclare que ses fils lui manquent, que dès que la situation se sera calmée, il passera plus de temps avec eux.

Puis il rentre à l'hôtel, plus tôt que prévu. Georgina, qui vient de prendre un bain, est vêtue d'un peignoir blanc. Sans un mot, elle s'allonge à côté de lui sur le lit. Il la serre fort dans ses bras.

— Je n'aime pas lire, je n'ai peut-être lu qu'un seul livre dans ma vie, j'en sais rien, mais toi, tu me donnes envie de te lire et te relire à chaque fois que je te vois.

Georgina se redresse, le cœur battant.

— Alors tu vas divorcer ?

— Ça, non. Je ne demanderai pas le divorce à ma femme. Je ne lui ferai jamais ça, ni aux enfants. Mais je peux t'épouser, j'en ai le droit. Georgina, veux-tu devenir ma deuxième femme ?

Une secousse fait soudain trembler la chambre.
Les bombardements ont repris ce soir, côté Ouest.

— J'ai enfin pu avoir Ammo Émile au téléphone, dit Magda en reposant le combiné. Ils sont
à nouveau sous les obus et les tirs de missiles de
l'autre côté. Les routes sont coupées, ils vont coucher sur le palier cette nuit. Ils ne peuvent plus
continuer comme ça, ils doivent partir de là-bas.

— Mais combien de temps encore ça va durer ?
interroge Micky.

— Ce que Dieu veut, on n'y échappe pas,
comme diraient nos frères... soupire Geddo
Gilbert en levant les mains au ciel.

— Mais eux, que veulent-ils concrètement ?
Revenir au désert et aux chameaux ? Comment
pourront-ils jamais progresser s'ils ne jurent que
par Allah ? s'écrie Téta Henriette.

— Les Palestiniens cherchent à épouser des
Libanaises, de préférence chrétiennes, pour prendre
la nationalité et accentuer le déséquilibre entre les
communautés, annonce Antoun.

— Comme nos musulmans qui se reproduisent
en masse dans un but démographique, dit Magda.

— Pour ensuite se plaindre de ne plus pouvoir
assurer les besoins de leur famille et accuser les
chrétiens d'être riches ! renchérit Téta Henriette.

Qu'ont-ils tous à vouloir s'accoupler outre mesure et épouser quatre femmes ? Ils nous détestent !

— Maman ! Tu sais bien qu'Antoun n'apprécie pas que l'on caricature…

— Cessez vos balivernes d'Européens, tous les deux ! reprend Téta Henriette. Ils ne supportent pas qu'on puisse préférer la langue française et la culture occidentale aux causes politiques du monde arabe. Ils nous reprochent de ne pas nous considérer comme des Arabes. Arabes ? Nous ? Mais d'où leur est venue cette idée saugrenue ? Qui diable leur a fourré ça dans le crâne ? Ça doit encore être une fabulation sioniste…

— Mais toi, Téta Henriette, tu es pour qui ? demande Micky.

— N'écoute pas ta grand-mère, mon petit, lui souffle Geddo Gilbert, elle a pris trop de vitamines ce matin.

— Moi ? Je suis anti tout le monde, mon chéri.

Et tout en insultant la totalité du Moyen-Orient, que la malchance s'abatte sur eux ! Puissent-ils tous pourrir en enfer…, Téta Henriette se lève pour allumer le téléviseur. Aux nouvelles du soir, une voyante bat les cartes du tarot. Elle les bat encore et encore, comme pour dissiper le sale brouillard cosmique qui s'est emparé du pays. Malgré les entités malveillantes qui l'avaient invoquée, elle prédit la fin imminente de la guerre. Roland part faire un tour sur la terrasse.

— Ne reste pas si près de la vitre, mon grand, c'est dangereux.

Sa silhouette immobile se découpe sur le ciel pourpre. Le paysage qui s'offre à lui est bizarrement beau : les explosions rouges au loin, leur léger décalage avec les bruits sourds de l'impact, les vapeurs rougeâtres au milieu des tours et les nuées de fumée noire de l'artillerie lourde, la mer terrassée de flaques roses, les nuances mauves que prennent les fins de journée d'un été levantin... Il passe le revers de sa main sur ses yeux embués de larmes.

Fin février 1977

« *Au Liban, carrefour de l'Asie, de l'Afrique et de l'Europe, se côtoient avec joie l'Arabe, le juif levantin, le Turc, l'Arménien, le Kurde et le Persan. Cité idéale du Levant et de l'Orient mythique, c'est avec grâce que Beyrouth a été touchée par l'Occident, son chic, son urbanité raffinée. Le Liban a pris le meilleur de l'Occident comme de l'Orient, les amalgamant de façon unique ; cosmopolite, exotique et à la pointe du confort, le pays offre un vrai voyage à cheval entre deux mondes, mer et désert, tradition et modernité.* Ministère du Tourisme du Liban, 1967. »

Cahier de Micky

Les pages suivantes sont griffonnées d'esquisses représentant le Liban sous forme de petits objets futuristes aux accents pop.

Beyrouth d'antan avait été un joyau d'avant-garde. Imaginez une bague de mariage faite des pierres les plus rares, taillées comme des sculptures, et dont l'éclat de chaque facette varie au gré de la lumière. De luxueuses avenues étincelaient de l'allure grisante des vitrines ; placettes et jardins encadrés d'habitations chatoyaient sous le soleil ; partout flottait un air de liberté. Au centre-ville, l'horloge parlante de la place des Canons annonçait en trois langues différentes qu'il était midi, suivi de l'hymne national, et au bout de chaque rue, par de fines trouées verdoyantes entre les immeubles, on voyait le bleu de la Méditerranée. En contrebas des balustrades cossues qui défiaient le large, une mer limpide chatouillait les rochers. Insouciants, loin des horreurs qui agitaient le reste du monde, on vivait dans la nonchalance d'un présent heureux, on flânait le long de la Corniche, le regard happé par les collines surplombant la capitale, là où avec une extrême minutie, la nature a disposé ses cèdres, ses chênes et ses pins. Le parfum du jasmin, de l'eucalyptus, du frangipanier, dont les branches capiteuses et sucrées flirtaient avec les orangers en fleurs, se répandait jusqu'au creux des coupelles aux couleurs vives où l'on trempait une bouchée de pain avec une douceur de vivre hors du commun.

Les Libanais en ce temps-là étaient fiers de leur pays. Ils en parlaient comme de la Suisse du

Moyen-Orient, comme du coffre-fort du Levant, comme du Paris de l'Orient.

Leurs voisins le leur ont fait payer cher.

Antoun contourne une église aux vitraux brisés. Les statues en plâtre de la Sainte Vierge ont été détruites et le sexe du Christ est criblé de balles. Quelqu'un a placé à ses pieds un petit rameau d'olivier tout sec. Il passe devant l'entrée d'un parking souterrain où un prêtre en soutane et son homme de chœur, mitraillettes en bandoulière, célèbrent la messe. Seul un écho de voix égrenant des prières lui parvient. Il échange deux mots avec le soldat de garde qui roule un chapelet entre ses doigts. Sur la crosse de sa mitrailleuse est scotchée une image représentant saint Nicolas, mains jointes et visage tourné vers le dôme céleste peuplé d'angelots. Il y a du sable dans le vent et de petits grains dorés se sont déposés sur les longs cils du soldat. Trois tanks passent avec un Jésus en bronze cloué sur une croix soudée à l'avant. Antoun leur fait le salut militaire. Des crucifix déglingués trônent dans les étagères de la librairie. Antoun achète les journaux et rentre chez lui, en peignoir à rayures, lunettes de soleil sur la tête.

Titre en une : « Plus jamais ça ! » C'est ce qu'avaient crié tous les Libanais en chœur. De grandes photos qui s'étalent sur deux pages montrent

L'âge d'or

des accolades entre musulmans et chrétiens. Les articles suivants relatent les réactions de la presse à l'international. Les Français annoncent : « Au fond, les Libanais sont des gens raisonnables, nous savions qu'ils finiraient par retrouver leurs esprits. » Les neuf États de la Communauté européenne soutiennent le pays du cèdre et chaque ambassadeur en poste se réjouit du retour au calme et au bon vieux temps. La fin de la guerre a été déclarée.

— Trop tard. Le mal est fait. Et il vient de très loin…

— Cesse de râler, Antoun, tu dis ça parce que l'armée ne s'est pas encore remise sur pied. Je pensais que ça t'allait de piloter des avions de ligne en attendant. Beaucoup n'ont pas eu cette chance.

— Tu parles ! Je n'ai même pas pu effectuer plus de cent vols, avec cet aéroport fermé un jour sur deux.

— C'est fini tout ça. Va plutôt te préparer, au lieu de geindre. Je te rappelle qu'on est attendus à déjeuner.

Micky saisit le journal :

— Ils annoncent le mariage de Georgina !

Cette union mixte et hautement controversée, source de violentes polémiques entre voisins, était finalement perçue comme une victoire sur la guerre. Plus que de marquer la réconciliation entre les deux parties de la population qui s'étaient déchirées, elle en consacrait l'unité et révélait avec glamour le métissage culturel et géopolitique qui caractérisait le pays. Le couple formé par Ali Hassan et Georgina symbolisait maintenant l'avenir et l'espoir du Liban. Georgina était resplendissante. Micky en voulait encore à son frère de ne pas avoir su la garder. Des dizaines de filles qu'il avait entrevues se faufiler dans la chambre de Roland ces dernières années, il n'en avait pas trouvé une seule qui arrivait à la cheville de Georgina. Aucune n'était aussi radieuse qu'elle. C'étaient tout au plus de pâles imitations.

— Antoun, si tu ne te prépares pas tout de suite, je te jure que je téléphone à ma mère à Paris pour lui dire que la voie est libre et qu'ils peuvent rentrer. Non ? Alors va te faire beau, qu'on sorte un peu !

Les draps qui claquent, le bruit des tapis que l'on bat sur les balcons, celui des klaxons et du trafic : le bourdonnement de la ville se fait entendre jusqu'au neuvième étage. Magda se plaint de la tempête de sable à venir et ferme les baies vitrées. Depuis la chambre, Micky perçoit dans la salle de bains le son de la lame du rasoir contre l'émail du lavabo et le clapotement de l'eau. Ce rituel de son père lui a beaucoup manqué. Il referme le journal sur la rubrique des mondanités.

Tandis qu'Antoun, cette année, a peu à peu troqué sa chemise blanche à épaulettes et sa cravate bleue contre un vieux peignoir à rayures vertes, transportant son air lugubre de pièce en pièce et empilant dans des cartons les journaux qu'il décortiquait dans le but de trouver une raison à ce gâchis aussi vaste que le monde, Micky a épluché ces mêmes pages à la recherche d'autre chose : la description minutieuse des marques et modèles des voitures piégées. Il a recopié ces articles dans son cahier. Il estime que la ville a atteint un taux de 12 % de destruction. Il y a maintenant un million de trous et de cassures dans les routes, les façades d'immeubles, les murs des maisons, et même dans le regard des gens, leurs comportements et leurs conversations. Il ne voit plus que des brèches à colmater et des choses à réparer. Un million, c'est encore remédiable, mais il ne faut surtout pas laisser le temps à la moindre fêlure de grossir, sans quoi elles finiront par former ensemble un gigantesque gouffre par lequel ils seront tous avalés. Sa mission est de faire obstruction à ce scénario catastrophe et, chaque fois qu'il descend dans la rue à la recherche d'objets divers, il marche comme s'il était à la tête d'une équipe de six réparateurs, pistolet à colle en main et réservoir de silicone dans le dos, affrétés pour reboucher les failles.

À présent que la ville est en passe d'être reconstruite, il s'est en effet découvert une nouvelle vocation : tout ce qu'il trouve de cassé dans la rue – téléviseurs, téléphones, radios, chaises, ustensiles, appareils électroménagers –, il le récupère et le répare, en mieux et en plus beau, comme le Phénix qui renaît de ses cendres. Avec plus de volonté que de technique, il a déjà transformé un vieux transistor en une paire de talkie-walkie fonctionnelle, et une machine à laver la vaisselle en bibliothèque futuriste.

— Il y a de quoi déjeuner à la cuisine, chéri, mais si tu préfères, va chez ta tante et tes cousins. Je leur ai dit que tu étais seul ce midi. À plus tard, mon trésor.

En voyant ses parents sur le pas de la porte, Micky se dit qu'ils ont pris comme un coup de vieux, ou qu'en tout cas quelque chose sonne faux. Ils sont peut-être moins lumineux qu'avant, les traits légèrement plus tirés, le pas plus lourd, l'œil moins vif. Il chasse cette pensée. Il leur suffira de quelques semaines de calme pour récupérer.

— Est-ce que tu as la moindre idée de tout ce qui se trouvait au port ? Des milliers de réfrigérateurs et des bouteilles de champagne Krug, des tonnes de bidons d'huile d'olive et de boîtes de petits pois, des milliers de mètres carrés de moquette, des pots de peinture, des fourneaux à gaz, des tracteurs Ferguson, des bétonnières, des hangars entiers de générateurs et de chaînes d'embouteillage Pepsi-Cola, tout ça pour reconstruire le Liban fois deux ! s'exclame Roland.

— Tu cherches à te reconvertir en voyou professionnel ou c'est enfin l'idée de la reconstruction qui te branche ? répond Sharif.

— Vous allez finir par me lâcher la grappe tous, ou quoi ?

Ces derniers temps, ses parents le critiquent trop pour qu'il ne prenne pas cette remarque comme un reproche. Ils lui serinent qu'ils lui ont toujours laissé faire ce qu'il voulait, qu'ils ne l'ont pas obligé à suivre les pas de son père et à entrer dans l'armée, qu'ils ne l'ont pas forcé à devenir pilote ni quoi que ce soit d'autre – comme si c'était une faveur qu'ils lui faisaient. C'est vrai qu'ils ne lui ont jamais rien imposé et qu'ils l'ont laissé libre dans le choix de ses études, de ses fréquentations, de son mode de vie, mais n'est-ce pas le propre des parents que de souhaiter à leur enfant de trouver sa voie et de l'embrasser pleinement ? Et leur rôle, de l'encourager dans cette voie, peut-être même de l'aider en lui fournissant les moyens d'y parvenir ? N'est-ce pas le propre de la vie, l'objectif suprême de l'existence, de devenir soi-même ? N'est-ce pas normal, alors, de faire ce que l'on veut quand on a la chance de savoir ce que l'on veut ? demande Roland, qui ne comprend pas comment on peut lui en vouloir, lui qui a si brillamment réussi ses études sans l'aide de personne.

Ce que Sharif n'arrive pas à lui faire entendre, c'est qu'après les études, il y a la vraie vie, et que, dans la vie, il y a ce qu'on veut faire, ce qu'on doit faire et ce qu'on peut faire.

— En plus, tu ne sais toujours pas différencier ce qui te fait plaisir de ce qui te fait du bien. Tes filatures et tes petites enquêtes sur tel ou tel bonhomme, tes magouilles de drogue entre je ne sais qui, le fric que tu te fais va savoir comment, tout ça, c'est du vent !

En quelques mois, Beyrouth est devenue une sorte de Mecque du banditisme. Les différents groupes, sous-groupes et groupuscules armés grenouillant au Liban ont contribué à la croissance de gangs mafieux qui ne font que rendre la situation plus sulfureuse. La multiplication des officines, l'émergence des trafics d'influence, d'armes, de drogue, de contrebande et l'accaparement de produits de première nécessité, tout cela alimente un désordre massif sur fond de corruption. Siège de plus de quatre-vingts banques, le Liban vient de faire une entrée fulgurante dans le Livre des Records, section vols et pillages, suite à la rafle en une nuit des trésors de la rue des Banques : quatre hectares de coffres-forts ont été nettoyés. Selon la rumeur, des professionnels de la Camorra napolitaine se sont même déplacés pour assister les bandits libanais qui risquaient de manquer de doigté.

— Tu n'as pas le calibre, tu joues avec le feu, reprend Sharif.

Il toise Roland, puis lui demande de daigner au moins lui venir en aide dans la gestion de son bar. Voilà un an que Sharif a ouvert son bar à Ras Beyrouth : malgré la guerre, il a tout de suite eu du succès. Les gens n'avaient pas cessé de sortir, ne faisant plus la différence entre le lundi et le samedi. Certains venaient parfois juste pour trouver des glaçons et de l'électricité. Il y avait de tout, des jeunes et des moins jeunes, des journalistes locaux ou étrangers qui venaient se détendre après avoir couvert les combats au centre-ville, des bénévoles de la Croix-Rouge et de Médecins sans frontière. En temps d'obus, la plupart restaient jusqu'à 6 heures du matin pour attendre que ça se calme, les filles ne se départaient plus de leur brosse à dents et d'une culotte de rechange, glissée au fond de leur sac à main. Les amis de Sharif préféraient passer la nuit dans le bar plutôt que de tenter une folle traversée de la ville. On était au cœur de la guerre, les gens sortaient pour s'enivrer, le groupe était soudé comme jamais, et tous sentaient que la ville leur appartenait.

Roland s'est laissé pousser de larges favoris broussailleux jusqu'au bas des joues et coiffe ses mèches de cheveux en arrière avec du gel. Il ne s'habille plus qu'avec une veste en cuir noir, un tee-shirt blanc et un jean évasé. Il ne couche qu'avec des filles qui se prénomment Georgie ou Georgia, ne fume plus que du haschich, touche un peu à la coke et, pour Sharif, il ne fait aucun doute qu'à chacun de ses passages d'un secteur à l'autre de la capitale, il traficote de la drogue avec des gangs interlopes de jeunes miliciens phalangistes et progressistes.

— Progressistes, mon cul ! Ils sont aussi réactionnaires que les autres…

Malgré ses airs de type engagé jusqu'au cou dans des activités pro-palestiniennes clandestines et son fantasme de pénétrer le monde des négociations feutrées et des manœuvres de l'ombre, Roland n'a pas trouvé sa place dans l'anarchie ambiante. D'un côté, il ne supporte plus Achrafiyeh, banlieue résidentielle sans grand intérêt, tenue par les phalangistes, prototypes de zazous qui chancellent sans tomber et s'enivrent sans se saouler. De l'autre, il crache sur les intellos de l'extrême gauche libanaise, dits « progressistes », révolutionnaires de salon à pattes d'eph, qui passent la plupart de leur temps bien calés au fond de leur palace, un pétard au coin des lèvres. Et plutôt que de se mêler aux jeunes gens branchés à l'accent parisien, aux couples lookés dernier cri londonien, assis en grappes chaque soir dans les mêmes fauteuils du bar de Sharif, autour des mêmes tables rondes pour commander les mêmes magnums de champagne, il préfère hanter les chaises hautes du bar, là où les reporters étrangers se retrouvent pour avaler des Black on the rocks et deviser à voix basse. Sa seule obsession est

Ali Hassan. Il copine avec les journalistes pour tenter de leur soutirer des renseignements et glaner des infos.

— Une certaine Georgette m'a demandé de tes nouvelles, annonce Sharif. Je lui ai dit que tu étais cinglé.

— Te fatigue pas, c'est fait, lâche Roland, l'air d'avoir accompli sa mission comme un gangster sans âme.

— Bon Dieu ! Mais tu as couché avec toutes mes employées ?

— J'étais trop fatigué pour refuser.

Il n'est peut-être pas épanoui, il souffre d'angoisses diverses, mais ce n'est pas une raison pour agir ainsi, pense Sharif. À la vérité, Roland est dans un état second, pour ne pas dire un état troisième, tant il se sent loin de son corps.

— Sérieux, cousin, ce puissant instinct de vie qui t'habite associé à une tout aussi forte pulsion de mort, ça m'inquiète. Tu n'étais pas comme ça, avant. D'où ça te vient ?

Roland hausse les épaules, sort une bouteille de soda, un décapsuleur et se sert un verre.

— On vit dans la pire ère de la civilisation humaine, on descend de la pire race, on a la pire des nationalités, dans le pire des pays possibles de la région la pire du monde. Demande à un psy.

S'il devait rester une photo du séjour de Georgina et Ali Hassan à Disney World en Floride pour leur voyage de noces, ce serait celle où ils avancent, main dans la main, sur l'avenue principale du parc à moitié désert. Ils portent tous les deux une large paire de lunettes de soleil et un pantalon à pattes d'éléphant et, sur leur tee-shirt blanc que recouvre en partie leur veste en cuir, apparaît le doux museau de Bambi. La tête légèrement penchée vers le bas, Ali Hassan, une cigarette fumante entre les doigts, tient un sac duquel dépasse une paire d'oreilles noires de Mickey Mouse. Avec l'élégante autorité d'une star hollywoodienne, Georgina pointe sa main vers la droite, on ne saurait dire en direction de quoi. Ils avancent à grands pas sous un ciel bleu taché de moutons de nuages. Oblique et lumineux, il est fendu par les tours du château du Magic Kingdom qui se dresse à l'arrière-plan.

Ce qu'on pourrait imaginer, c'est que peu avant, Ali Hassan a accepté d'acheter des cadeaux pour ses enfants. Sous le regard de Georgina, il est entré dans la boutique de souvenirs d'un pas réticent et, rangeant ses lunettes de soleil dans la poche intérieure de sa veste, la mine concentrée, ses pupilles frappées par les coloris vifs et écœurants, il est passé des peluches aux figurines, des déguisements aux pyjamas à l'effigie de Peter Pan, Blanche Neige et Cendrillon.

Le voyant dévoiler ce nouveau visage qu'elle ne lui connaît pas, Georgina l'a peut-être surpris en train de se saisir à deux mains de l'ours Baloo pour en examiner les finitions et en palper avec minutie la fourrure grise. Elle s'est peut-être demandé comment un homme aussi grand et fort que lui, accusé des pires atrocités, soi-disant obsédé par la violence et le sexe, pouvait considérer avec autant de sérieux les jouets qui lui étaient proposés, avec la même application et la même patience obstinée que si on lui donnait un nouveau code secret à déchiffrer.

— Georgina, ne me dis pas qu'on va se nourrir comme ça pendant trois jours ! Ce soir, je t'invite au restaurant du Crystal Palace. Soyons fous…

En se léchant les doigts, Ali Hassan débarrasse leur table des emballages de hamburgers, pailles et gobelets en polystyrène tachés de ketchup. Ils viennent de pique-niquer sur une table en bois. Georgina sort de la poche de sa veste un petit gâteau tout écrasé, enroulé dans du cellophane.

— Notre dessert. Je l'ai acheté à Amsterdam.

Ali Hassan la regarde avec l'air de se demander quel genre de femme il vient d'épouser. Georgina déballe le gâteau et l'effrite, pendant qu'il en attrape quelques miettes du bout de son doigt.

— Ali, fait-elle d'un air à la fois sérieux et un peu gêné. Je sais ce que tu penses de ma conscience politique, que je me fous de tout ça, et que de toute façon tes affaires ne me regardent pas, comme tu me l'as si souvent fait comprendre… Mais j'ai bien réfléchi. Je pense avoir trouvé une solution à ton problème.

Ali Hassan lève les sourcils d'un air interrogateur. Elle lui enfonce un morceau de gâteau dans la bouche sans qu'il émette la moindre résistance, et poursuit :

— Pourquoi ne pas coopérer avec certains juifs progressistes en vue de construire une société complètement nouvelle, libre et démocratique, incluant musulmans, juifs et chrétiens, Israéliens et Palestiniens ?

— Parce que les Israéliens n'accepteront pas de devenir une minorité dans une région peuplée en majorité d'Arabes, lui répond-il du tac au tac, l'air un peu déçu, son visage retrouvant aussitôt son expression inébranlable.

— Alors pourquoi vous n'accepteriez pas l'idée d'un mini-État ?

— Parce qu'il est probable que ce début soit aussi la fin.

Georgina s'apprête à répondre, puis se ravise.

— Quoi, qu'est-ce que tu allais encore dire ?

— Non, rien.

— Si, demande. Je suis d'assez bonne humeur…

— Rien, c'est juste que, à force de dire non, vous n'avez toujours rien, alors qu'en acceptant au départ une partie des terres qu'ils réclamaient, les sionistes ont fini par obtenir leur État.

— À force, dit-il agacé mais d'un ton qui se veut patient, l'opinion publique a réduit ce qui tourmente les entrailles du Moyen-Orient à un conflit étriqué entre juifs et Arabes. Sauf qu'il n'y a pas d'Arabes. Il y a des chrétiens, des musulmans et des juifs. Des levantins, des maghrébins, des bédouins, tous vivant dans des pays fictifs créés par les colonisateurs. Le monde arabe n'est qu'un mythe, et l'unité, un phénomène fugace dans le monde arabe. C'est dire la tangibilité de tout ça… Tu sais, à vingt et un ans, une voyante m'a dit que je deviendrais quelqu'un de très important. Mais que je mourrais assassiné, en tout cas pas d'une mort naturelle. Je vais bientôt avoir trente-sept ans, l'âge de mon père quand il a été tué.

— Ça ne signifie rien, Ali. L'histoire n'est pas obligée de se répéter.

— De par nos contrées, chez nos peuples à la mentalité tribale, si, hélas.

Ali Hassan allonge les jambes et croise les bras derrière sa tête en fermant les yeux. Georgina lui passe la main sur le visage et caresse le lobe de son oreille. Elle s'attarde sur l'ourlet, son relief délicat, le dessin familier de ses courbes, et soudain, elle trouve cet homme aussi vulnérable et fragile que n'importe quel être humain. Son oreille, cette forme de conque hélicoïdale, sorte de croisement

entre une coquille d'escargot et une coupe trans-
versale de tronc d'arbre, lui rappelle non seulement
sa nature terrestre, mais aussi que, comme tous les
êtres humains, il descend d'une lignée de protocel-
lules. Lui comme elle ne sont après tout que des
organismes vivants, voués à inhaler de l'oxygène
pour le restant de leurs jours. Alors à quoi bon se
tourmenter pour un morceau de terre, un pays ou
un peuple ? Ces derniers ne sont-ils pas trop peu
de chose par rapport au poids du mystère de la vie
et de l'univers pour être la cause de tant de peines
et de soucis ?

— Quand j'étais petit, je pensais que les
arbres étaient de gros nids qui attrapaient le vent
et le soleil. Si je meurs, reprend-il, j'aimerais être
enterré dans une coque en bambou au-dessus
de laquelle sera planté un arbre. Ton gâteau me
donne de drôles d'idées. Allons donc refaire un
tour enchanté sur le dos de Dumbo…

Personne n'a jamais su ce qui s'est réellement
passé pendant leur lune de miel à Disney World
en Floride. Mais de retour vers le Liban, ils ont
fait une escale à Vienne. Et dans la crypte impé-
riale aux somptueux tombeaux de laiton noir ornés
de glaives et de têtes de mort, portés par les vieilles
croyances, le diable, les anges, le ciel, l'enfer, ils se
sont recueillis devant les sépultures gothiques de
l'archiduc François-Ferdinand et de son épouse,

dont l'assassinat à Sarajevo avait déclenché la Première Guerre mondiale. Qui conduisit à la Seconde Guerre mondiale, qui mena au génocide juif, qui accéléra la création de l'État d'Israël, qui engendra la révolution palestinienne, qui provoqua la guerre du Liban, qui a fait que Ali Hassan et Georgina ont pu se rencontrer, et s'épouser.

Mercredi 5 juillet 1978

« Antoun, un barrage ! » crie Magda. Antoun jette un œil dans le rétroviseur mais c'est trop tard, il ne peut ni reculer ni bifurquer. Un groupe de six types masqués arrête la voiture à l'angle de la pâtisserie de la rue Abdel Wahab à Achrafiyeh. Antoun tourne la manivelle pour baisser la vitre, l'un d'eux se penche et demande leurs papiers. Les doigts tremblants, Magda fouille dans son sac à main, Antoun lui tend leurs documents.

— Hum, chrétiens…

Terrifiants, la voix et le visage de l'homme sont déformés par le bas noir qui lui enserre la peau. Il attrape brutalement les cartes d'identité et va discuter plus loin avec la bande aux visages dissimulés. Ils portent tous un pistolet-mitrailleur en bandoulière, certains ont couvert leur tête d'un sombrero mexicain ou d'un chapeau de cow-boy.

— Mon Dieu Antoun…

— Tais-toi, que je réfléchisse.

Les sourcils froncés, le regard fixe, des gouttes de transpiration ruisselant sur ses tempes, Antoun décrypte leur allure, analyse leur gestuelle, le moindre tressautement de leur corps. Quand il aperçoit un faible ricanement traverser la gorge de l'un d'eux, il bondit hors de la voiture et se précipite pour le gifler, avant de déchirer avec rage le bas qui masque son visage et de se retrouver nez à nez avec son fils, Micky.

— Bande de sales gosses ! Ça vous amuse ? Que Dieu vous brise le cou, *tfeh aleykon* !

Il pousse violemment Micky dans la voiture et démarre en trombe.

— Tu n'as pas honte ? Hein ? Réponds !

Horrifiée, Magda est sans voix. Micky lui aussi est mutique, la tête rentrée dans les épaules, les joues rouges, les sourcils froncés. Ses yeux bleu phosphorescent percent à travers les mèches dorées qui lui tombent en désordre sur le visage. On dirait un ange animé d'une énergie noire et sauvage, luttant contre les forces des ténèbres.

De retour à la maison, après une fouille minutieuse de sa chambre, Magda et Antoun découvrent entre le matelas et le sommier du lit de leur fils une déclinaison de masques qu'il a confectionnés et qu'il vend aux jeunes du quartier. Il y en a pour tous les goûts : des sacs de papier kraft récupérés chez le marchand de fruits et légumes, soigneusement percés au niveau des yeux et des narines, des sacs en plastique noir, des bas en nylon, des cagoules rayées ou unies rouges.

Autour de chez eux, ils sont de plus en plus nombreux, des jeunes de seize à dix-huit ans, à se poster à un angle et à improviser un barrage volant, cagoulés et flanqués de fausses armes. Ils arrêtent les voitures qui passent et, quand ils reconnaissent les passagers, ils leur ouvrent la voie. Quand ils ne les reconnaissent pas, ils leur demandent leurs noms et prénoms et, s'il s'agit de musulmans, ils les tabassent. Ils ont établi une liste de noms pour les identifier au cas où certains n'auraient pas leur carte d'identité. Parfois, ils sont pris d'un doute – comme pour « Joe Hadi Haddad » où le prénom est chrétien, le prénom du père plutôt musulman et le nom de famille ambivalent –, alors ils demandent le nom de baptême, et, en fonction du temps de réponse, ils en déduisent la vérité. Ils sont aussi devenus incollables pour détecter la confession religieuse en fonction de l'accent. C'est presque comme une devinette, un divertissement, comme quand, petits, ils s'attrapaient et se battaient en jouant aux soldats et aux voleurs. C'était il n'y a pas si longtemps que ça. Une ambiance de cour de récréation a été transposée dans la réalité : des bandes rivales poussent aux quatre coins de la ville, elles comptabilisent qui a marqué le plus de points puis dévorent des desserts à la crème dans les pâtisseries voisines, sous le regard horrifié des parents. Une fièvre s'est emparée du quartier, et c'est cette même atmosphère de carnaval halluci-née qui règne dans les rues de la capitale après un massacre.

— Toute cette destruction me donne le vertige. Je pourrais tuer !

À ces mots, Antoun lâche Micky et recule. Il passe la main dans ses cheveux et rajuste le col de sa chemise en arpentant la chambre.

— Ouvre ton cahier, et écris : quarante mille morts, cent mille blessés, dix mille disparus, des milliers et des milliers de mutilés et de cadavres répertoriés. Tu sais ce qu'il reste d'un cadavre répertorié ? Tu veux que je te montre ?

Le téléphone retentit, Magda part répondre puis revient en courant, et hurle, les larmes aux yeux :

— C'est Roland ! Il a disparu ! Il a été enlevé, il a réussi à sortir du coffre de la voiture dans laquelle il était prisonnier pour se réfugier dans une station-service d'où il a téléphoné à Sharif, et puis plus rien… Sharif dit qu'il a dû être pris à l'Ouest par des Palestiniens !

Antoun blêmit. Il porte une main à sa poitrine et s'effondre sur le rebord du lit de Micky.

— Appelle Georgina, tout de suite, lui dit-il dans un souffle.

Beyrouth en un mot a disparu. Les francs-tireurs opèrent sur la ligne qui sépare Beyrouth-Ouest de Beyrouth-Est, ils creusent un fossé entre les deux secteurs de la ville, un mur de Berlin à l'envers, cavité végétale laissée à l'abandon et parsemée de touffes, de mauvaises herbes et de lianes. La ligne de démarcation est verte, et les tueurs prennent pour cibles des corps de femmes, d'enfants, des hommes et des vieillards. Snipers encagoulés, véhicules piégés, attentats au plastic, bombe à retardement : c'est une guerre sans visage ni combattants visibles, qui se livre sous différents masques.

Depuis la reprise des combats, la guerre est déclarée trois ou quatre fois par mois et on compte déjà plus de quarante cessez-le-feu, l'avant-dernier ayant duré trente secondes. Les trêves sont avant tout respectées pour permettre la réouverture des banques et le paiement des salaires. Les Beyrouthins ne se font plus d'illusions : une accalmie en fin de mois ne se prolonge jamais plus que nécessaire. Un coup de feu, et c'est à nouveau la guerre : tout ferme, tout le monde rentre chez soi et les combattants redescendent dans la rue.

« Tu comprends, toi ? — Personne n'y comprend rien… — Depuis quand l'Ouest a compris quelque chose à l'Est ? » L'incrédulité des Libanais est absolue face aux titres des journaux qu'ils voient avec stupeur défiler sous leurs yeux, clope au bec, incapables de croire qu'une chose pareille puisse leur arriver. Pour tenter de se faire une idée plus précise de la situation politique, on écoute les différentes versions des informations, celle de Beyrouth-Est et celle de Beyrouth-Ouest. Chaque jour, il se dit que le gouvernement s'est réuni pour arrêter une série de mesures visant à enrayer la violence, rétablir la sécurité dans les rues et condamner les responsables, mais les institutions étant très fragiles, ledit gouvernement tombe au bout de quarante-huit heures, parfois jusqu'à deux ou trois fois par jour, et le peuple, par lassitude ou parce qu'il n'y parvient plus, a cessé de compter les rounds de violence qui se succèdent. Au risque de leur vie, les gens sortent sur leur terrasse en grillant cigarette sur cigarette pour observer sous un bombardement continuel les péripéties de cette bataille sans merci, fascinés par ce terrifiant spectacle.

Dedans comme dehors règne le danger. Des murs de sacs de sable ont investi balcons et terrasses, les vitres sont laissées grandes ouvertes jour et nuit, et les meubles ont peu à peu reculé ou disparu. Soulignées par un trait incrusté de poussière, les marques dans les moquettes en sont les seuls vestiges.

L'avancée de la guerre n'a pas seulement entraîné la métamorphose des intérieurs, elle a aussi imposé de nouvelles habitudes : laisser sa carte de visite sous le pare-brise de la voiture pour écarter tout soupçon de plasticage, épurer l'eau des robinets en la filtrant avec une éponge et chauffer dans des seaux ce qui reste pour se laver, plastifier les vitres, s'abriter dans le hall d'entrée ou dormir dans le couloir.

Les cages d'escalier où, l'année passée, on faisait l'amour ont été transformées en abris, tout comme les sous-sols, les garages, les caves et parfois certains couloirs, du moment qu'aucun mur n'entre en contact direct avec la surface extérieure du bâtiment. Des matelas y ont été installés, des réchauds à gaz, des provisions, des médicaments, des compresses, des transistors. On aime l'abri pour sa solidité en même temps qu'on le déteste, tant il est incertain : ses murs peuvent rester debout comme ils peuvent s'écrouler. L'idée d'être enterré vivant devient le cauchemar récurrent de la population. On profite d'une accalmie passagère pour aller chercher du pain en toute hâte ou prendre des nouvelles d'un parent cloîtré dans l'immeuble voisin, pour remonter une heure à la maison et avaler sa pilule contraceptive, manger de la confiture de figues ou se laver les cheveux, selon ses priorités.

Les établis de serrurerie rapide prolifèrent afin de permettre aux habitants de faire circuler les clés de leurs appartements parmi leurs amis pour que chacun puisse se protéger en cas d'alerte ; on assiste aussi à un foisonnement de fleuristes qui ne vendent que des fleurs artificielles, bien moins chères et plus durables au cimetière.

Beyrouth est privée de carburant et d'électricité.
La nuit venue, l'obscurité s'impose, troublée spo-
radiquement par l'explosion d'un obus. La capitale
n'est éclairée que les soirs de pleine lune ou lorsque
le feu dévore ce qu'il reste de ville. Les interminables
discussions autour d'un verre de whisky au son du
canon, les longues parties de cartes disputées à la
lueur des bougies et des fusées éclairantes, revêtent
une dimension particulière. La peur augmente et
les gens se laissent volontiers hanter par de lugubres
légendes venues des deux bords : on parle de la valise
d'un phalangiste remplie d'oreilles et de phallus ;
d'une collection de globes oculaires placés dans du
formol par les tortionnaires palestiniens ; d'un chrétien qui aurait scié en deux un musulman pour voir
ce qui se trouvait à l'intérieur ; d'un musulman qui
aurait pelé un chrétien couche après couche, pour
contempler ses nerfs à vif.

Chacun a peaufiné ses propres techniques pour
retrouver son calme suite à la vue d'un cadavre.
Dans ce domaine, tous les Libanais sont devenus
des experts : qui s'autorise à boire et dévorer *ad nau-
seam*, qui croque des calmants à pleines dents, qui
s'offre une gâterie de psychopathe, qui fait part au
monde de sa révélation, s'autorisant enfin à apporter des lumières nouvelles à l'humanité, qui dessine
des parties du corps aux détails d'une cruauté insou-
tenable, qui avale de la morphine à la petite cuillère,
qui baise, qui hurle, qui prie. Désormais spécialistes

des bruits, des horaires de bombardements et des astuces pour se protéger, tous savent maintenant reconnaître un obus ennemi, apprécier les distances, localiser les cibles. Coups de mortier gros calibre, fracas de bombes, claquement des mitrailleuses lourdes, crépitement des mitraillettes, chuintement saccadé marquant le départ d'une volée de roquettes, le paysage sonore n'a plus de mystères. On compte le temps entre une roquette et la suivante. Il y a deux mois, c'était une roquette tous les quarts d'heure, maintenant, c'est trois par minute.

Mais où elle va, celle-là ? se demande Georgina en contemplant la trace lumineuse d'une fusée dans le ciel à travers les deux lamelles du store qu'elle écarte. La chambre est à nouveau éclairée d'une teinte orangée, Georgina tire sur la ficelle pour remonter un peu les stores et fixe son reflet, à la recherche de rides naissantes, de poches sous les yeux ou d'autres marques déplaisantes. Même s'il lui est difficile de s'y voir, elle a pris la nouvelle habitude de se regarder dans les vitres.

Bien que la nuit soit tombée, que les RPG fusent d'un secteur à l'autre et qu'on perçoive des rafales d'armes automatiques au loin, il y a encore des passants dans la rue. Parmi les gens plongés dans la pénombre, elle reconnaît la nouvelle voisine, Penelope, une jeune Anglaise qui vient de s'installer à Beyrouth et qui s'est prise d'affection

pour tous les chats de gouttière, qu'elle nourrit contre vents et marées. Elle a été embau-
chée par une ONG pour apporter de l'aide aux
enfants palestiniens dans les camps. Penelope a
été très loquace la première fois qu'elle a abordé
Georgina, lui racontant sa vie et ce qu'elle faisait. Elle aime entre autres peindre et peut passer des heures sur son balcon à croquer les scènes
vivantes de ce voisinage si pittoresque, *so marve-
lous ! so exciting !* Pour ses recherches, elle aimerait
investiguer sur les milieux bourgeois palestiniens.

La Penelope n'est pas belle, elle n'est pas ce qu'on
peut appeler une beauté, s'est dit Georgina qui,
par la suite, l'a souvent recroisée dans le quartier.
Ni spécialement jolie, si on veut chipoter avec les
mots. Tout au plus mignonne. Mais à quoi bon être
beau si la beauté n'est pas gage de fidélité ? D'autant
qu'avec le temps, on s'habitue à la beauté physique
d'une personne. À force, on ne la voit plus. Et la
Penelope, elle pourrait tout à fait être le genre de
blonde avec qui Ali Hassan n'hésiterait pas à coucher une ou deux fois. À partir de cet instant, à partir de la seconde où l'image s'est matérialisée dans
son esprit, cette idée n'a plus lâché Georgina.

Penelope se redresse, une écuelle à la main, et
se met en marche. Elle lève la tête à l'angle de la
rue et Georgina a l'impression que c'est elle qu'elle
cherche du regard.

« Une Britannique qui joue avec des chats ? » avait rétorqué Ali Hassan d'un air mi-dégoûté, mi-curieux quand Georgina lui en avait parlé le mois passé. Mais il ne s'était pas attardé, presque vexé qu'elle lui fasse perdre son temps avec ce genre de choses alors que dehors, le grand foutoir atteignait son paroxysme. Les Palestiniens s'étaient bête-ment pris au jeu et, depuis ce fameux 18 janvier 1976 où Yasser Arafat avait déclaré qu'il n'était plus responsable désormais de ce que les forces palestiniennes et leurs alliés pourraient entre-prendre au Liban, Ali Hassan était resté le seul à défendre les chrétiens contre les autres dirigeants de l'OLP, tous impitoyables et déterminés à les combattre. Une certaine naïveté l'habitait encore : on va tout résoudre, on va réussir à s'entendre, à libérer la Palestine, à avoir deux femmes… Il avait beau répéter qu'il bénissait les leaders chrétiens grâce auxquels il avait pu rencontrer Georgina, elle n'en nourrissait pas moins de soupçons à son égard. Maintenant qu'elle était devenue sa femme, la numéro deux, qu'il l'avait installée non loin de l'appartement de sa première femme pour facili-ter ses allées et venues, il pouvait tout aussi bien la tenir pour acquise et reprendre ses vieilles habi-tudes de playboy. Lorsqu'elle lui faisait part de ses doutes, il répondait en usant d'une analogie. Pour lui, ses efforts étaient vains et la crainte des chré-tiens totalement justifiée : « Mais ne va pas croire qu'ils n'ont pas leur part de responsabilité. Tu sais quelle a été leur plus grande erreur ? Ne pas mettre leur force au profit des plus faibles pour les soutenir et les accompagner dès le départ. Ils étaient en position de force, mais au lieu de voir les musulmans comme des Libanais, comme des frères à qui ils auraient pu tendre la main et montrer la voie, ils les ont d'avance suspectés. La question de la confiance a été déterminante. C'est comme dans un couple : quand on sait de quoi l'autre est capable, à quoi bon le condamner avant même que le mal ne soit fait ? Alors tâche de ne pas agir pareil avec moi ! » Belle comparaison, qui ne l'empêchait pas de sortir de plus en plus souvent le soir et de rentrer tard en sentant fort l'alcool et la cigarette. Combien de fois, à leurs débuts, ne s'était-elle pas enivrée de ce délicieux poison ? Pouvait-elle alors se douter qu'elle était déjà en train de goûter à la solitude qu'il lui apporterait ? Quand il rentrait à présent, s'il rentrait, il s'effondrait dans un sommeil de plomb. Combien de fois avait-elle vu cette image dans des films, l'homme profondément assoupi sur le lit, la femme à côté, à demi relevée sur un coussin, les yeux grands ouverts, rongée par l'inquiétude ? Elle était devenue cette femme.

C'est imperceptiblement que les choses s'étaient mises à changer, et une fois que les choses se mettent à changer, elles ne font plus marche arrière. C'est le cours de la vie, une ampoule qui commence à grésiller, une ridule naissante, un foie qui se détraque, tout le monde sait comment ça se termine. Les absences d'Ali Hassan étaient plus nombreuses et parfois il se passait trois jours sans qu'elle le voie. Pendant ce temps, elle ne savait ni où ni avec qui il était. Alors elle rangeait. Elle rangeait ses lettres de fans pour la millième fois, elle déversait sur le lit des tiroirs entiers dont l'intérieur avait été gravé pour elle d'étoiles à la mode de Hollywood, et recommençait à classer, par continents, puis par pays, enfin par ordre alphabétique. Et même si elle était fatiguée, elle attendait jusqu'à la dernière minute, très tard dans la nuit, pour se démaquiller. Il lui avait juste laissé un numéro de téléphone où le contacter en cas d'urgence. Elle y pensait souvent dans son lit, ce lit qui était devenu son monde, comme une île perdue, draps froissés, bouteille de whisky échouée, paquet de cigarettes et téléphone sur l'oreiller qui portait son odeur, l'odeur du vide abyssal et d'un univers sans étoile – puisque la seule étoile d'Ali était et resterait à jamais sa cause, son combat. Alors quand les parents de Roland ont appelé, Georgina n'a pas hésité une seconde : elle a composé le numéro.

— Roland Tarazi, qu'on me l'amène !

Un type saisit le jeune homme et le pousse vers l'avant. Roland a un bandeau serré sur les yeux et les poignets attachés dans le dos. Ses aisselles sont trempées de sueur. Le type le fait entrer dans une pièce et s'en va en refermant la porte derrière lui. Roland sent quelqu'un défaire le bandeau, qu'il voit tomber à ses pieds, suivi de la corde qui lui liait les mains. Il lève la tête. L'homme est si proche de lui qu'il peine à le contenir du regard. La pièce inondée d'une lumière électrique crue fait ressortir le vert magnétique de ses yeux.

Il se trouve face à Ali Hassan.

— J'ai interrogé mes hommes : aucun lien entre toi et les autres. Ils t'ont pourtant passé au crible. Je me demande comment tu as pu te retrouver mêlé à cette affaire, ça doit être une erreur de casting.

La fumée expirée par Ali Hassan se répand entre eux comme un écran. Il fixe le mégot de sa cigarette et doit convenir qu'il n'en tirera plus une seule bouffée.

— Il pleut des obus sur toute la ville et les routes sont coupées. Un char va te ramener à Beyrouth-Est, chez tes parents.

Sans décrocher son regard d'Ali Hassan, Roland hoche la tête. Ses lèvres sont pâles et serrées. D'un geste lent, il repousse ses cheveux en arrière. Ses tempes battent du diable sous son visage de pierre. Il reste de glace, jusqu'à ce que le type d'avant

revienne lui attacher le bandeau et le pousse vers
l'extérieur.

— Eh, jeune homme ! lui lance Ali Hassan
une fois que Roland a passé la porte. Tu as eu de
la chance. Il y en a qui tiennent vraiment à toi
dans ce monde, et sans mon intervention, personne ne t'aurait fait de cadeau. Tu m'as l'air
d'un brave gars. Ne gâche pas ta vie. Il n'y a rien
pour toi, ici.

— Il n'y a rien pour personne nulle part, finit
par dire Roland en se faisant bousculer par le
type.

Quand Roland sort du tank, les murs des bâtiments s'écaillent au-dessus de sa tête et des éclats
de ciment volent autour de lui. Une lumière bla-
farde bombarde sa silhouette tandis qu'il atteint en
courant les colonnes de marbre massives à l'entrée
de l'immeuble. L'ascenseur tremble au rythme des
bombes, c'est un miracle qu'il y ait encore de l'électricité pour lui éviter de monter les neuf étages à
pied. Vu de la maison, le ciel est noir, labouré de
déchirures roses ; le vent chaud de la nuit traverse
l'espace de part en part et Roland sent l'appartement tanguer sous les coups des canons de campagne. Il fonce dans sa chambre, fouille dans un
tiroir, fourre des choses dans sa poche, dévale les
escaliers de l'immeuble et se précipite dans l'abri

au sous-sol retrouver ses parents qui, bouleversés, se ruent sur lui.

— Mais qu'est-ce que tu as fait ? Qui t'a enlevé ? Pourquoi ?

Il s'ensuit une longue discussion familiale où Roland se garde d'avouer qu'il a tout manigancé pour se retrouver face à Ali Hassan, usant de ses anciens contacts à Beyrouth-Ouest et de ses nouveaux contacts ici pour échanger des informations et se faire impliquer dans une affaire de trafic d'armes et de munitions – l'arrivage d'un petit lot des derniers fusils à la mode, M16 et FAL, achetés en Russie par des hommes d'affaires libanais. Après avoir essayé de s'enfuir, il a été bâillonné, ligoté, bouclé dans le coffre d'une voiture. Il savait que quand un chrétien était kidnappé à l'Ouest, on demandait à Georgina de demander de l'aide à Ali Hassan. Maintenant, c'est fait : Georgina est intervenue pour lui et il a enfin rencontré Ali Hassan. Il promet à ses parents que tout va s'arranger à présent, et sort de sa poche une lettre en provenance des États-Unis. Grâce à sa thèse sur l'urbicide chaperonnée par l'un de ses anciens professeurs de l'université américaine, il a reçu une bourse pour continuer ses études d'architecture à l'université de Brown, à San Francisco. Antoun et Magda éclatent en sanglots ; Micky, qui jusque-là s'est tenu à distance, se rapproche de son frère.

— Je contacte ton oncle demain et on te fait sortir de ce trou dès que possible, dit Antoun en s'essuyant les yeux.

— Tu seras bien là-bas, hoquète Magda, on viendra te voir. Peut-être même qu'on te rejoindra, n'est-ce pas Antoun ? Que nous reste-t-il ici ? Téta et Geddo sont partis, la plupart de nos amis ont fichu le camp, il n'y a plus d'armée, plus d'aéroport, plus rien. Micky pourra toujours poursuivre des études n'importe où dans le monde et toi, Antoun, tu n'auras aucun mal à te faire embaucher comme commandant de bord, n'est-ce pas ? On fondera un pays à nous tout seuls, tous les quatre, ailleurs ; si on passe la nuit, je vous jure que c'est ce qu'on fera, c'est moi qui planterai notre drapeau, si on passe la nuit...

— Partez en Grèce, c'est l'Orient moins les Arabes, renchérissent vivement les voisins, les larmes aux yeux, tendant des gobelets en plastique remplis de champagne.

— Prenez, prenez, ce n'est pas ce qui manque, les piscines de sang et de champagne, c'est notre spécialité, ajoute le voisin en relevant une mèche de son visage. Tous ces jeunes... Ils ont préféré se battre plutôt que de revendiquer sur le plan politique une liberté constructive et méritée. La question des Palestiniens n'était qu'un prétexte pour eux. Pauvres petits, il ne faut pas leur en vouloir. Comment ne pas débloquer dans cet état de confusion ? Rien n'est pire que la liberté due au chaos.

— On aurait dû s'en aller plus tôt, soupire Magda. Tous ceux qui sont partis en 1975 ou 1976, ils avaient compris, eux, que ce qui se passait n'était pas normal… Cette guerre n'a jamais rien eu de convaincant. Aussi vulgaire et irrationnelle qu'une baston dans un bar ! On a tout gâché. On a sabordé notre propre vaisseau. Partons, Antoun, il est encore temps.

— À notre avenir ! Si on passe la nuit…

— Au fait, vous avez su pour Wadie Haddad ?

— C'est le chef du FPLP, Micky, murmure Roland à l'oreille de son frère.

Micky le sait. Mais le ton faussement docte de Roland lui rappelle quand il était petit et avide de tout savoir, tout comprendre, tout recopier dans son cahier. Et pour ce fugace instant de complicité, souvenir du monde d'antan, Micky lui est reconnaissant. Il lui sourit.

— Figurez-vous, poursuit le voisin, qu'il y a encore une nouvelle rumeur au sujet de son décès. Si, si, je vous assure. Il paraît cette fois qu'il aurait été irradié à mort à Bagdad. Ce sont les Irakiens qui l'auraient tué. À chacune de ses visites au chef des renseignements, il était reçu dans une salle d'attente spéciale, une salle spécialement construite pour lui, qui avait été blindée. Les Irakiens le faisaient attendre une demi-heure, peut-être même une heure, vous savez comment sont les Arabes, ils vous font toujours attendre... Et pendant ce temps, à travers un trou dans le mur, ils pointaient sur lui une machine à rayons X. Insensé, non ?

— Ma foi, aussi romanesque que l'histoire de la boîte de chocolats !

— C'est laquelle, celle-là ?

— Mais si voyons, Magda, tu sais bien, celle de l'agent double palestinien. Un de ses hommes, il connaissait par cœur son point faible pour le chocolat belge et lui en avait offert une boîte à son retour d'Europe. Les petits carrés crémeux avaient été recouverts d'une couche de poison par des spécialistes du Mossad. Le traître était convaincu que son chef allait garder les chocolats pour lui tout seul, et c'est exactement ce qu'il a fait : il a dévoré la boîte en entier ! En quelques semaines, il a commencé à perdre du poids puis son appétit. D'après les tests sanguins, son immunité avait dégringolé. Ça lui a pris de longs mois pour mourir.

— Et c'est là qu'on a tous cru qu'il était mort de leucémie à l'hôpital...

Roland et Micky se laissent bercer par la conversation. Ils s'endorment blottis l'un contre l'autre, Roland toujours en baskets, sa lettre de Brown et son passeport enfouis dans la poche.

Il reste un peu de temps avant l'aube mais le gros de la nuit semble être déjà passé. Roland se lève, les autres sont encore profondément assoupis sur les matelas. Sans faire de bruit, il remonte au rez-de-chaussée à l'entrée de l'immeuble, tire de sa poche le petit cylindre doré de Georgina et le glisse dans une enveloppe sur laquelle il griffonne quelques mots. Deux rues à traverser, il n'aura qu'à la laisser à la porte du concierge ou sur le palier de l'appartement de ses parents, qui la lui feront suivre.

Plus de bruit. Il sort de l'immeuble. Les rues sont jonchées de verre brisé ; çà et là, des carcasses d'automobiles calcinées, des bus affaissés, des appartements éventrés, trous noirâtres aux étages supérieurs. Des corps pendent des fenêtres, à moitié réduits en cendres, d'autres sont enlacés au milieu de fruits pourris, du sang et du jus mélangés coulent dans le caniveau. L'odeur de la poudre et de la fumée recouvre encore celle des cadavres. La ville a l'air parfaitement immobile ; elle s'éveille peu à peu, s'étire avec langueur, éblouie par les premières lueurs du jour, peu concernée par le carnage de la nuit.

Le cœur léger, Roland sent les débris de verre craquer sous ses pas. Il écoute le chant des oiseaux se mêler au bruit de l'eau qui jaillit à flots des canalisations fendues par les obus, emportant la rigole vermillon qui serpente sur la chaussée. Il n'entend pas la balle siffler. Une douleur d'une violence inouïe l'envahit et lui coupe la respiration. Tout ce qu'il voit, c'est un oiseau voler en sens arrière en battant très lentement des ailes.

Lundi 22 janvier 1979

L'attention du monde se porte sur le chaos libanais, d'autant plus spectaculaire que nul ne peut vraiment dire qui se bat contre qui ni pourquoi. Chrétiens contre musulmans, droite contre gauche, Palestiniens contre Libanais, Libanais entre eux, Palestiniens entre eux : la mêlée est effroyable, et cette guerre paraît d'autant plus absurde que tous les partis concernés proclament avec une absolue sincérité qu'ils ne la souhaitent pas. Lorsqu'un discours rationnel s'élève d'un côté de la capitale, des propos incohérents sont tenus de l'autre côté et des actes d'une brutalité folle commis le lendemain. « Faut arrêter ! On ne sait plus comment le Liban va faire pour redevenir ce qu'il était. Après, ce sera trop tard pour nous, on sera trop vieux... » commente une dame en larmes dans le public, poignets face contre ciel pour signifier que ses nerfs menacent de lâcher.

Le clou de cette table ronde matinale de Télé
Liban est la remise officielle du rapport de la délégation d'experts japonais venus en aide au Liban
pour étudier la situation et tenter de proposer
une solution au problème. Au moment du massacre de Lod en 1972, le Japon entier s'était une
fois de plus interrogé sur l'existence d'un trait de
violence sauvage dans sa personnalité profonde et
avait redouté avec consternation que leur image
ne soit gravement ternie. Aussi, lorsque le gouvernement libanais a lancé un appel il y a quelque
temps, l'État nippon, avec empathie, y a répondu
en dépêchant une équipe de spécialistes de tous
bords : politologues, historiens, théoriciens, philo-
sophes, anthropologues, psychanalystes et scienti-
fiques. Aujourd'hui, leur conclusion est unanime :
ce qui se passe au Liban est inexplicable. « Non
seulement c'est irrécupérable, mais on s'est arraché
les cheveux pour essayer de comprendre comment
les Libanais ont pu en arriver là », explique un
Japonais en dévoilant une partie de son cuir che-
velu. En dehors de la livre libanaise, dont ils reconnaissent qu'elle est l'un des miracles économiques
du monde moderne, leurs analyses tournent en
rond. Même l'admirable capacité d'adaptation des
Beyrouthins, ainsi que leur sens de la dérision et
leur humour noir, résistent aux explications. Une
solution ou une aide venue de l'extérieure devient
un problème. Tout ce qui entre au Liban devient

un problème. Le psychologue du groupe tente une amorce en mettant en garde contre le risque de vivre sous une menace perpétuelle, dans une tension extrême : cela crée des liens intimes entre l'amour et la mort, et entraîne un débordement des pulsions sexuelles et mortifères qui peut conduire à transgresser toutes les limites et les interdits, le viol devenant par exemple le paroxysme de l'excitation érotique. « On assiste alors au retour à une forme d'animalité. » Il ôte ses lunettes et se masse le coin des yeux, avant de planter son regard droit dans la caméra : « Prions pour que personne n'ait à se pencher sur la question de comment les Libanais sont tous et collectivement devenus fous. » Sur ce, il laisse la parole au physicien, qui explique que si le temps existe, c'est bien pour que les choses se produisent non pas toutes à la fois, mais les unes à la suite des autres. Et si l'espace existe, c'est pour qu'elles n'arrivent pas toutes au même endroit. « Au Liban, tout s'est produit d'un coup au même endroit et au même moment. C'est exceptionnel, un événement sans précédent. Voilà pourquoi personne ne le comprend. »

Antoun éteint la télévision et le tic-tac de l'horloge de l'entrée reprend le dessus dans la pénombre du salon poussiéreux. À travers les stores, le jour dessine de fines lamelles pâles et tristes sur les murs. Il se lève. Il porte une robe de chambre violacée, n'est ni rasé ni coiffé, et se dirige en traînant le pas vers de grands cartons remplis à ras bord de journaux. Il y a là tous les numéros de *L'Orient-le-Jour* conservés depuis le fameux raid de Verdun en avril 1973, qui a sonné le glas de l'armée. Que n'avaient-ils tenté de garder le contrôle alors, clamant que le Liban ne pouvait plus soutenir les Palestiniens et subir les représailles israéliennes, *On ne peut pas sauver les Palestiniens contre Israël ! Ni on en a les moyens, ni on en est capables !* Mais c'était trop tard : Libanais et Palestiniens étaient déjà armés, et tous les pays arabes étaient intervenus pour la défense des Palestiniens contre les attaques de l'armée libanaise et malgré ses avertissements, précipitant l'escalade des conflits libano-palestinien et libano-libanais, et provoquant l'éclatement de l'armée, le seul organe neutre du pays…

Antoun fouille dans la pile jusqu'à tomber sur la série « Le Liban après la tempête » de l'été 1973 : le journal avait à l'époque invité des personnalités à exprimer leur opinion sur les rapports libano-palestiniens et à préconiser des solutions. Antoun s'enfonce profondément dans son fauteuil de velours, boit une gorgée de café qu'il trouve sans goût, et se met à lire en fumant. Mon Dieu… Si une seule de ces dix solutions proposées à l'époque avait été retenue… Une seule, peu importe laquelle, eût-elle été piochée au hasard… Mais non, chaque bord avait éludé la question, alimentant le malaise. Il rallume la télévision. Le débat sur la chaîne nationale se poursuit. « La vie est un cauchemar psychotique ! » « Un chaos absurde et douloureux ! » « Pour Schopenhauer comme pour nous, l'existence est un mal-être continuel et criminel... » « Rien n'est en effet plus déprimant que le sort de l'humanité... » Face au public affligé, déplorant que la guerre s'éternise, un invité ricane : « Quatre ans, dites-vous ? Ne soyez pas ridicules ! Vous n'avez rien trouvé de mieux qu'un pays aussi vain et petit que le Liban pour imaginer que ça pourrait durer plus qu'une guerre mondiale ? » Il éteint à nouveau le poste et repose les journaux dans la caisse. Le tic-tac ne cesse pas et, du fond du couloir, on entend le réfrigérateur bourdonner.

À la cuisine, Magda surveille la lente montée du café d'un air absent. À chaque frétillement, elle éloigne la cafetière des flammes et rattrape à la cuillère l'écume brune et bondissante qu'elle dépose au fond des tasses. Au bout de trois ébullitions, elle éteint le feu et laisse reposer. Son regard se fixe sur quelques titres de journaux et magazines posés sur la table, « Leur restera-t-il assez de nerfs ? », « Les lignes téléphoniques sont rétablies entre Beyrouth-Est et Beyrouth-Ouest... ». Le bruit de fond d'une publicité pour une boisson fortifiante la sort de sa rêverie. Elle fait couler le liquide noir et brûlant dans les trois tasses. Un tintement opaque résonne dans la pièce, elle en coiffe une quatrième de sa soucoupe à l'envers pour la tenir bien au chaud.

Peu après, Micky passe rendre visite aux parents de Georgina. Voilà six mois qu'il a pris l'habitude de participer à leur rituel du café une fois toutes les deux semaines, histoire d'échanger des banalités sur le quotidien et l'actualité. Ce matin, la mère de Georgina se lamente d'avoir de longs moments d'abattement spirituel. Elle se dit au bord de l'effondrement de ses facultés mentales.

— Et toi, mon petit, n'es-tu pas chaque jour un peu plus triste de ne pas savoir s'il faut partir ou rester et jusqu'à quand ? La proximité est périlleuse, l'éloignement cruel, et pourtant je ne peux croire que des êtres doués de raison persistent à vivre dans un pays condamné…

Pour toute réponse, Micky lui avoue qu'il parvient mal à soulager son incertitude générale face à la vie. Elle lui conseille d'aller consulter son astrologue et lui donne l'adresse. Une fois leur tasse bue, le père de Georgina invite Micky à le suivre sur l'étroit balcon à l'arrière de la cuisine. Là, il lui présente Saloumina, la Sri-Lankaise employée chez eux à temps plein. Elle est à genoux sur le sol, entourée d'une dizaine de coupelles d'encens fumant et de bougies allumées, et égrène des prières. Il murmure alors à Micky qu'un jour, si le cœur lui en dit, il pourra venir prier avec elle. Il pourrait aussi proposer à Georgina. Il ne comprend pas pourquoi sa fille ne prie pas.

Pour Micky, Georgina est en grande partie responsable de leur sort.

Il saute dans un taxi collectif et se rend à Beyrouth-Ouest. À l'arrière du véhicule, deux dames devisent avec lenteur en détachant chaque syllabe, et Micky se laisse bercer par leurs propos.

— Ici, nous avons connu des états d'âme que personne ne connaîtra jamais, Sylvette.

— Ma pauvre Lydia, c'est d'un suivi psychologique dont nous avons besoin.

— Avec tous mes regrets, Sylvette, il n'y a que les Européens pour s'enquiquiner avec ce genre de choses ! Allons plutôt nous faire coiffer avant qu'il ne pleuve…

Les Libanais abhorrant s'exposer aux intempéries, même avec une arme à la main, il n'y a pas grand risque d'affrontement aujourd'hui, songe Micky. Il fait gris et froid et menace de pleuvoir.

Mannequin, reine de beauté, Miss Univers, chanteuse, épouse, actrice, bientôt maman, se répète Georgina en ressassant la semaine immonde et nuageuse que lui a prédite son horoscope. Elle se dit que le ciel est toujours bleu au-dessus des nuages, mais ne cesse de penser à la Penelope, avec son air de touriste bêtement enthousiaste, qu'elle a encore croisée dans la rue pas plus tard qu'hier, et qu'elle croise un peu trop souvent à son goût ces temps-ci. Et si ses soupçons étaient fondés ? Au fond, Ali Hassan a pu céder à une pulsion sans qu'elle se doute de rien. La fille travaille avec des Palestiniens et vit à deux pas de chez eux ; tous les ingrédients sont réunis : proximité, affinités, nouveauté… Elle a l'air d'une fille plutôt facile et Ali Hassan n'est pas du genre à se faire prier. Un café, une virée à l'hôtel, comme il a toujours fait. Sentant l'agitation monter, Georgina chasse cette image et pense à l'enfant qu'elle attend. Depuis peu, elle le sent bouger en elle. Chaque coup de pied ou de main, chaque culbute ou changement de position est un ravissement. Elle en est déjà fière, et aimerait lire la même fierté sur le visage de son mari. Lui voudrait une fille. Elle voudrait que ce soit un garçon et qu'il éblouisse Ali Hassan comme elle-même n'a pas encore su le faire. Mais pour ça, il va falloir attendre au moins vingt ans. Il va falloir protéger son enfant contre cette maudite guerre, et que son mari reste en vie. Parce qu'Ali Hassan est un homme destiné à mourir avant elle, elle le sait. Lui-même dit qu'il finira assassiné. Elle a fait un enfant avec un homme qui chaque jour risque de disparaître. Et rien ne serait plus terrible que de vivre avec un être qui à tout instant lui rappellerait Ali Hassan, sans que celui-ci ne soit là pour le voir grandir… Non, elle ne veut pas d'un lot de consolation. Elle veut cet enfant, mais surtout elle le veut lui.

Micky se planque dans le petit bazar en face de l'immeuble où vit Georgina pour en surveiller l'entrée en sirotant un jus. Au troisième étage, une jeune fille au chemisier mauve arrose des géraniums ; dans la rue, un vieux marchand de cornets à pistaches pousse sa charrette en convoitant les passants ; un mini-van passe bruyamment. Puis Georgina apparaît. Elle arpente la rue, souriante, habillée avec goût. Elle porte un pull bleu à encolure ronde sous un manteau en velours finement côtelé. Quand elle pénètre l'immeuble, Micky bondit hors de l'échoppe et la rejoint à pas de loup dans le hall d'entrée, puis la pousse dans un coin sombre de la cage d'escalier. La main sur sa bouche, il étouffe son cri. Il lui susurre de se détendre, ce n'est rien ; la voix de Georgina se réduit à un murmure. « Roland ? C'est toi, Roland ? » Elle n'essaye même pas de se débattre. Micky la plaque contre le mur, écrase contre ses fesses son sexe durci, haletant et grognant dans son cou, ses doigts enfouis dans la bouche de Georgina. Elle les lui mord si fort qu'il hurle et se rétracte en agitant la main. Georgina se retourne pour lui faire face. Lorsqu'elle le reconnaît, droite et sévère, elle lui prend la main et la pose sur son ventre. Micky pâlit pour rougir aussitôt après. Il vacille et déguerpit. En sortant de l'immeuble, il tombe sur Ali Hassan. Ils se fixent une fraction de seconde : Micky le dévisage d'un air mauvais, Ali Hassan poursuit son chemin avec indifférence.

Ali Hassan vient de recevoir le message urgent
d'un leader chrétien le mettant en garde contre
une éventuelle tentative d'assassinat. Qui donc va
encore essayer de l'éliminer ? Des milices conser-
vatrices de droite insupportées à l'idée que lui,
l'enfant terrible des maronites aux babines san-
glantes, leur ait volé leur drapeau, soutiré leur reine
de beauté ? Des factions palestiniennes furieuses
qu'il ait renforcé son lien avec les plus radicaux
des leaders chrétiens, ou qu'il soit devenu le par-
tisan d'un accord de paix négociée avec Israël ?
Certains dirigeants du Fatah, envieux de son sta-
tut de confident et de protégé d'Arafat, le prenant
pour son bras droit et son futur successeur ? Le
Mossad, qui reviendrait à la charge cinq ans après
le fiasco de Lillehammer ? Bien qu'Israël, suite aux
premiers pourparlers de paix en 1974 et 1975, ait
obtenu des États-Unis la promesse de ne pas négocier avec l'OLP tant que celle-ci n'aura pas officiellement reconnu l'existence de l'État d'Israël, les
Américains ont continué de cultiver un lien secret
avec le Fatah, via Ali Hassan. Il suffirait d'un mot
de la CIA pour que le Mossad ne touche pas à l'un
de ses cheveux. Mais Bob Ames ne lui aurait jamais
avoué l'appréhension des Américains à l'idée
qu'Israël réclame son dû. Ils préféreront toujours
lever les soupçons jaloux des agents israéliens plutôt que de le protéger, lui, Ali Hassan. C'est qu'ils
tiennent au beurre et à l'argent du beurre, comme

un homme marié veille à garder sa femme et sa maîtresse, songe-t-il. Comme dirait son vieil ami Mustafa, l'amour des Américains pour les Arabes, c'est l'amour d'un homme pour sa maîtresse : on est dans l'amusement, le temps d'une soirée, un mois peut-être. Mais cet homme retournera toujours chez sa femme.

— Qu'est-ce qu'il y a ? Tu es toute tendue, ce n'est pas bon pour le bébé, il s'est passé quelque chose ? demande Ali Hassan à Georgina en rentrant.

— Tous ces grands immeubles peuplés de gens qui peuvent nous voir, Ali, ça me rend nerveuse. Tout le monde sait où on vit. C'est devenu dangereux. On devrait déménager. C'est toi-même qui me l'as appris : ne jamais rester longtemps à la même adresse, ne pas adopter d'habitudes. Tu as demandé par exemple à tes gardes du corps de vérifier qui a récemment loué dans les immeubles voisins ?

Ali Hassan se garde de lui parler de l'avertissement qu'il a reçu et s'installe à table avec elle. Depuis quelque temps, il prend plaisir à déjeuner avec sa femme enceinte de son futur enfant. C'est avec sérénité qu'il a plongé dans l'inévitable routine induite par le mariage. Il passe ses journées à circuler entre les Q.G. de l'OLP, la maison de sa première femme et ses deux fils, et l'appartement de Georgina.

— Je dois aller chez ma mère, on fête l'anniversaire de ma nièce, dit-il.

— Ali, je suis sérieuse. Tous tes proches t'ont conseillé de changer de voiture comme d'itinéraire, et d'être plus discret avec ton convoi. Quand vas-tu t'en occuper ?

— Ne sois pas inquiète. Pense uniquement à ta santé et à celle du bébé. Je parie tout ce que tu veux que c'est une fille. À ce soir.

Il l'embrasse et sort de l'appartement. Dehors, il scanne du regard les bâtiments alentour. Son œil se fixe à l'étage d'un ancien immeuble où une blonde est nonchalamment penchée à la balustrade. C'est la fameuse Penelope que Georgina a prise en grippe. Il la trouve mignonne et lui fait un discret salut de la tête avant de grimper à l'arrière de son break Chevrolet, entre deux de ses gardes. Devant, une Land Rover pleine de ses hommes armés ouvre la route, derrière suit une camionnette Toyota avec un canon Douchka 22 mm monté sur le toit. Georgina a raison, il leur faudra bientôt déménager.

Depuis ce jour fatidique de l'été passé où son père l'a attrapé et giflé en pleine rue, Micky n'a plus osé ouvrir son cahier sur le Liban. Pour la première fois depuis longtemps, alors que c'est absurde tout autour et puis là, en lui, c'est insupportable, il s'est

décidé à le relire. Peut-être pour y retrouver tout
ce que Roland lui a appris, ou pour y retrouver un
peu de Roland.

Dès les premières pages, il se met à sangloter. Les
larmes coulent à flots sur son pays. À quoi sert le
Liban et qu'a-t-il à offrir au monde ? se répète-t-il en
reniflant. Tous ses rêves ont été brisés, il n'en reste
rien, pas le moindre espoir de retour à la normale,
de retour au temps d'avant, quand tout était encore
beau, doux et possible. Le Liban a pris le meilleur
de l'Occident et le meilleur de l'Orient, mais n'a su
ni en faire quelque chose, ni le préserver. Si tu veux
devenir le spécialiste numéro un du Liban, deviens
expert du grand gâchis ! Eh bien qu'il brûle si on ne
peut pas l'avoir ! *Viva la muerte !* Et si c'étaient les
Libanais eux-mêmes qui avaient décidé de malme-
ner leur pays via les Palestiniens, les Israéliens, les
Syriens, les Arabes et tutti quanti ? Et s'ils s'étaient
servis de leurs voisins pour cette grande entreprise
de démolition, et non le contraire ? Micky sent
combien le pouvoir de destruction est plus fort et
jubilatoire que celui, lent et ingrat, de la construction – surtout quand on détruit ce qui est beau et
précieux. Aussi sublime que la plus belle femme du
monde, aussi merveilleux qu'une ancienne maison
de famille, le Liban s'est pris des coups, il a été violé,
pillé, il en est devenu dépressif et alcoolique. Micky
feuillette les pages et les couvre de larmes. Il tombe
sur la planche de timbres à l'effigie de Georgina et

découvre qu'il en manque un. Il se redresse d'un
bond, pris d'une illumination ésotérique, et se rue
vers la cuisine. Une vapeur blanche pareille à une
nappe de brouillard s'échappe du congélateur et
laisse entrevoir un bocal en verre, posé au fond.
Micky en retire le timbre que Roland a laissé traîner
des années durant à l'intérieur et le jette à la pou-
belle. Il prend un bout de papier, griffonne dessus
le nom d'Ali Hassan Salameh, le plie et l'enfonce
dans le bocal qu'il ferme et replace au congélateur.
Il se sent déjà un peu mieux.

Plongée dans un état proche de la méditation,
Penelope est penchée à la balustrade du balcon.
De tous les agents qui ont été déployés à Beyrouth
pour l'opération, elle sait qu'elle a été choisie pas
seulement parce qu'elle est mignonne, mais parce
que, d'après une étude du Mossad, les agents de
sexe masculin appuient systématiquement sur le
détonateur un poil trop tard. Alors quand elle voit
le convoi d'Ali Hassan sur le point de passer devant
la petite Coccinelle piégée avec cinquante kilos de
dynamite garée au coin de la rue, elle compte et
presse à la seconde près le bouton de la télécommande. Au même instant, à Beyrouth-Est, Magda
déboule en panique dans la chambre de Micky : le
congélateur vient d'exploser, détruisant la moitié
de la cuisine ! À Beyrouth-Ouest, Penelope sort de

l'immeuble et se fond discrètement dans l'agitation de la rue.

Durant ses dernières secondes, Ali Hassan reconnaît Abou Daoud, sorti d'on ne sait où, qui se précipite vers lui en levant les bras au ciel ; il entend des gens crier son nom et voit une marée humaine se former autour de lui. Quand il aperçoit au loin la Penelope disparaître au coin de la rue, il sait. Ivre de rage, Israël a tué la maîtresse…

Il a une pensée pour ses deux femmes et ses deux garçons.

Il songe à son troisième enfant : une fille. Et prie de tout son être pour qu'elle soit aussi belle que Georgina. Un éclair lui traverse le cerveau, il sent sa conscience l'abandonner.

Remerciements

À Manuel Carcassonne. Soit-il ici remercié d'exister et de faire partie de ma vie.

À Sofia Amara, Christophe Boltanski, Charles Enderlin, Alain Frachon, Lucien George, Mustafa Hamdan, Sammy Ketz, Manal Khader, Alexandre Najjar, Jon Randall, Dominique Roch, Joceline Saab, Hazem Saghieh, Alfred Tarazi, Samar Yazbek. Je remercie chacun d'avoir bien voulu me faire profiter de ses connaissances. Quant à l'interprétation que j'ai choisi d'en faire dans ce roman, la responsabilité m'en incombe à moi seule.

À Karina Hocine, Charlotte von Essen, Jeanne Morosoff. Merci d'y avoir cru, et pour tout le soutien qu'elles m'ont apporté.

CET OUVRAGE A ÉTÉ COMPOSÉ PAR PCA
ET ACHEVÉ D'IMPRIMER SUR ROTO-PAGE
PAR L'IMPRIMERIE FLOCH À MAYENNE
POUR LE COMPTE DES ÉDITIONS J.-C. LATTÈS
17, RUE JACOB — 75006 PARIS
EN AOÛT 2018

JCLattès s'engage pour
l'environnement en réduisant
l'empreinte carbone de ses livres.
Celle de cet exemplaire est de
950 g éq. CO₂
Rendez-vous sur
www.jclattes-durable.fr

PAPIER À BASE DE
FIBRES CERTIFIÉES

N° d'édition : 01 – N° d'impression : 92923
Dépôt légal : août 2018
Imprimé en France